W0298907

Gallmeister

Nature Writing

IMPURS

David Vann

IMPURS

Roman

Traduit de l'américain
par Laura Derajinski

Gallmeister

Titre original :
Dirt

ISBN 978-2-35178-061-9
ISSN 1951-3976

GALEN attendait sa mère sous le figuier. Il lisait *Siddhartha* pour la centième fois, le jeune bouddha contemplant la rivière. Il sentait l'énorme présence du figuier au-dessus de lui, écoutait le non-vent, le calme. La chaleur estivale accablante, aplatissant la terre. La sueur comme une pellicule recouvrant presque tout son corps, une enveloppe.

Cette vieille maison, les arbres séculaires. L'herbe déjà haute qui lui grattait les jambes. Il essaya malgré tout de se concentrer. D'entendre le non-vent. De se focaliser sur sa respiration. De faire abstraction du non-soi.

Galen, appela sa mère depuis l'intérieur. Galen.

Il respira plus profondément, essaya de faire abstraction de sa mère.

Ah, te voilà, dit-elle. Tu viens prendre le thé ?

Il ne répondit pas. Il se concentra sur sa respiration, espérant que sa mère disparaîtrait. Mais il était là à l'attendre, bien sûr, à attendre le thé.

Aide-moi à sortir le plateau, dit-elle, alors il soupira, posa son livre et se leva, les jambes courbaturées d'être resté assis en tailleur.

Te voilà, dit-elle lorsqu'il entra dans la cuisine.

Le plancher ancien ployant sous ses pieds nus. La rugosité du vernis écaillé. Il prit le plateau en argent, suranné, pesant, la théière en argent richement décorée, les tasses en porcelaine blanche, tout ce qui le déprimait, et alors qu'il avait les mains prises, sa mère se pencha derrière lui et l'embrassa, ses lèvres sur son cou et le petit reniflement qu'elle faisait pour être mignonne, ce qui le fit tressaillir et lui donna envie de hurler. Mais il ne lâcha pas le plateau. Il le porta jusqu'à la table en fonte à l'ombre du figuier, tout près du mur du hangar pourvu d'un petit appartement à l'étage. Il envisageait d'y emménager pour échapper à sa mère, pour échapper à leur maison.

Sa mère désormais à ses côtés avec les en-cas, des sandwichs au concombre et au cresson. Ils n'habitaient pas en Angleterre. Ils n'étaient pas en Angleterre. Ils étaient à Carmichael, une banlieue de Sacramento en Californie, dans la Vallée Centrale, un long gouffre brûlant et sauvage, ils étaient aussi loin de l'Angleterre qu'on peut l'être, mais chaque après-midi, ils prenaient le thé et le goûter. Ils n'étaient même pas anglais. Sa grand-mère venait d'Islande et son grand-père, d'Allemagne. Rien n'aurait jamais de sens dans leur vie.

Assieds-toi, dit sa mère. Ton livre te plaît ?

Elle lui versa une tasse de thé. Elle était vêtue de blanc. Une chemise d'été blanche et une longue jupe, toute blanche, avec des sandales. Ses cuisses empâtées, la moitié inférieure de son corps se développant plus rapidement que la moitié supérieure.

Prends un sandwich, dit-elle. Il faut que tu manges.

Des petits sandwichs sans croûte. Concombre et fromage à tartiner. Même s'il avait eu le moindre appétit, cette nourriture aurait figuré presque au bas de la liste de toutes les nourritures du monde.

Tu es émacié, dit-elle.

Il se recentra sur son souffle. Dès qu'elle parlait, il se recentrait sur sa respiration, l'expiration, laissait se dénouer les liens qui le rattachaient au monde. Il compta dix expirations, puis il sirota son thé, un goût de menthe, chaud et sucré.

On dirait que tes joues sont aspirées de l'intérieur et que tu as des os à l'avant du cou.

Je n'ai pas d'os à l'avant du cou.

Mais on dirait que si. Il faut que tu manges. Et il faut que tu prennes une douche, que tu te rases. Tu es si beau quand tu fais un petit effort.

Sa respiration désormais plus rapide, la colère qui jaillissait toujours vers le haut, une sensation d'élargissement au niveau de son cou et de ses épaules, le sommet de son crâne comme volatilisé. Il était capable de dire n'importe quoi dans ces moments-là, mais il essayait de ne rien dire.

C'est seulement de la nourriture, Galen. Bon sang, ça n'a rien d'extraordinaire. Regarde-moi. Elle souleva lentement un sandwich au concombre, un petit carré, et lentement l'enfourna dans sa bouche.

Galen baissa les yeux vers sa tasse, le thé pareil à une tache dans l'eau, plus sombre vers le fond. Des feuilles de menthe verte racornies, rugueuses et ponctuées de minuscules aspérités. Le monde, un immense déluge où rien ne s'arrêterait jamais. Impossible à contrôler, impossible à contenir. Il s'élevait et se compactait, sous pression. Les cours commencent dans un mois, dit-il. Je devrais aller à l'université. Je ne devrais pas passer encore une putain d'année à prendre le thé.

Eh bien, tu es libre d'y aller.

On n'a pas les moyens. Tu te souviens ?

Eh bien, ce n'est pas ma faute. On fait avec ce qu'on a. Et on habite dans un endroit magnifique, rien qu'à nous.

Je préférerais vivre n'importe où ailleurs.

Sa mère souleva sa cuillère minuscule et la fit tournoyer dans son thé, et Galen attendit. Pourquoi cherches-tu à me faire du mal ? demanda-t-elle.

L'air était irrespirable. Si brûlant que sa gorge était un tunnel desséché, ses poumons fins comme du papier, incapables de se gonfler, et il ne savait pas pourquoi il ne parvenait pas à partir, tout simplement. Elle avait fait de lui une sorte d'époux, lui, son fils. Elle avait chassé sa propre mère, sa sœur et sa nièce, et il ne restait plus qu'eux deux, et chaque jour il avait le sentiment qu'il ne pourrait supporter un jour de plus, mais chaque jour il restait.

Après le thé, Galen monta dans sa chambre. La suite parentale, puisque sa mère occupait la vieille chambre de son enfance. Il dormait donc là où ses grands-parents avaient dormi, une longue pièce aux boiseries sombres, au parquet ciré et usé. Du bois sur les murs, formant un lambris jusqu'à hauteur de poitrine. Au-dessus, une tapisserie ancienne, un motif de fleur de lys bleu foncé sur des pans d'un mètre de large, séparés par des poutres sombres qui montaient jusqu'au plafond. Le plafond, une série de caissons en bois foncé, sculpté à la base du lustre. Une pièce ornementée et chargée, bien trop grandiose pour son existence inconsistante, un lieu d'un autre temps.

Le sommier du lit avait été taillé dans le bois des noyers de leur verger. Cet élément avait sa place ici. Galen pouvait sortir et s'asseoir sur la souche. Mais en dehors de cela, il ne savait rien de l'origine des choses, ni de ce qu'il était censé devenir, lui.

Il descendit pour attendre sa mère à la voiture. Une allée circulaire devant la maison, bordée d'une longue haie désormais à l'abandon. Un parterre de fleurs au centre du cercle, également à l'abandon. Chardons et herbes hautes brunis par le soleil. Ils avaient eu un jardinier, et une somme lui était encore allouée chaque semaine, mais Galen et sa mère vivaient sur cet argent. Ainsi que sur les fonds destinés à payer les services hebdomadaires d'une femme de ménage.

La voiture avait douze ans, une Buick Century de 1973 avec un long capot qui s'étirait depuis les phares. Un bateau. Une peinture métallisée orange, une nouvelle couche passée un an plus tôt, la mère de Galen avait jeté l'argent par les fenêtres. Allez, faisons-le, avait-elle dit. Allez, quoi, faisons-le.

La peinture métallisée, un réflecteur géant qui cuisait Galen sur place, debout sans chapeau ni lunettes de soleil, sa peau déjà tannée et pelée. À une trentaine de mètres, un chêne immense, son ombre fraîche, une balancelle en bois, mais Galen ne bougeait pas. Il gardait les yeux ouverts, aussi grand que possible dans la lumière éblouissante.

Galen sentait la terre se rapprocher du soleil, il sentait le sol se frayer un chemin vers le haut et tirer derrière lui cette masse brûlante en fusion.

C'est alors que sa mère sortit. Chapeau à larges bords et plusieurs petits sacs entre les mains, fouillant à la recherche de ses clés, portant seize choses alors qu'ils n'avaient que cinq kilomètres à parcourir. Chaque jour après le thé, ils allaient rendre visite à sa grand-mère à la maison de retraite. Une véritable mise en scène, et dans chacune de ces mises en scène, sa mère tenait le rôle principal.

Elle souriait en avançant vers lui, un large et adorable sourire, son plus bel atout. Une longue marche depuis la porte jusqu'à l'allée, un chemin bordé de pelouse, quelques zones encore vertes. La facture d'eau pour l'arrosage était prélevée directement sur le compte en fidéicommis.

Te voilà, dit-elle. On y va ?

Pour sa mère, les mauvais moments n'existaient pas. Ils ne s'étaient pas disputés en prenant le thé. Ils ne s'étaient jamais disputés. Rien de déplaisant ne lui était arrivé dans sa vie. Galen ne savait jamais quoi dire. Il se contenta de scruter le capot, un soleil aveuglant, et tenta d'agrandir ses yeux.

Galen, dit sa mère. Ouvre ta portière et monte. Les jambes en premier. Ce n'est pas compliqué et ça n'a vraiment pas de signification particulière.

Galen ouvrit sa portière, passa une jambe à l'intérieur et décida de glisser sa deuxième jambe sans s'aider de ses bras. Il chuta sur le gravier avec un *bomp* sonore, laissa son épaule absorber le choc. Ses jambes s'étaient emmêlées en travers de la portière.

Bon sang, dit sa mère. Je n'ai vraiment pas le temps pour ça aujourd'hui, Galen.

Elle contourna la voiture, le souleva par les aisselles, le fourra dans l'habitacle et ferma la portière sans la claquer.

Tu te crois malin, dit-elle en s'installant sur le siège conducteur.

Elle ferma sa propre portière et ils partirent, le gravier crissant sur l'allée bordée d'une haie.

Ils font d'excellentes tartes à la citrouille, à Bel-Air, dit-il lorsqu'ils passèrent devant le centre commercial.

Arrête, dit sa mère.

Ils font vraiment des tartes délicieuses, dit-il. C'était ce que sa grand-mère répétait chaque jour, avant que sa mère ne la colle à la maison de retraite.

Sa mère faisait de son mieux pour l'ignorer, chose pour laquelle elle n'était pas toujours très douée. Surtout celles à la citrouille, dit-il.

Sa mère était persuadée d'être une bonne mère, une bonne fille et une bonne personne, aussi se retint-elle de faire un commentaire désagréable. Elle semblait blessée, le visage assombri, son sourire disparu.

Si seulement je n'étais pas enfermée dans une maison de retraite, dit-il. Je pourrais remanger de la tarte à la citrouille.

La grand-mère de Galen était en parfaite santé, exception faite de sa mémoire. Suzie-Q, dit-elle lorsque la mère de Galen entra. Elles échangèrent une étreinte, puis ce fut au tour de Galen.

Galen n'aimait pas les étreintes. Sa famille était exclusivement composée de femmes et elles l'étreignaient tout le temps, plusieurs fois par jour. Il aurait préféré ne plus jamais être étreint pour le restant de sa vie.

Regardez-moi ça, dit-elle. Mon beau petit-fils. Tu te prépares pour les cours de cet automne ?

Les biceps de Galen étaient prisonniers des mains de sa grand-mère. Il essaya de détendre ses bras, comme s'il s'agissait des bras de quelqu'un d'autre. Mais elle ne le lâchait pas. Son visage était très proche du sien. Un visage différent depuis quelques mois. Un nouveau dentier l'avait complètement changé, l'avait rendu plus rond, plus doux, étranger. Comme si ce n'avait jamais été sa grand-mère mais une autre personne dissimulée en elle.

Pas cet automne, dit-il enfin. Je repousse d'une année.

Elle l'examina, scruta son visage et ses yeux, essayant de se souvenir, peut-être. Ce dont elle ne pouvait pas se souvenir, c'était qu'il repoussait ainsi depuis cinq ans.

Oui, dit-elle. Oui, bien sûr, un peu de temps avant de commencer. On en a déjà parlé. C'est toujours une bonne idée. Voyager un peu, peut-être, commencer par voir le monde.

L'année imaginée à l'étranger, en Europe, le jeune homme aisé portant une petite valise et embarquant à bord de paquebots, de trains, ouvrant les volets d'une centaine de chambres anciennes pour observer les clochers et les vieilles pierres. Vêtu d'un costume en lin, buvant dans des cafés, discutant dans une demi-douzaine de langues. Ce qui faisait enrager Galen, c'était de penser que tout cela aurait pu être envisageable. S'il avait eu un père, une mère normale, des parents avec un emploi, et une grand-mère qui n'avait pas perdu la mémoire, tout cela aurait pu être possible grâce aux économies de son aïeule. Au lieu de cela, elles servaient à payer la maison de retraite, la peinture métallisée orange et une mère qui refuserait toujours de travailler.

Maman, tu vas arracher les bras de Galen.

Oui, bien sûr, dit sa grand-mère en lâchant prise. Tu sais que tu es mon petit-enfant préféré ?

Des cheveux blancs s'incurvant en une coupe au carré, des yeux d'un bleu encore vif. Le favoritisme n'était pas une bonne chose, à vrai dire, mais il aimait sa grand-mère. Il l'avait toujours appréciée plus que n'importe qui d'autre.

Merci, mamie, dit-il. Tu es ma mamie préférée.

Hmm, dit-elle et elle l'étreignit à nouveau.

La pièce était minuscule, partagée avec une vieille femme clouée au lit. Ses yeux larmoyaient sans cesse, elle souriait à Galen en cet instant et on aurait dit qu'elle pleurait.

On devrait peut-être aller se promener, dit Galen. Il fallait qu'il sorte de cette pièce. Un sol en lino et des murs blancs unis, des rideaux en plastique qui coulissaient autour de chaque lit. Un endroit pour mourir, mais sa grand-mère se portait bien. Une chambre double car sa mère voulait autant que possible faire des économies sur le compte en fidéicommis, et il n'était pas certain que sa grand-mère se souvienne qu'elle avait beaucoup d'argent.

C'est une bonne idée, dit sa mère. On va aller se promener dans le jardin.

Le dernier arrivé est un œuf pourri, dit sa grand-mère.

Ils s'amusèrent à faire la course jusqu'au jardin. Saluant d'un geste de la main les infirmières dans le couloir comme s'ils quittaient les lieux pour de bon. La mère de Galen souriait car ils sortaient de l'ordinaire. Et sortir de l'ordinaire, c'était ce qu'elle préférait.

Oh, souffla-t-elle quand ils eurent atteint le jardin et interrompu leur course. Elle attrapa sa mère par le bras et se pencha vers elle. C'était marrant, pas vrai ?

Le jardin, une simple cour cimentée agrémentée de plantes en pots sur roulettes. Elles pouvaient être déplacées, si bien que le jardin n'était jamais le même. Aucune plante ne dépassait un mètre cinquante de haut et il n'y avait pas d'ombre.

La grand-mère de Galen lui adressa un large sourire. Il s'efforça de le lui rendre, et cela lui sembla un petit sourire de travers, lèvres serrées, un bout de peau qui s'étire. Peut-être les muscles de ses joues étaient-ils différents des siens ? Peut-être ne parvenaient-ils pas à se tendre vers le haut ?

Regardez-moi toutes ces fleurs, dit sa mère, et en effet, il y avait des fleurs partout. Ils s'avancèrent vers une jardinière de pétunias, blancs, roses et violets sous le soleil. Comme des visages minuscules, dit sa mère.

Quelle heure est-il ? demanda la grand-mère de Galen.

Oh, regarde là-bas, maman, des roses magnifiques.

Ils marchèrent jusqu'aux roses, rouges, lourdes, épineuses. Galen se pencha tout près pour les sentir. Il aimait le parfum des roses rouges.

Tu fais comme Ferdinand le taureau, dit sa mère.

Merci, dit Galen.

Tu te souviens de Ferdinand le taureau, maman ?

Mais la grand-mère de Galen regardait autour d'elle, inquiète. Quelle heure est-il ? répéta-t-elle.

C'est le taureau qui ne veut rien faire d'autre que s'allonger et respirer le parfum des fleurs.

On devrait peut-être y aller, dit la grand-mère de Galen. Il se fait tard. On devrait rentrer à la maison.

Regarde là-bas, dit la mère de Galen. Ils ont des capucines.

On devrait rentrer à la maison, maintenant.

Galen tenta de se concentrer sur ses expirations.

Où est la sortie ? demanda sa grand-mère en regardant alentour. Son visage en sueur, par cette chaleur, sa chemise assombrie. Il n'y avait pas d'ombre. Je n'arrive jamais à me rappeler où est la sortie.

Par là, maman. On va retourner dans ta chambre.

Il faut qu'on rentre à la maison.

On pourrait peut-être jouer aux cartes, dit Galen pour essayer de se rendre utile.

Il ne supportait rien de tout cela.

C'est une merveilleuse idée, dit sa mère. Allons faire une partie de cartes, maman.

Je veux rentrer à la maison. Pourquoi ne me ramènes-tu pas à la maison ?

QUAND Galen et sa mère rentrèrent à la maison, la tante et la cousine de Galen les attendaient. Sa tante debout devant la porte, sa cousine affalée dans la balancelle en bois sous le chêne. Pareilles à des gangsters. La mère de Galen se gara derrière leur Oldsmobile pourrie.

Sa mère avança vers la porte et Galen marcha jusqu'à sa cousine. Les branches du chêne s'étendaient sur quinze mètres dans toutes les directions. Ils avaient joué là, enfants, ils avaient joué à l'ombre des heures durant, avec des Barbies et des G.I Joes.

Salut, dit Jennifer.

Galen s'efforça de ne pas regarder. Mais elle avait posé un pied sur le banc, le genou relevé, elle portait une jupe courte et il apercevait sa culotte bleu clair, il apercevait la peau lisse de sa cuisse. Elle avait dix-sept ans et il la reluquait discrètement ainsi depuis au moins quatre ans, insoutenable. Il baissa les yeux vers l'herbe qui lui arrivait aux tibias.

Hé, dit-elle. T'as bonne mine. Trop canon. J'adore ta dégaine à la "Je ne prendrai plus jamais de douche." Les clochards sont tellement sexy.

Tu prends assez de douches pour nous deux.

C'est vrai, dit-elle. J'aime comme ma peau est douce, après. Elle fit glisser ses doigts sur l'intérieur de sa cuisse. C'est incroyable, dit-elle. Tu veux toucher ?

Arrête, dit-il, et il s'éloigna, entra dans la maison. Le petit salon était frais et sombre, les volets fermés, il resta un instant immobile au pied de l'escalier. Le piano à queue dont personne ne savait jouer. Les vieilles photos aux murs. Les larges lattes poussiéreuses. Il gravit les marches qui craquèrent, jusqu'à sa chambre dont il verrouilla la porte. Il sortit un magazine *Hustler* et s'allongea sur son lit.

Le plaisir pareil au désespoir, un besoin profond et atroce, et son imagination, terrible. Samsara, monde de la souffrance. Il reposa le magazine, arrêta les mouvements de sa main, sa bite encore dure. Il prit le magnétophone sur son chevet, mit le casque et écouta Kitaro. Il ferma les yeux pour voir les chameaux dans le désert, les longs voyages à travers les étendues de sable, à travers le vent et le temps. Il sentit son esprit traverser des vies entières, des incarnations, il ressentit la liberté. Ce corps juste un rêve.

Le martèlement à sa porte, lui, n'était pas un rêve, et il fut contraint de retirer son casque. J'arrive, cria-t-il. Putain. Ce sera pas la fin du monde si on ne dîne pas.

Il remonta son caleçon et son short, puis décida de mettre plutôt un jean. Un jean pouvait masquer une trique. Rien que de se trouver près d'elle, il aurait la trique. Impossible d'empêcher ça.

En descendant l'escalier, il ressentit un effroi semblable à celui d'un animal qu'on mène à l'abattoir. Le Repas des Cent Humiliations, marmonna-t-il pour lui-même, car il valait mieux lui donner un nom à l'avance. Cela lui retirait un peu de sa puissance. Il avançait avec lenteur, ses pieds nus sur le parquet presque froid, comparé à l'air.

Pourquoi as-tu mis un jean ? demanda sa mère.

J'en avais envie, dit-il. Et toutes trois détaillant son pantalon.

Par cette chaleur ?

Il s'assit. Une longue table étroite pour douze couverts. Il était au milieu, face à sa cousine, à quelques centimètres d'elle. Sa mère et sa tante plus loin, à chaque extrémité. Elles avaient déjà commencé à manger des sortes de friands à la saucisse. Elles avaient placé un de ces amuse-gueules dans son assiette, un demi-hot-dog en pâte feuilletée, cuit. Ketchup et moutarde en assaisonnement.

Il faut que tu manges, dit sa tante. Même tes globes oculaires commencent à être saillants.

Galen ferma les yeux. Ils vivaient dans une énorme vallée aride, une zone désertique, la Vallée Centrale de Californie, et il espérait une tornade, un vent sec et brûlant qui gagnerait en puissance sur quatre cents kilomètres et traverserait le verger de noyers pour faire exploser la maison. Sa tante, sa mère, sa cousine soulevées avec leur chaise, volant dans les airs, des morceaux de bois comme des éclats d'obus autour d'elles, les petites saucisses jaillissant de leur cocon de pâte.

Notre père qui es aux cieux, dit sa cousine. Redonne-nous aujourd'hui nos joues, notre cou et autres morceaux de chair disparus.

Arrête ça, Jennifer, dit la mère de Galen.

Je pense qu'on devrait prier pour que Galen redevienne entier.

Je t'ai dit d'arrêter.

Suzie-Q, dit sa tante.

Très bien, dit sa mère. Je ne réprimanderai plus ton petit ange, Helen.

Galen ouvrit les yeux. Maintenant que les tirs croisés avaient commencé, peut-être était-il en sécurité.

C'est la meilleure, dit sa tante. À cinquante ans, Galen sera encore accroché à ton sein. Ne viens pas me dire que je dorlote ma fille.

Galen sourit. Il appréciait sa tante. Elle parlait toujours sans retenue. Il s'imagina agrippant le sein de sa mère, de minuscules gencives de bébé sur un corps d'adulte. Il rit, et cela lui plut, alors il déploya son rire, le développa un peu, gloussa et y ajouta quelques petits cris perçants.

Très bien, Galen. Ça suffit, dit sa mère.

Mais Galen continua de rire, il laissa bouillonner ce rire qui se nourrissait étrangement de lui-même, et il se sentit bien mieux, plus léger, presque libre.

Sa mère se leva et quitta la pièce, et comme elle n'était plus là pour alimenter son rire, celui-ci déclina lentement. Galen en avait les larmes aux yeux. Ah, dit-il. C'était bon.

T'es taré, dit Jennifer. Mais je me suis tout de même bien amusée. Tu devrais envisager de t'engager dans un cirque.

On est déjà au cirque.

Sa tante sourit – ou du moins, elle fit ce qui ressemblait chez elle à un sourire, lèvres étirées vers l'arrière – et, bras croisés, elle leva les yeux vers un coin du plafond.

Bien, dit-elle. Bien, bien, bien.

Galen baissa les yeux vers la petite saucisse. Il était végétarien. Mais il était aussi affamé, des vagues de crampes profondes le pliaient et le clouaient de l'intérieur. C'était si douloureux qu'il avait du mal à rester assis le dos droit. Sa mère savait qu'il était végétarien, elle lui avait pourtant servi cela. Une petite boule de saucisse rouge dépassant d'une enveloppe de pâte. Des condiments pour seul accompagnement.

Tu as bien conscience, dit sa tante, qu'un jour ou l'autre tu vas devoir devenir quelqu'un. Aller à l'université, trouver un boulot ou faire quelque chose. Tu ne peux pas rester un enfant éternellement.

Je ne suis pas certain que ce soit vrai, dit Galen. Regarde ma mère, par exemple.

Sa tante s'esclaffa. Tu as raison, dit-elle. Tu as raison. Petite Suzie-Q.

Tu es un sacré numéro, dit Galen. Je t'aime bien.

Ah bon, dit sa tante.

La porte du garde-manger s'ouvrit et la mère de Galen réapparut. C'est terminé ? demanda-t-elle.

Ça ne fait que commencer, chantonna Galen.

Jennifer sourit et posa le pied sur l'entrejambe de Galen sous la table. Son pied nu contre son jean, la pression légère, il sentit la trique revenir.

Comment allait maman aujourd'hui ? demanda sa tante.

Elle allait bien, dit sa mère.

Des détails supplémentaires ?

Tu n'as qu'à y aller toi-même, si tu veux des détails.

Ça ne te suffit pas d'être sa préférée ? De pouvoir vivre dans cette maison, d'encaisser les chèques ? Il faut aussi que tu joues les pimbêches ?

Tu ne seras plus invitée dans cette maison si tu te comportes ainsi.

Pas de menaces en l'air, s'il te plaît.

Putain, dit Galen. Écoutez-vous, toutes les deux.

C'est l'unique bruit dans l'univers, dit sa tante. Comment pourrions-nous entendre autre chose ?

Jennifer accentua sa pression sur l'érection de Galen, d'abord agréable, puis un peu douloureuse. Il baissa la main pour essayer de repousser son pied mais sa cousine était trop forte. Il la regarda, elle souriait. Son mascara trop épais, un maquillage d'enfant. Des yeux bleus brillants comme des billes. Mais ce qu'il remarquait toujours, c'était son fin duvet, le duvet sur ses joues et son cou. Il voyait les minuscules poils blonds, si doux. Quelque chose qu'il rêvait de sentir contre sa propre joue.

Qu'est-ce que vous mijotez, vous deux ? demanda la mère de Galen.

Juste une bataille de regards, dit Galen. Le premier à ciller devra rester à table et parler avec vous.

Arrêtez, dit la mère de Galen. Jennifer, tu ressembles à une petite prostituée. Arrêtez, tous les trois. Pourquoi est-ce que vous ne pouvez pas être normaux ? Pourquoi est-ce qu'on ne peut pas être une famille, tout simplement ?

Galen soupira. OK, dit-il. Est-ce que je peux avoir le plat de saucisses, s'il te plaît ?

Merci, dit sa mère. Elle lui passa le plat. Une douzaine de saucisses dans leur enveloppe de pâte. Galen les fit glisser dans son assiette puis les enfourna dans sa bouche avec ses deux mains, des boyaux tièdes et mous, un goût de sol carrelé d'abattoir, de langues, de sabots. Sa cousine riait, sa mère avait à nouveau disparu, et il continuait à enfourner, à mâcher, à avaler les petites abominations jusqu'à ce qu'il ne reste plus que des miettes dans son assiette, les restes du festin, puis il se baissa pour lécher son assiette, quitta la table, l'estomac soulevé, et se précipita dans sa chambre et dans sa salle de bain où il vomit dans les toilettes. Quand il eut terminé, il replia ses bras sur la cuvette, la bouche acide, et il fit une courte sieste. Il ferma les yeux et s'endormit sur les toilettes, juste au-dessus de l'eau souillée, il pensa un instant y plonger son visage pour boire une gorgée, et il l'aurait fait si sa mère l'avait regardé.

QUAND Galen se réveilla, l'obscurité était tombée. La maison silencieuse. Un temps de paix. C'est ainsi qu'il rêvait le monde. Sans personne.

Il dut secouer son bras pour y retrouver une sensation. Il tira la chasse et se brossa les dents. Puis il descendit l'escalier pieds nus, marchant aussi doucement que possible, essayant d'avancer sans pesanteur. Son corps en lévitation dans les airs, la gravité disparue. Ce monde, un rêve, la maison faite de souvenirs. Sa mère, enfant, parcourant le même escalier.

Il sortit par le garde-manger, avança sous les énormes feuilles du figuier, sentit l'odeur des fruits, fit glisser son jean, son caleçon et son T-shirt au sol, resta nu. La lune presque pleine, et tandis qu'il contournait le hangar jusqu'au verger, il aperçut une série d'ossements. De longues rangées de troncs blancs et de branches que la lumière métamorphosait en os. Chaque branche creuse, bien trop grande, lumineuse. Les feuilles, des ombres trop dérisoires pour masquer quoi que ce soit.

Galen courut, comme il l'avait lu dans les livres de Carlos Castaneda, laissant ses pieds nus trouver leurs repères dans la nuit, leur propre chemin, il ferma les yeux et tendit les bras sur les côtés, paumes vers le ciel. Des mottes de terre s'effritant sous ses pieds, des pierres dures, des brindilles, des feuilles. Tout était douloureux, l'obligeait à ralentir, mais il voulait s'élever, libre. Il voulait flotter au-dessus du sol sans bruit ni sensation, ses pieds suspendus juste au-dessus de la surface par une sorte de magnétisme. Au lieu de cela, ses pieds s'enfonçaient profondément dans les sillons, trébuchaient et butaient, et Galen ne savait jamais ce qui l'attendait. Il ouvrit les yeux et ralentit l'allure pour marcher à nouveau, les bras contre ses flancs.

La lune, le plus éclatant des os. Des zones sombres y dessinaient la bouche ouverte d'un serpent, un petit homme était assis juste en dessous et méditait. Toujours la même lune. Elle ne tournait jamais, ne changeait jamais. Toujours cette tête de serpent et ce petit homme sculpté dans un disque d'os.

Les arbres déployés en signe d'obéissance à la lune, alignés, tendus vers le ciel. Même les sillons répondaient à cette attraction. La terre tout entière s'étirait, s'efforçant de combler l'espace. L'air si léger, qu'est-ce qui séparait donc la terre de la lune ?

Galen s'assit en tailleur, le bas du dos appuyé contre un sillon, et il contempla la lune. Les paumes ouvertes sur ses genoux. Longue expiration, puis inspiration profonde. Nouvelle expiration. Aucune pensée, rien que ce disque étincelant, ce miroir.

Mais il se mit à penser à sa cousine, à l'intérieur de sa cuisse, à ses lèvres, à son pied pressé contre son entrejambe. Samsara toujours présent, toujours envahissant. Peut-être pouvait-il le mettre à profit. Peut-être pouvait-il y puiser sa force.

Galen se leva et posa la main sur sa trique. Il se caressa un peu et essaya de courir dans cette position le long du sillon, se caressant de sa main droite, la main gauche tendue sur le côté, paume vers le ciel, une pose méditative, les yeux fermés. Il essaya de laisser ses jambes le guider, essaya de laisser sa trique le guider, le soulever au-dessus des sillons en direction de la lune. Et ses pieds lui semblèrent plus légers. Il prenait de la vitesse, la terre tombait toujours plus bas, l'air gagnait en consistance, et peut-être était-ce là la clé. Non pas une sorte de magnétisme de la terre, mais une traction de l'air. C'était l'air, le vecteur, pas la terre.

Il essaya de quitter son corps, essaya de placer sa conscience à l'extérieur, de prendre du recul pour s'observer de loin. Des jambes-os blanches qui couraient, semblables aux troncs d'arbres qui auraient pris vie.

Mais sa respiration irrégulière le retenait au monde, elle l'y clouait lorsqu'il voulait s'élever, libre. Le chiendent trop haut l'écorchait, le lacérait, une aspérité de terrain entre ses orteils et il manqua tomber. Il fut contraint d'ouvrir les yeux et de contourner au pas de course la parcelle la plus accidentée. Et c'était bien là le problème. Des interruptions, sans cesse. À chaque fois qu'il approchait du but.

Alors il s'arrêta. Il s'arrêta de courir, arrêta de se caresser. Il essaya de ne pas jouir parce qu'il avait lu qu'un homme perdait de sa puissance lorsqu'il jouissait. Mais il en avait vraiment envie. Et il était fatigué de bouger ainsi la main.

Galen s'étendit dans le creux entre deux sillons, se recroquevilla sur le flanc. La respiration lourde, moite de sueur, l'air désormais plus frais contre sa peau. Son front dans la terre. Le monde, simple illusion. Ce verger, les longues rangées d'arbres, un simple espace psychique destiné à maintenir l'illusion de l'être et de la mémoire. Son grand-père qui lui faisait faire des tours sur le vieux tracteur vert, le bourdonnement du moteur. Le panama de son grand-père, sa chemise marron, l'odeur de vin de son haleine, du riesling. La sensation du tracteur qui avançait en vibrant, la secousse lorsque les roues avant traversaient un sillon. Tout cela, un entraînement pour frôler les limites des choses, le glissement, sans que rien soit réel. Le seul problème était de parvenir à glisser au-delà des lisières du rêve. La terre ne ressemblait à rien d'autre qu'à de la terre.

Galen se réveilla maintes fois au cours de la nuit, frissonnant. La lune, une voyageuse avançant en crabe à travers les étoiles. Galen à la surface de la Terre. La planète, pas fiable, qui tournait à des milliers de kilomètres/heure. Si c'était vraiment le cas, elle aurait dû émettre un son. Un bourdonnement ou une vibration. Mais la Terre était silencieuse, et elle semblait trop légère, comme si la croûte terrestre ne faisait que quelques mètres d'épaisseur. Galen aurait voulu que la croûte se fendille pour qu'il puisse tomber au travers, tomber sur des milliers de kilomètres, tournoyer dans un espace vide vers le centre de gravité, accélérer puis passer au-delà du centre en direction de la croûte de l'autre côté, sentir à nouveau son corps, doucement, tandis que la gravité reprendrait ses droits. Jusqu'à atteindre la face intérieure de la croûte, de l'autre côté de la planète, la frôler du bout des doigts, et puis retomber dans l'autre sens. Ses pieds ne toucheraient jamais le sol et ce serait bien.

Galen avait si froid qu'il claquait des dents. Mais il ne se leva pas. Il se rendormit, encore et encore, et la nuit fut interminable. Chaque nuit une vie entière, incluant l'attente de la fin.

Et quand la fin arriva, tant attendue, quand le ciel s'éclaircit, que le noir se mua en bleu, Galen n'était pas encore prêt. L'air brûlerait trop vite, la terre brûlerait, et la journée se répéterait. Il y aurait le thé avec sa mère, la visite à sa grand-mère, la visite de sa tante et de sa cousine. Galen ne pensait pas pouvoir vivre à nouveau cela.

Il avait tant besoin d'uriner qu'il se résolut à se lever, envoya un arc de pisse vers un arbre, puis glissa ses pouces sous ses aisselles et entonna un *cocorico* à tue-tête à travers l'aube. Il se pavana tout nu, battant des bras, se réchauffant, saluant le jour. Son estomac, une caverne creuse, un puits qui l'aspirait de l'intérieur. Mais il continua à se pavaner et se mit à courir entre les arbres en direction de la maison. Il se posta sous la fenêtre de sa mère et lança son *cocorico* aussi fort qu'il put en piétinant l'herbe.

Bon sang, Galen, finit-il par entendre. Tu m'as réveillée, et tu sais très bien que je ne réussirai pas à me rendormir.

Galen sentit un sourire, un vrai, apparaître sur son visage, ses joues se soulevant toutes seules. Rien de forcé, rien qui ne lui déformât le visage. Il interrompit son chant du coq, alla chercher ses vêtements sous le figuier et rentra par le garde-manger. Il monta les marches en silence jusqu'à sa chambre, ferma la porte et prit une douche pour être enfin propre, puis il s'enfouit sous les couvertures, un nid chaud, et s'endormit profondément.

QUAND Galen se réveilla, la culotte de Jennifer se trouvait à quelques centimètres de son visage, les cuisses de sa cousine lui encadraient la tête.

Bonjour, cousin, dit-elle. C'est un péché, tu sais, de reluquer sa cousine. Mais toi, tu me reluques sans arrêt. Alors je me suis dit que j'allais te permettre de regarder de près.

De la soie bleue, une teinte différente du coton bleu de la veille. Plus moulant. Il percevait sa chaleur. Il essaya de sentir son odeur mais elle ne dégageait qu'un parfum de savon.

Il avait peur de dire quelque chose. Il ne voulait pas que cet instant prenne fin.

Le puceau de vingt-deux ans, dit-elle. Tu n'en as jamais vu une d'aussi près, pas vrai ?

Non, dit-il.

Et pourquoi ?

Je ne sais pas. J'ai pas trop la cote avec les filles, sans doute.

Et tu es un fils à maman. Tu ne sors jamais de chez toi.

Les gens ne valorisent pas assez l'aspect spirituel des choses.

Tu veux dire que les tarés ne baisent jamais. Tu peux te branler. Tu peux te branler en me matant.

Alors il baissa sa main, entreprit de tirer, de serrer fort, appréciant la douleur générée.

Je vais me retourner, dit-elle. Pour regarder.

Elle se mit debout sur le lit qui tangua comme un océan, et s'accroupit à nouveau après avoir fait demi-tour. Elle écarta la couverture et le drap afin d'exposer le corps de Galen. Il tira plus fort. Il ne l'avait encore jamais vue sous cet angle. L'arrière de ses cuisses et son cul, d'une forme si parfaite, des courbes magnifiques, le creux et l'incurvation à l'avant. Les bords de sa culotte contre sa peau douce et crémeuse.

Tu peux écarter ta culotte ? demanda-t-il. Je veux voir.

Non, dit-elle. Pas encore. Tu n'as droit qu'à la culotte, pour l'instant.

Pas encore, dit-il.

Pourquoi tu en aurais envie ? Je croyais que tu n'aspirais qu'au côté spirituel des choses.

La bite de Galen était plus dure qu'elle ne l'avait jamais été. Il se caressa plus lentement pour prolonger la sensation, et il vit que sa cousine commençait à mouiller, la soie assombrie au centre.

Tu mouilles, dit-il.

Ouais. Ça me plaît. Ça me plaît de regarder. Je veux que tu jouisses, maintenant.

Il accéléra son va-et-vient et souleva ses hanches, sentant chaque partie de son corps se tendre, puis il jouit, la tête rejetée en arrière, tremblant de plaisir. Il rouvrit les yeux, la culotte de Jennifer était sombre et humide au-dessus de lui, et il eut envie de la prendre dans sa bouche.

S'il te plaît, dit-il. Laisse-moi voir ou laisse-moi juste te lécher.

Jennifer se mit debout sur le lit et redescendit prudemment à terre, pieds nus.

Non, dit-elle. Mais c'était marrant. J'aime bien. C'est toujours agréable de passer des moments en famille.

Galen rit. C'était bon de rire et il essaya d'y ajouter une fois encore ses petits cris perçants.

Tu es taré, dit-elle. Je m'en vais. Mais elle souriait et jamais Galen ne s'était senti aussi bien. Quand elle fut partie, il resta étendu là et sourit, les yeux rivés au plafond.

Puis sa mère frappa à sa porte. Lève-toi, dit-elle. On va déjeuner rapidement et après, on ira s'occuper des noix.

Galen avait oublié les noix.

En septembre, cria-t-il. On ne récolte pas avant septembre. Mais elle était déjà redescendue.

On n'était qu'à la fin du mois de juillet mais sa mère allait leur faire sortir tous les séchoirs afin de les examiner.

Galen se leva donc et s'essuya, puis chercha des vêtements verts. Il s'habillerait en noix verte et immature. Il avait un pull vert et des bottes en caoutchouc vert. Mais il lui manquait un pantalon vert. Dans le placard du couloir, dans les piles qui sentaient la naphtaline, il trouva deux serviettes vertes. Il enroula de vieilles ceintures autour de ses cuisses pour maintenir les serviettes en place avant d'enfiler les bottes vertes.

Galen descendit l'escalier avec précaution et il se sentit comme un chevalier des temps anciens en route vers la bataille. Il brandirait un concombre géant en guise d'épée, ou une lance en asperge.

Mère, dit-il en entrant dans la salle à manger. Je suis Noix Verte et je viens prendre mon service.

La tante de Galen, Helen, émit un rire perçant et Jennifer recracha son lait par le nez dans son assiette. Mais la mère de Galen continua à ôter la croûte de son sandwich au saucisson de Bologne. Très bien, dit-elle. Viens manger, Noix Verte.

J'ose espérer que mon aspect peu mûr ne vous offensera point, dit-il.

Sa mère coupa son sandwich en diagonale pour faire quatre quartiers, et souleva un triangle. Aujourd'hui, c'est un jour particulier pour moi, dit-elle. Tous les ans, à cette période de l'année, papa et maman sortaient les séchoirs pour les examiner. On commençait plus tôt, bien sûr, aux premières lueurs du jour quand l'air était encore frais. Et on travaillait en silence. Je sentais le jour se réchauffer et, à l'heure du déjeuner, c'était merveilleux de s'interrompre et d'aller s'asseoir à l'ombre du figuier pour boire une citronnade.

Et n'oublie pas le vin, dit Helen. Le vin, ça commençait à cette heure-là, aussi.

On buvait de la citronnade, dit la mère de Galen. Et on mangeait des sandwichs, découpés comme celui-ci, et on formait une famille.

Jusqu'aux premières chamailleries, dit Helen. Je ne sais pas trop quand tu vas en arriver aux chamailleries.

Arrête, dit la mère de Galen. Arrête tout de suite. Pourquoi ne te souviens-tu pas des bons moments ?

Mince, je ne sais pas. Peut-être parce que ce n'était pas moi qui paradais, toute mignonne ? Peut-être parce que j'étais plus âgée que toi et que je comprenais ce qui se passait ?

Tu es injuste.

Réveille-toi, petite Suzie-Q.

Galen se servit un verre de citronnade et examina ensuite le choix de nourriture qui s'offrait à lui. Du saucisson et du jambon sous cellophane, du fromage à hamburger sous cellophane lui aussi, des biscuits apéritifs Saltine sous plastique, du pain de mie tranché sous plastique. Je crois que je vais me faire un sandwich au plastique, dit Galen.

Papa et maman avaient leurs problèmes, mais tu n'as pas l'air de comprendre qu'on avait de la chance de vivre ici, de récolter les noix ensemble.

Papa battait maman. Il la battait ici, dans cette salle à manger, et dans la cuisine, et dans leur chambre à l'étage. Qu'est-ce que tu ne comprends pas, dans tout ça ?

Il ne l'a jamais battue.

Oh, mais bon sang.

Galen n'avait pas envie de pain ni de moutarde, qui étaient une première option, aussi se tourna-t-il vers les biscuits salés. Il en prit une poignée qu'il émietta dans son verre à demi plein de citronnade. À l'aide d'une fourchette, il touilla les morceaux de biscuits en un mélange épais qu'il enfourna dans sa bouche. Sucré salé, pas si mauvais que ça.

Sa mère mangeait encore son sandwich, et comme visiblement ils avaient tout leur temps, il se prépara un autre verre. Un peu plus lourd en biscuits, cette fois-ci, plus dense, plus consistant. Prendre un bon repas avant une journée de labeur.

Quand sa mère eut terminé, elle se leva pour porter son assiette à la cuisine. Elle revint dans la salle à manger et les observa tous, assis là. L'espace d'un instant, Galen regretta son attitude. Il se sentit coupable de s'être vêtu ainsi et d'avoir gâché sa journée si particulière. Elle paraissait blessée et il n'aimait pas voir ça. Pas vraiment.

Je vais commencer avec les séchoirs, dit-elle. Si l'un de vous veut se joindre à moi, libre à lui. Elle s'était frisée les cheveux. De longues boucles brunes. Et elle s'était maquillée. Galen se demanda si elle avait prévu de le faire pour cette journée si particulière, ou si elle l'avait fait seulement parce que son chant du coq l'avait réveillée plus tôt.

Puis elle disparut. Il se rendit compte qu'il s'était levé. Noix Verte doit réparer tout ça, dit-il. Noix Verte a été très méchant.

Alléluia, frère, dit Jennifer.

Elle le mérite, dit sa tante. Tu es le fléau qu'il lui faut.

Mais Galen les ignora, avança vers la porte du garde-manger et marcha d'un pas raide jusqu'au hangar, s'efforçant de ne pas perdre les serviettes en cours de route, sur le même chemin qu'il avait emprunté la nuit précédente en direction du verger.

Il trouva la grande porte coulissante ouverte. Le tracteur vert, ses fins pneus avant, le groin étroit du ventilateur de son capot. Une relique du passé. Mais il essaya de ne pas se laisser déconcentrer. Il pénétra dans la partie obscure du hangar, où sa mère était dissimulée parmi les hautes piles de séchoirs.

Je les sors simplement ? demanda-t-il. Une odeur de poussière et de moisi, une odeur de coquilles de noix. L'odeur de son enfance. S'il fermait les yeux, il pouvait y retourner et c'était sans aucun doute ce que faisait sa mère à cet instant précis. On a la même enfance, dit-il. À cause de l'odeur de cet endroit.

Non, pas la même, dit-elle. Tu ne peux pas savoir. Tu ne peux pas imaginer comment c'était.

Très bien, dit-il. Tu es si unique qu'on ne peut même pas en parler. Alors, tu veux que je les pose où, les séchoirs ?

Ses yeux s'accoutumaient à l'obscurité et il les distinguait mieux, ces cadres en bois et leurs grilles métalliques. Empilés comme des briques, formant un mur.

Je te dis simplement la vérité. C'était une époque différente. Je ne suis pas une ennemie.

Il serra les dents et émit un grognement en agitant les bras. C'était justement ce qu'il ressentait.

Tu ne pourras jamais te permettre de faire ça à quelqu'un d'autre, dit-elle. Tu me traites bien plus mal que tu ne serais autorisé à traiter quelqu'un d'autre. Je suis presque à bout de patience.

De patience ? demanda Galen. Il souleva un séchoir et contourna le tracteur, avança dans le soleil étincelant et brûlant. Son sang bouillait. Il parcourut vingt mètres jusqu'à la zone de travail et posa le séchoir à même la terre. Il s'agenouilla, empoigna de grosses mottes de terre pareilles à des noix jaillies du sol et les déposa dans le séchoir. Des formes sombres et friables, déjà plus sèches que le soleil lui-même, voilà qui ferait le plus grand bien à la grille.

Il avait du mal à maintenir les serviettes autour de ses jambes, aussi les laissa-t-il tomber. Jambes nues, en caleçon, pull vert et bottes vertes. Il croisa sa mère en revenant au hangar, garda les yeux rivés au sol. Je ne t'ai rien fait, souffla-t-il.

C'est comme une joute, pensa-t-il. Chercher à désarçonner l'autre, rien qu'un bref instant de contact. Il s'enfonça dans l'obscurité, empoigna un séchoir et le posa au sol, en empoigna un autre qu'il empila par-dessus, en empoigna encore un autre. Ils étaient en bois, lourds, et il n'était pas certain de parvenir à porter les trois ensemble, mais il les souleva, son dos ployant un instant avant de se redresser. Il sortit d'un pas vacillant, la joue pressée contre le bois, et tituba jusqu'à la zone de travail.

Sa mère retirait les mottes de terre du séchoir qu'il avait posé sur le sol. Elles ne sont pas encore sèches, dit-il. Mais elle ne répondit rien. Elle se contenta de rester agenouillée dans la terre, vêtue de son pantalon de travail et d'une vieille chemise de son père, de son chapeau à larges bords et de ses gants, elle retirait les mottes.

Il posa la pile des trois séchoirs et repartit en chercher d'autres. Il en attrapa encore trois qu'il sortit au soleil. Puis il eut une idée.

Il installa les six séchoirs côte à côte en une longue rangée et s'allongea dessus, prenant garde de ne pas percer les grilles métalliques. Il s'assura que ses fesses, sa tête et ses chevilles étaient soutenues par les cadres en bois. Un rebord saillait dans son dos.

Pourquoi tu me fais ça ? demanda sa mère. Sa voix aussi douce qu'un murmure.

Il faut que Noix Verte sèche, dit-il. Et ça, ce sont des séchoirs. Il essaya de garder les yeux ouverts, de fixer le soleil de midi. Il grillait dans son pull, ses jambes nues et son visage allaient brûler. Il demeurerait allongé là pour le restant de la journée. Les bordures en bois si dures contre son dos et son cou, il n'était même pas certain de tenir les cinq prochaines minutes, mais il était déterminé. Ce serait une méditation, et qui sait ce qui l'attendait de l'autre côté.

Tous les sacrifices que j'ai faits pour toi pendant plus de vingt ans, dit sa mère d'une petite voix. Relève-toi avant qu'Helen et Jennifer te voient.

Galen entendait sa tante et sa cousine parler de l'autre côté du hangar, marchant dans leur direction. Qu'est-ce que ça peut bien faire, si elles me voient ? demanda-t-il. Juste par curiosité. Je ne vois pas ce que ça peut bien faire.

Relève-toi tout de suite.

Non, dit-il. Je reste ici toute la journée.

Le soleil était si éclatant que Galen ne voyait pas sa mère, ne pouvait prédire ce qui risquait de se passer. Elle s'éloigna simplement.

Il essaya de se détendre sur le bois dur, essaya de laisser sa chair et ses os trouver une façon de s'adapter en douceur aux contours du bois. Les rebords lui cisaillaient les fesses et lui engourdissaient les jambes, celui contre son dos entravait sa respiration, mais celui contre son cou était le plus oppressant. Il essaya de souffler, de scruter le soleil, d'oublier cette existence, de trouver autre chose.

Tu ressembles déjà à de la viande séchée, dit sa tante.

Ses cuisses sont encore blanches, dit Jennifer.

C'est vrai, dit sa tante. Et je pense qu'elles devraient être assorties à son visage et à son cou.

Galen, pris de vertige et aveuglé, les yeux constellés d'éclats de lumière et de taches. Il entendait les autres s'affairer de tous côtés, une tâche vaine. Les séchoirs n'avaient aucunement besoin d'être nettoyés, huilés, ni entretenus, à moins qu'une grille ne soit percée. Mais aucun d'eux ne savait comment réparer une grille. Si l'un des séchoirs était cassé, ils le mettaient simplement à l'écart, dans la pile juste derrière le tracteur, et ne l'utiliseraient plus. Alors ce qu'ils faisaient ce jour-là, c'était sortir tous les séchoirs du hangar pour les y ranger à nouveau.

On ne fait que répéter machinalement une routine, dit Galen.

Comment ça ? demanda sa tante.

Toute notre vie, dit Galen, rien qu'une reconstitution d'un passé qui n'a jamais existé.

Le passé a existé, dit sa mère. Tu n'y étais pas, c'est tout. Tu penses que ce qui n'a pas de rapport avec toi n'est pas réel.

Et mon père ? demanda Galen. Tu peux me prouver qu'il est réel ? Tu peux restreindre la liste aux deux ou trois hommes les plus probables, au moins ?

Aucune réponse à ça. Jamais aucune réponse à ça. Rien que le bruit de leurs chaussures dans la terre, le bruit des séchoirs que l'on soulevait à présent pour les ranger dans le hangar.

J'en ai d'autres, des questions, dit Galen. Je n'ai pas terminé.

Mais personne ne l'écoutait, semblait-il, et son dos était désormais si meurtri qu'il avait trop mal pour parler. Il ferma les yeux, vit un rose éclatant ponctué de traînées blanches et d'éruptions solaires, le monde inlassablement varié et explosif. Son corps tournoyant dans la lumière. Le visage et les cuisses brûlantes, une sensation cuisante. Mais il resterait là, il irait jusqu'au bout.

La douleur, une méditation intéressante. À la surface, toujours effrayante, elle donnait envie de fuir. Difficile de ne pas bouger, difficile, du moins au début, de ne rien faire. La douleur engendrait la panique. Mais sous la surface, la douleur était plus lourde, simple et lancinante. Elle pouvait devenir un point de concentration fiable, présente et immuable, bien mieux que la respiration. Et les séchoirs étaient parfaits car ils distribuaient la douleur à travers tout son corps. Il craignait que son cou et son dos soient réellement endommagés et cela faisait partie de la douleur, aussi, la peur de se blesser, de perdre de façon irrémédiable une partie de son corps. Même un insecte n'aurait pas souhaité cela. Personne n'a envie de perdre une jambe, un bras ou l'usage de son dos, si bien qu'en approchant de ces moments, on approche d'une sorte d'universalité, et si l'on parvient à voir au travers, à se détacher, on peut apercevoir le vide au-delà des universalités, une région de la vérité.

Arrête de réfléchir, se dit Galen. La réflexion n'était que duperie, elle le privait de l'expérience directe. Et puis c'est des conneries, dit-il à voix haute. C'est des conneries, tout ça. Je suis juste allongé sur des séchoirs, c'est tout.

Sa mère, sa tante et sa cousine prenaient le thé. Les bruits de leurs mouvements s'étaient tus. Rien que le bourdonnement des mouches et des abeilles en vol non loin de lui, les atterrissages secs des sauterelles, une voiture qui passait de temps à autre. Le monde dans son immensité et dans son néant si décevant. Galen roula dans la terre sur le flanc, loin des séchoirs. Comme ça. Sans décision, il roula et tout disparut, l'expérience tout entière, gâchée, et il se trouvait encore une fois dans la terre. Rien d'appris, rien d'acquis.

GALEN essaya de se redresser sur ses bras mais il se sentait brisé. C'est nul, dit-il. Il resta étendu à plat ventre. La terre qui éraflait ses cuisses brûlées lui faisait bien plus mal qu'il n'aurait pu l'imaginer. Son pull, un four, un cocon. Une couche de sueur en dessous, et il avait soif. Le visage en feu.

Les muscles de ses fesses se détendaient, le sang coulait à nouveau dans ses cuisses et ses jambes étaient pareilles à des tubes vides, le muscle détaché de l'os. Il se hissa sur ses genoux et tenta de se relever, ses jambes comme des brins de paille. Des points douloureux sur toute leur longueur, les muscles impossibles à solliciter, ils ne répondaient pas. Mais il parvint à faire un pas, puis un autre. Son dos avait été plié trop longtemps et il avait l'impression d'avancer courbé.

J'ai failli t'avoir, dit-il. Tu as failli admettre que tu n'étais pas vraiment un corps. Rien qu'une falsification, une illusion, et je te regarde te réassembler en cet instant même. Tous ces cliquetis afin de reconstruire le rêve.

Il contourna le hangar d'un pas chancelant jusqu'au figuier où les autres illusions terminaient de prendre le thé.

Tu as l'air un peu raide, dit sa tante avec un sourire. Et tout à coup, il comprit. Sa tante le haïssait. Soudain, ce fut évident. Il l'appréciait et il avait cru qu'elle l'appréciait en retour, mais il voyait à présent qu'elle détestait la mère de Galen, et qu'elle le détestait lui, son extension. Son sourire tout en méchanceté.

Ouah, dit Galen. Bordel de merde.

Quoi ? demanda Jennifer.

Rien, dit-il.

On a terminé, dit sa mère. On part d'ici quelques minutes voir mamie.

Galen s'avança d'un pas prudent jusqu'à la chaise libre et s'installa. De la fonte, sans coussin. Ses fesses risquaient de s'engourdir à nouveau. Mais c'était si agréable de s'asseoir et l'ombre était merveilleuse. Il ferma les yeux et respira le parfum des figues, une odeur si riche qu'elle semblait donner corps à l'air lui-même. Ouah, dit-il. Les figues.

Bientôt mûres, dit sa mère. Une semaine, tout au plus. Et elle lui servit un verre de jus d'orange. Tiens, dit-elle. Même au moment où elle l'aimait le moins, elle subvenait à ses besoins. Et c'était là la différence. Sa tante le pousserait d'une falaise à la moindre occasion, mais sa mère ne ferait jamais une chose pareille.

Galen entoura le verre frais de jus d'orange de ses deux mains et hésita à le boire. Il était assoiffé, incroyablement assoiffé. Et le jus d'orange serait délicieux, rafraîchissant et acidulé, avec un peu de pulpe, il adorait la pulpe. Mais il se sentait pris de vertiges, le sommet de son crâne volatilisé, une sensation de flottement, et il ne voulait pas la perdre. Il avait l'impression de tout voir avec davantage de clarté, à présent. Le jus d'orange risquait d'y mettre un terme. Trop froid, trop acide, un choc qui mobiliserait toute son attention sur son estomac, et il cesserait de flotter librement.

Espèce de débilos, dit Jennifer.

Galen ferma les yeux et essaya de se concentrer. Que voulait-il vraiment ? Il tint le verre de jus d'orange à deux mains et l'approcha de son visage, assez près pour glisser son nez dans le verre et sentir l'odeur sucrée du fruit. Il respira le jus de fruit, inspiration expiration, inspiration expiration.

Je ne peux pas voir ça, dit sa mère. On part dans cinq minutes.

Galen n'aimait pas être pressé par le temps. Cela modifiait l'expérience. On lui imposait une fin et elle allait tout faire foirer. Putain, dit-il.

Ouh là, dit Jennifer.

Il ne voulait pas de sa présence. Ni de celle de sa tante. Il voulait être seul avec le jus d'orange.

Puis il se décida à le faire. Il inclina le verre et goûta le jus, sucré, amer et impérieux, et il le garda en bouche, refusa de l'avaler.

Ça lui plaît, au petit Kiki ? demanda Jennifer.

Il essaya d'oublier sa cousine, essaya de focaliser son attention tout entière sur le jus sucré dans sa bouche, mais c'était impossible. Il avala et ce qu'il craignait arriva. Le trajet jusqu'à son estomac, et il sentit le poids de son estomac, le liquide corrosif, la conscience de soi tirée vers le bas, le sommet de son crâne refermé. Une pierre qui coule, heurte le fond, enfoncée à jamais.

Merci, dit-il. Merci d'avoir tout fait foirer.

Et c'était quoi, au juste ? demanda sa tante.

Rien, dit-il.

Exactement, dit-elle.

Galen ouvrit les yeux, engloutit le reste de son verre et le reposa sur la table.

Bon retour parmi nous, dit sa tante. Humains, nous sommes.

Vous n'êtes que des coquilles vides, dit-il. Des coques, rien d'autre. Il se leva et entra dans la maison, obligé de prendre appui à la rambarde pour parvenir à monter l'escalier.

Il s'assit au bord du lit et se pencha avec précaution pour retirer son pull trempé de sueur. Aïe, dit-il. Ça fait vraiment mal. Il peinait à respirer. Il enleva ses bottes, fit tomber son caleçon et entra prudemment dans la douche. Il prit une douche froide, pour ses jambes, mais même l'eau froide était douloureuse. Il s'épongea doucement à l'aide d'une serviette, puis se badigeonna les jambes, le visage et le cou d'aloe vera. Dans le miroir, il brillait de façon artificielle. La peau tannée de son visage était désormais rose vif, comme un deuxième éclat sous le bronzage.

Galen, cria sa mère. On t'attend.

J'arrive, répondit-il en criant. Il passa un caleçon propre, un T-shirt, des chaussettes et des tennis, puis redescendit les marches d'un pas prudent.

Mais bon sang, dit sa mère. Va mettre un pantalon. Elle était debout dans le hall d'entrée, une main sur la poignée de la porte. Sa tante et sa cousine étaient assises dans le salon.

J'ai les jambes brûlées.

Mais évidemment, qu'elles sont brûlées. Va mettre un pantalon.

Très bien, dit-il. Il remonta l'escalier et trouva un vieux maillot de bain trop petit qui couvrait ses cuisses sur quelques centimètres à peine.

Mignon, dit Jennifer. J'aime bien ta dégaine. Ça aurait été encore mieux si tu avais tiré tes chaussettes blanches encore plus haut, jusqu'aux genoux.

La ferme, Jennifer, dit la mère de Galen.

Attention, dit sa tante.

Puis sa mère franchit la porte et ils lui emboîtèrent le pas. Il s'installa sur la banquette arrière et Jennifer se glissa à côté de lui, sa tante sur le siège passager. Il avait la trique avant même qu'ils aient quitté l'allée. La banlieue tout autour d'eux, des lotissements. Leurs terres étaient les seules encore vierges sur des kilomètres à la ronde. Quatre hectares de noyers, quelques hectares pour la maison et le jardin, presque un hectare pour l'allée. Autour, les gens se tassaient sur des terrains de dix ares tout au plus.

Des rues nouvellement asphaltées, sinueuses, bordées de jeunes arbres. Mais ils atteignirent bientôt le quartier ancien, des maisons datant des années 1950. Et le vieux centre commercial.

Ils font d'excellentes tartes à la citrouille, à Bel-Air, dit-il.

Arrête, dit sa mère.

Ils font vraiment des tartes délicieuses.

Et si tu laissais tomber, Galen ? dit sa tante.

Ça fait tellement longtemps que je n'ai pas mangé de tarte à la citrouille.

Rien que les bruits de la voiture, après cela. Un moteur rauque, un gros 350 ou quelque chose comme ça, lui avait un jour dit sa mère. Elle avait essayé de susciter son enthousiasme, pensant peut-être qu'il ferait la vidange et le reste afin de lui économiser un peu d'argent. Mais il se foutait bien des voitures. Il ne s'intéressait jamais à ce qui intéressait les gens. Il n'était pas ici pour être l'esclave d'une maison, d'une voiture, d'un boulot, d'un mariage, d'enfants, de la télé et de toutes ces merdes.

Il posa la main sur sa trique, la serra un peu, moulée dans son short. Jennifer, le regard perdu à travers la vitre de sa portière. Puis ils descendirent de voiture et il essaya de dissimuler sa trique en la coinçant dans sa ceinture élastique et en tirant l'avant de son T-shirt vers le bas. C'était flagrant, sans doute, et il n'arrivait pas à garder ses mains dans une position naturelle, mais il ne savait pas trop quoi faire d'autre, et sa mère et sa tante ne le regardaient pas, de toute façon.

Suzie-Q, dit sa grand-mère quand ils entrèrent en traînant les pieds. Elle n'avait vraiment pas l'air si vieille. Ça n'avait aucun sens, qu'elle soit ici. Ils attendaient tous qu'elle meure mais cela n'arriverait sans doute pas avant longtemps. Vingt ans, peut-être même davantage. Elle n'avait que soixante et onze ans.

Elle étreignit la mère de Galen, puis elle étreignit Galen. Une étreinte puissante.

Mon beau petit-fils, dit-elle. Tu te prépares pour les cours ?

Pas cet automne, marmonna-t-il. Je repousse d'une année.

Eh bien, dit-elle. Je pense que c'est une bonne idée. On en a déjà parlé. Prendre une année sabbatique. Voir le monde avant tout.

Galen ne pouvait supporter de regarder sa tante ni Jennifer. Sa grand-mère l'étreignit encore, puis le lâcha enfin.

Venez vous asseoir, dit sa grand-mère. C'est si gentil à vous tous de me rendre visite.

Ils n'avaient nulle part où s'asseoir. Une chaise dans un coin, et les deux lits entourés de rideaux, la vieille femme aux yeux larmoyants sur l'un d'eux, qui souriait à Galen en cet instant.

Asseyez-vous sur mon lit, dit sa grand-mère. Ils s'exécutèrent, se retrouvant tous le visage tourné dans la même direction, sans se faire face, en une sorte de demi-cercle, le dos raide comme les pierres à demi enterrées de Stonehenge, à attendre. La grand-mère de Galen empoigna la chaise qui se trouvait dans le coin et l'approcha pour s'installer à son tour.

Eh bien, dites-moi, fit-elle dans un sourire.

Comment vas-tu, maman ? demanda la tante de Galen.

Oh, je vais bien, dit-elle. À quand remonte ta dernière visite ? Un an ? Et ça, c'est Jennifer ?

Bien sûr que c'est Jennifer, lâcha sa tante d'un ton sec. Et ça ne remonte qu'à un mois. Moins d'un mois.

Suzie-Q vient me voir tous les jours. Et Galen aussi, bien qu'il soit occupé à se préparer pour le début des cours à l'automne. Elle souriait à Galen, ce nouveau visage étranger avec son dentier, pas le visage qu'il avait connu, enfant. Eh bien, dit sa grand-mère. Comme c'est agréable.

Je voudrais discuter avec toi, maman, dit la tante de Galen. À propos du compte en fidéicommis et de l'université, pour Jennifer. Elle est en terminale au lycée et elle va s'inscrire à l'université, alors il faut qu'on prenne nos dispositions.

Oh, on a tout le temps devant nous.

J'aimerais en discuter maintenant, maman.

C'est peut-être un peu tôt, dit la mère de Galen. Ça ne peut pas attendre l'automne ? Ou même l'hiver ?

La ferme, Suzie-Q.

Arrête, Helen. Ne parle pas à ta sœur sur ce ton. Tu as toujours été comme ça.

La tante de Galen prit une profonde inspiration et ferma les yeux.

Je croyais qu'on n'avait pas d'argent pour l'université, dit Galen. On a de l'argent pour l'université ?

Oh, je n'ai pas du tout d'argent, dit sa grand-mère.

C'est vrai, dit la mère de Galen. Il y a tout juste de quoi payer cette bonne maison de retraite.

La tante de Galen hochait la tête, les yeux au sol. Je déteste tellement ça, dit-elle. Je déteste tout ça plus que je ne pourrai jamais vous le dire. Elle serrait les poings sur ses genoux. Des mensonges, toute ma vie. Toutes les deux. Rien que des mensonges.

Arrête, Helen.

Parce que j'ai toujours été méchante. Helen a osé dire la vérité, et on déteste la vérité, alors on déteste Helen.

Arrête, répéta la grand-mère de Galen. Tu es horrible. Tu ne t'arrêtes jamais.

C'est vrai. J'ai toujours été l'horrible gamine. Celle qu'il faut battre après qu'on t'a battue. Mais jamais Suzie-Q. Jamais la petite Suzie-Q. Suzie-Q nous aide à faire comme si tout allait bien.

Maman, on n'est pas obligées d'écouter tout ça. Je vais t'emmener dans le jardin. Elle se leva du lit, s'approcha de sa mère et elles quittèrent rapidement la pièce.

Galen entendait la respiration de sa tante, tremblante et furieuse. Et elle héritera de tout. Elle héritera de *tout*.

Comment ça ? demanda Galen.

Elle ne t'a rien dit ?

Non.

Ta mère hérite de tout. Tu n'auras rien. Jennifer n'aura rien. Je n'aurai rien. Tout ira à ta mère. Mais ta mère te léguera tout dans son testament. Donc au final, tu t'en sortiras bien quand même.

Ils restèrent assis tous les trois, les yeux baissés, puis sa tante finit par se lever. J'attends à la voiture, dit-elle.

Jennifer se leva et tira le rideau de plastique autour du lit. Debout, murmura-t-elle. Galen se leva. Baisse ton short.

Galen obéit.

Et ton caleçon.

Galen se tint là, nu.

Bande, dit-elle.

Galen ne ressentait pas le moindre désir. Après tout ça ? demanda-t-il. Impossible.

Jennifer souleva sa jupe, baissa la main et tira sa culotte sur le côté.

Ouah, dit Galen. Des poils blond clair, quelques touffes, et elle entrouvrit ses lèvres d'un doigt pour qu'il aperçoive la chair rose. Oh, dit-il, et il sentit sa trique revenir en légers tressautements, dure et douloureuse, puis il avança vers Jennifer. Mais elle fit retomber sa jupe.

Mets-toi de profil, dit-elle. Les mains dans le dos.

OK, dit-il.

Je vais te coller une claque sur la bite, forte, mais tu ne dois pas bouger, tu ne dois pas émettre le moindre son.

Quoi ?

Si tu bouges ou si tu émets le moindre son, tu ne reverras jamais ma chatte.

Pourquoi tu fais ça ?

Ne bouge pas.

Elle lui asséna un coup brutal du plat de la main et il ressentit une explosion de douleur. Il eut envie de hurler mais ravala son cri. Il garda les mains dans le dos, ferma les yeux et sentit ses larmes monter. Puis une autre claque brutale, et il gémit, tremblant.

Elle se pencha vers lui et lui murmura à l'oreille.

Alors, qu'est-ce que tu ressens ?

Pourquoi tu as fait ça ?

Elle baissa la main sur ses couilles. Ne bouge pas, murmura-t-elle.

Non, dit-il. S'il te plaît.

Mais elle serra, refermant peu à peu son étreinte, et il sentit la douleur lui remonter dans l'estomac, la nausée. S'il te plaît, haleta-t-il.

Jennifer lâcha prise, puis lui asséna une claque sur sa cuisse brûlée par le soleil, violente, et il eut envie de hurler. N'oublie pas, dit-elle. Puis elle passa par l'entrebâillement du rideau et disparut.

GALEN essaya la chirurgie éthérique. Assis sur son lit, imaginant un petit crochet doré suspendu à sa main droite, il passa la paume au-dessus de sa bite endolorie et laissa le crochet s'y enfoncer pour le guérir. Dans l'idéal, sa main gauche aurait dû se trouver sous lui, afin de créer un champ électromagnétique et permettre la guérison, mais cela ne lui semblait pas correct de s'asseoir sur sa main. Il fallait laisser un espace d'air pour que le processus fonctionne. Il se tourna sur le flanc, plaça sa main derrière ses fesses nues et agita sa main droite devant sa bite. Mais à présent, le crochet doré pendait vers le sol. Il fallait qu'il libère son esprit du concept de gravité. Il n'y avait pas de raison que le crochet doré ne puisse pas pendre sur le côté. C'était de la chirurgie éthérique, après tout. Mais son esprit s'était focalisé sur le crochet qui pendait vers le bas. Il ne parvenait pas à se détendre correctement par la respiration. Et sa bite était douloureuse. Elle était rouge et enflée d'un côté, même lorsqu'elle était molle. Et il avait une ecchymose sur la partie inférieure, comme si elle avait été brisée net à la base. Il avait peur qu'en bandant ce soit encore plus douloureux.

Il ne comprenait pas comment Jennifer avait pu faire cela. Ses couilles étaient à vif, elles aussi.

Galen ferma les yeux et essaya d'imaginer le crochet. Il oscillait fermement sur le côté au bout d'une fine chaîne dorée, c'est alors qu'il se rendit compte qu'il n'avait encore jamais imaginé la chaîne. Était-il censé être fixé à une chaîne, ou bien n'était-ce qu'un crochet flottant tout seul ? Et avait-il vraiment besoin d'un espace d'air ? Comment l'éther fonctionnait-il ?

Il essaya de ressentir la guérison, essaya de la laisser agir mais elle n'agissait pas. Il se souvint d'un passage clé dans un ouvrage sur la chirurgie éthérique. Il était question de rétablir un champ. Il tint donc ses paumes immobiles, l'une à quelques centimètres de ses fesses, et l'autre, à quelques centimètres de son entrejambe, il essaya de ressentir le champ magnétique entre les deux. Il les poussa légèrement l'une vers l'autre, comme on sculpterait en douceur une barbe à papa, il sentait désormais l'énergie au centre de ses paumes, il les sentait se repousser l'une l'autre.

OK, dit-il.

Il essayait à présent de sentir l'énergie dans son entrejambe, essayait de sentir le chemin qu'empruntait cette énergie d'une paume à l'autre, tandis qu'il poussait et sculptait doucement. Une sorte de chaleur, l'éther, un élément toujours lumineux et chaud, un peu grésillant à cause de l'électricité générée, mais non, ce n'était pas ça, ça ne grésillait pas. Rien qu'une chaleur et une lumière paisibles, et il pouvait désormais baisser la main droite et faire osciller le crochet dans cette chaleur. Il en sentait la pression, mais elle n'était pas là où il s'y attendait, pas sur sa bite mais plus profond dans son entrejambe, à la base, et c'était là toute la beauté de la chirurgie éthérique. Elle pouvait trouver les endroits exacts, les sources, elle pouvait remplir à nouveau ces sources. Elle ne se laissait pas tromper par les apparences. Et le crochet n'avait pas besoin d'une chaîne. Il se balançait seul dans l'air.

Galen expira profondément et plongea dans son processus de guérison. Profondément, et plus profondément encore, il s'enfonça, le crochet pareil à un papillon voletant en lui, et, à son réveil, sa mère martelait sa porte et sa joue baignait dans une flaque de bave.

Hin, dit-il. Hin. Il n'était pas encore en mesure de parler. Il s'essuya la joue à l'aide d'un pan de taie d'oreiller sec et roula sur le dos.

Et arrête de fermer cette porte à clé, cria-t-elle.

Hin, dit-il, et il entendit le bruit de ses pas qui descendaient l'escalier.

Galen avait la sensation d'escalader un puits profond. Une sieste en fin d'après-midi pouvait vraiment le démolir.

Il s'assit au bord du lit, le monde tournoyant encore un peu. Il se reconstruisait, les apparences se tissant à nouveau. Il tendit les paumes et essaya de léviter à quelques centimètres dans l'air, en cet instant où le monde était pris au dépourvu, avant qu'il ne se solidifie une fois encore, complètement.

Allez, dit-il. Il essaya de faire en sorte que l'éther soulève ses fesses, mais la gravité le clouait au sol et il était trop tard. Le monde s'était reconstruit. Galen n'avait pas été assez rapide. Putain, dit-il. Il faut que je sois plus rapide.

Il chercha son caleçon autour de lui. Il y en avait plusieurs au sol, peut-être une douzaine, éparpillés çà et là, et il ne se rappelait plus lequel était le propre, celui qu'il avait porté cet après-midi-là. Il prit donc le plus proche en espérant que c'était le bon.

Il enfila un T-shirt et un short, qui lui piqua la peau, se badigeonna les cuisses d'aloe vera, un soulagement rafraîchissant et merveilleux, laça ses chaussures, mais il se sentait encore si groggy qu'il se rallongea.

Galen ! cria sa mère.

Il se rassit et chancela vers la porte, puis en bas de l'escalier jusqu'à la salle à manger. Elle avait mis la table et des bougies, bien qu'il ne fît pas encore nuit dehors. Des assiettes à chaque bout de la longue table, la vieille porcelaine polonaise bordée de rouge et de bleu. Un gros pain au levain au milieu de la table, accompagné d'une sauce de couleur blanche.

J'ai préparé une sauce à l'oignon, dit-elle.

Il s'approcha et baissa les yeux. Le blanc strié de marron, les oignons. Des biscuits salés sur une planche en bois et des légumes coupés. Des morceaux de brocolis et de choux-fleurs, des carottes entières et des lamelles de poivrons.

Je t'ai préparé un repas végétarien, dit-elle. Des légumes frais, et même pas cuits.

Merci, maman, dit-il. Ça a l'air super. Il prit son assiette et y empila des légumes, des biscuits et quelques tranches de pain au levain, puis il ajouta une cuillère de sauce. Il était affamé. Ouah, dit-il.

Il s'assit et sa mère semblait ravie. Merci, maman, répéta-t-il. Puis il plongea un morceau de brocoli dans la sauce avant de le porter à sa bouche. Crémeux et délicieux, le brocoli bien croquant. Il ferma les yeux et fredonna en mangeant. Seuls les meilleurs repas suscitaient ce fredonnement.

La nourriture était une forme de méditation, une occasion à ne pas manquer. Il se tenait parfaitement redressé, droit comme un i sur sa chaise, son chakra couronne ouvert, et il laissa la nourriture résonner à travers son corps. Il garda les yeux fermés et chercha des mains sa nourriture, plongea les doigts dans la sauce et les suça, respira l'odeur du pain avant de le mâcher, croqua les lamelles de poivrons, si juteuses et si fraîches.

J'adore ça, dit-il.

On emporte nos assiettes devant la cheminée ? demanda sa mère.

Bien sûr, dit-il. Ça fait longtemps qu'on ne l'a pas fait. Il amassa un tas de légumes et ils se rendirent au salon, avec son piano et ses hauts plafonds. Blotti là, au centre même de la maison, un âtre énorme en blocs de granit de la Sierra, et des tapis installés devant. Galen s'allongea, posa un coude sur un coussin et continua de manger. Sa mère s'allongea face à lui.

Où sommes-nous ? demanda-t-elle. C'était leur jeu, d'aussi loin qu'il se souvienne.

Dans la montagne, dit-il. Devant des montagnes plus grandes encore.

En Mongolie, dit-elle. Peut-être en Mongolie.

Et on est arrivés là à cheval, à travers une plaine immense.

De la neige, l'hiver, dit-elle. Les chevaux ont des couvertures de selle.

Il n'y a sur la plaine que des touffes d'herbe dure, rien à manger pour les chevaux.

On fuit quelqu'un.

Ou tout le monde.

Oui. Sa mère s'animait, elle s'était redressée sur un coude, se penchait plus près de lui. Ses yeux gris aux éclats dorés, semblables au granit. On fuit tout le monde. C'est ça. Ils ne nous comprennent pas, et on est seuls. On ne peut parler à personne.

Elle était trop près. Il sentait son souffle sur son visage. Il se rassit. Il me faut plus de sauce, dit-il, et il attrapa son assiette avant de retourner à la table. Ils n'avaient pas joué à ce jeu depuis des mois, et le jeu lui semblait désormais étrange. Parfois, ils restaient allongés devant la cheminée et chuchotaient des heures entières. Inventant des lieux, des vies, racontant des secrets au sujet de gens qui n'existaient pas. Toute sa vie, ils l'avaient fait, mais cela lui donnait à présent la chair de poule. Il ne savait pas à quoi c'était dû. Peut-être à cause de Jennifer qui l'avait traité de fils à maman. Ou d'avoir vu Jennifer de si près. Il y avait un rapport avec Jennifer. Peut-être parce que sa mère et Jennifer se ressemblaient, d'une certaine manière, que seul l'âge les différenciait. Il n'aimait pas penser à cela. Il se donnait vraiment la chair de poule.

Galen déposa une autre cuillerée de sauce dans son assiette et retourna à la cheminée, mais cette fois, il s'assit sur la grande pierre devant l'âtre.

Le repas te plaît ? demanda-t-elle. Elle s'était à nouveau allongée sur le tapis et levait les yeux vers lui.

Oui, dit-il, et il ferma les yeux, se concentra sur sa mastication. La sauce plus salée qu'il ne l'avait remarqué au premier abord.

Je suis contente, dit-elle. Je me suis dit qu'on pouvait se faire plaisir, puisque les deux terreurs ne sont pas là.

Galen essaya de maintenir sa concentration sur une carotte et sur la façon dont elle croquait sous la dent. Il la sentait se briser, toute cette solidité craquant en une seconde, un indice pour parvenir à faire glisser le monde, l'espace d'un seul instant. Retrait hors du monde. Distance. C'était ce dont il avait besoin. C'était terrible, la vitesse à laquelle il pouvait l'oublier.

C'était vraiment méchant de la part d'Helen de provoquer une dispute juste avant notre excursion. Ça lui ressemble tellement. Elle refusera toujours que les choses aillent bien. C'est une personne malheureuse. Elle l'a toujours été.

Quelle excursion ? demanda Galen. Il garda les yeux fermés et essaya de rester concentré sur sa mastication.

On va à la cabane, demain.

Demain ?

Galen. Ça fait deux jours que j'ai chargé le coffre de la voiture. On part à 8 heures.

À 8 heures ? Galen avait ouvert les yeux. Je déteste me lever tôt.

Ce n'est rien qu'une fois. Ça ne va pas te tuer.

Mais pourquoi ? Pourquoi on ne peut pas partir à midi ? C'est seulement à une heure et demie d'ici.

Galen.

Très bien. Est-ce que mamie nous accompagne ?

Oui. Bien sûr.

C'est vrai que tu vas hériter de tout ?

Qui t'a dit ça ?

Helen.

La mère de Galen s'assit, attrapa son assiette et alla dans la cuisine. Je n'ai pas envie d'en parler, dit-elle.

Mais Galen la suivit. Et pour l'université ? Il y a de l'argent pour aller à l'université ? Pourquoi elle en demandait pour Jennifer ?

Sa mère posa son assiette dans l'évier et ouvrit le robinet. Helen vit dans un monde de rêves. Ça a toujours été comme ça.

Mais ce serait possible que mamie ou les fonds en fidéicommis puissent payer une université ?

Elle ferma le robinet et posa les mains sur l'évier. Écoute, dit-elle. Il y a des choses écrites dans le contrat. Que l'argent ne peut être employé qu'à des fins médicales, ou scolaires, ou même pour acheter une maison. Helen fait tout ce qu'elle peut pour acheter une maison. Elle veut tout. Mais il n'y a pas assez d'argent pour ça. Maman pourrait bien vivre encore dix ans, et la maison de retraite est chère.

Combien d'argent il y a ?

Galen.

Je suis sérieux. Combien d'argent il y a ? Galen sentait la colère pareille à une vague de chaleur. C'était incroyable à quelle vitesse elle pouvait déferler. Il était debout derrière sa mère, les yeux rivés sur la base de son cou. À quelques centimètres, à peine.

Arrête, dit-elle, et elle sortit par la porte de derrière, mais Galen la suivit sur la pelouse. Laisse-moi tranquille, dit-elle. Elle paraissait effrayée, et il réalisa soudain à quel point elle était petite, à quel point elle était fragile. Elle reculait devant lui.

J'aurais pu aller à l'université il y a quatre ans, siffla-t-il. C'est à ça que servent les fonds. Puisque c'est écrit que ça peut servir à la scolarité, alors c'est fait pour ça. Mais tu ne me l'as jamais dit. Parce que tu veux tout garder pour toi.

Arrête, Galen. Tu ne comprends pas. Elle reculait vers le hangar. Elle tendait les mains en avant, le repoussait.

Combien d'argent il y a ? cria-t-il. Combien d'argent, putain ?

Galen, tu me fais peur.

Il grogna et l'empoigna par les épaules, brutalement, et la plaqua contre le mur du hangar.

Au secours ! cria-t-elle. Au secours, à l'aide !

Galen la relâcha. Mais putain, dit-il. Je vais pas te faire mal. Qu'est-ce que tu vas imaginer, putain ? Que j'allais te faire mal ? J'essaie juste de découvrir la vérité. Combien d'argent tu nous caches ?

Galen ne parvenait pas à la regarder. Il retourna à la maison et remonta à sa chambre. Il tremblait. Il n'arrivait pas à croire qu'elle puisse imaginer qu'il lui ferait du mal. Comme s'il était une espèce de monstre.

Au matin, Galen ne pouvait se débarrasser de la sensation que sa mère était l'ennemi. Qu'elle l'avait été durant toute sa vie, peut-être. Difficile de dire depuis combien de temps. Quand s'était-elle retournée contre lui et pourquoi ?

Il n'avait pas réussi à dormir. Il avait erré dans le verger jusqu'à un peu plus de 4 heures. Alors le réveil à 7 heures avait été un enfer. Il était pareil à un fantôme, mais il n'avait pas l'énergie d'exploiter cette idée, d'aucune manière. Préparer ses bagages n'avait aucun sens. Un tas disparate de vêtements fourrés dans un sac en toile, cinq piles alcalines neuves dans son magnétophone, et il emporta toutes ses cassettes. Il prit la vieille arbalète de chasse sous-marine qui était devenue la sienne sans qu'il sache trop comment, héritée de l'un des hommes de sa mère. Il emporta son canif, ses jumelles et sa boussole. Cacha plusieurs numéros de *Hustler* entre ses vêtements, ainsi que *Siddhartha*, *le Prophète* et *Jonathan Livingston le goéland*.

Tu ne peux pas emporter ça, dit sa mère quand il descendit l'escalier avec l'arbalète.

Je l'emporte.

Ça ne rentrera pas.

Je la ferai dépasser par la vitre.

Sa mère portait un tablier. Elle était sans aucun doute en train de préparer des sandwichs, probablement debout depuis des heures. Les séjours à la cabane étaient toujours très importants à ses yeux. Il n'y a rien à pêcher à l'arbalète, dit-elle.

Des truites, dit-il.

Les truites de cette rivière font quinze centimètres de long, Galen. Et encore, si tu as de la chance. Et il y a à peine trente centimètres d'eau.

Il y a quelques trous plus profonds.

Tu ne l'emportes pas.

Alors je ne viens pas.

Elle s'éloigna dans la cuisine et revint avec un sandwich au beurre de cacahuète et à la confiture. Va au diable, dit-elle, et elle lui jeta le sandwich. Un bruit mat contre son torse et le sandwich tomba à terre, séparé en deux. Le beurre de cacahuète face au sol, la confiture de fraises vers le haut.

Tu lances comme une fille, dit-il, et il ramassa le sandwich, recolla les deux tranches et se mit à manger.

Elle se tint devant lui et pleura. Épaules voûtées, tête baissée, cheveux bouclés, avec son tablier. Elle resta simplement là, à pleurer.

En temps normal, il se serait senti horriblement coupable et l'aurait prise dans ses bras. En temps normal, il aurait eu envie de rattraper le coup. Mais quelque chose avait changé. Il ne l'aimait plus vraiment. Si tu crois avoir un public, je ne sais pas où il est, finit-il par dire, puis il porta son arbalète jusqu'à la voiture.

La mafia arriva alors qu'il rangeait ses affaires dans le coffre. Jennifer en sweat rose, capuche relevée, l'air endormi. Difficile de croire qu'elle ait été si brutale. Elle semblait douce et appétissante.

L'atmosphère n'était pas encore trop brûlante, mais le soleil était déjà levé et si éclatant que Galen plissait les yeux. Jamais il n'assistait à ce moment de la journée. Tout était pâle, délavé. Aucune profondeur. Un monde en deux dimensions, une silhouette découpée dans du carton. La haie et les noyers sur un même plan vertical, alors que trente mètres les séparaient. Galen tendit le bras pour essayer de placer sa main dans l'intervalle.

Qu'est-ce que tu fais ? demanda sa tante.

J'ai cru pendant une seconde que je pouvais toucher l'endroit où la haie et les noyers se rejoignent.

Ouais, dit-elle. C'est bien ce qui me semblait. Tu devrais peut-être essayer encore.

Galen baissa la main. Sa tante lui donnait l'impression qu'il était un petit gamin idiot, et il n'aimait pas cette sensation.

Qu'est-ce qui ne va pas ? demanda sa tante. Tu y étais presque. Allez, vas-y, touche-le.

Galen rentra dans la maison, traversa le hall et la salle à manger jusqu'à la cuisine. Sa mère était affalée sur une chaise.

Je peux t'aider ? demanda-t-il.

Elle ne leva pas les yeux mais pointa du doigt un panier de pique-nique sur la table. Un panier en osier couvert d'un tissu vichy rouge et blanc, un autre concept de la perfection, l'image idéale du panier de pique-nique. Galen le prit et retourna à la voiture.

Petite Suzie-Q, dit sa tante. J'aimerais bien chier dans son panier.

Galen ressentit alors un instinct protecteur envers ce panier. Il s'installa sur la banquette arrière, le panier sur les genoux et son arbalète dépassant par la vitre ouverte, comme une sorte de gardien des temps anciens. À quelques centimètres de lui, Jennifer était avachie contre sa portière, essayant de se rendormir, et sa tante était sur le siège passager, tous attendaient.

La voiture chauffait au soleil et la mère de Galen prit son temps. Sortit d'un pas lent, s'installa au volant sans un mot puis roula le long de la haie.

Ils font les meilleures tartes à la citrouille, marmonna Galen lorsqu'ils traversèrent Bel-Air.

Personne ne répondit. Vraiment, ce sont les meilleures tartes, dit-il. Surtout celles à la citrouille.

La grand-mère de Galen n'était pas prête pour l'excursion. Voilà ce que c'était, de perdre la mémoire. On n'était jamais prêt pour rien.

Aujourd'hui ? demanda-t-elle.

Elle semblait effrayée.

Oui, maman.

Mais je n'ai pas fait mes bagages.

On a fait tes bagages la semaine dernière. On a mis une valise de côté.

Il faut que je rentre à la maison, dit-elle. Il faut que je rentre chercher mes affaires à la maison.

On va à la cabane, maman.

Il faut que je rentre à la maison.

Tu adores la cabane, maman. On y passe toujours des moments merveilleux. On y va chaque été. On utilise le vieux poêle en fonte, tu prépares du poulet et des *dumplings*.

Pourquoi refuses-tu de me ramener à la maison ?

La mère de Galen fit volte-face, tournant le dos à sa mère. Je n'y arriverai pas, pas aujourd'hui, murmura-t-elle. L'un de vous va devoir se charger de l'emmener à la voiture. Sa valise est dans le placard.

Que fais-tu ? demanda la grand-mère de Galen.

La mère de Galen quitta la pièce et Galen regarda sa tante.

Reviens ici tout de suite, Suzie-Q, dit la grand-mère de Galen.

Et moi je n'existe pas, dit la tante de Galen. Demande-lui si je suis ici et tu verras bien. Jennifer n'existe pas, elle non plus. On est invisibles. Alors tout repose sur toi.

Mamie, dit Galen. On a la chance d'aller à la cabane. On y boira du chocolat chaud.

Où est ta mère ?

Galen alla jusqu'au placard et en sortit la petite valise. On dirait bien que tu es prête à partir, dit-il. Maman est déjà à la voiture.

Elle est à la voiture ?

Ouais, on va à la cabane.

D'accord, dit-elle, et sans autre commentaire, ils sortirent.

La grand-mère de Galen s'assit à l'avant. Galen et la mafia à l'arrière, Jennifer coincée au milieu. La sensation de sa cuisse pulpeuse et ferme contre la jambe osseuse de Galen. Il aurait voulu qu'elle porte un short, mais elle portait un jogging. Si seulement les autres pouvaient disparaître.

La journée était chaude désormais, l'air qui entrait par les vitres ouvertes toujours plus brûlant tandis qu'ils longeaient des prés d'herbe jaune desséchée. Galen sentit une perle de sueur goutter sur son torse et Jennifer chercha soudain d'un geste paniqué à retirer son sweat. Tout en coups de coudes, la tante de Galen qui se plaignait, mais Galen eut l'occasion d'apercevoir le bras nu de Jennifer et son aisselle, la courbe de sa poitrine sous le fin débardeur, si proche de sa bouche. Il détourna les yeux vers la fenêtre afin que sa tante ne surprenne pas son regard.

À toute vitesse sur l'autoroute, les vitres ouvertes rendaient toute conversation impossible et c'était un soulagement pour tout le monde, semblait-il. Même sa mère et sa tante parviendraient à cohabiter s'ils pouvaient vivre à jamais dans cette fournaise. Les mots ne servaient qu'à créer des problèmes. Galen appréciait la paix, observait le paysage qui défilait sous ses yeux, l'herbe jaune ponctuée de chênes, les collines qui commençaient à prendre forme, les longs méandres de la route qui grimpait entre les pins, la région de la ruée vers l'or, un endroit de nostalgie pour sa grand-mère qui aimait les cartes de vœux Hallmark et qui regardait *Bonanza* à la télé. Son monde idéal était une petite ville de l'Ouest où toutes les paroles étaient douces et vides de sens.

Galen ne comprenait pas comment sa grand-mère pouvait être réelle. S'il l'avait incluse dans cette existence-là, c'était pour qu'elle l'aide à apprendre quelque chose, mais en quoi la vraie vie de sa grand-mère était-elle concluante ? Pouvait-elle être véritablement attachée à ce ranch télévisé, à Hoss et tous les autres personnages ?

L'odeur de pin, la large route et la Buick qui flottait et plongeait. Ils gagnaient de l'altitude dans les montagnes, les arbres plus hauts, davantage d'ombre, et sa mère se rangea sur le bas-côté. Je vais la laisser refroidir un peu, dit-elle. Pour éviter qu'on ne surchauffe.

Ils sortirent tous à la file. Une paroi rocheuse abrupte s'élevait à dix mètres au bord de la route. Un pan de montagne creusé et dynamité. L'air était encore chaud en dépit de l'altitude et de l'ombre. Galen avança jusqu'à la roche et l'escalada de quelques centimètres pour s'appuyer sur elle, fraîche contre son visage et ses mains.

Frère rocher, dit Jennifer.

Je touche un autre temps, dit Galen. Quand ils ont percé cette montagne, ils ont ouvert un autre temps. Je me demande quand c'était.

Le débilolithique, dit Jennifer. Tous les animaux étaient maigres et couraient partout en faisant n'importe quoi.

Helen rit. Elle est bonne celle-là, Jennifer, dit-elle.

Vous n'êtes pas assez silencieuses pour trouver la paix, dit Galen. Il ferma les yeux et respira la roche, son parfum ancien. Si le monde entier n'était qu'une illusion, seule une vieille âme aurait pu rêver une chose aussi solide et lui donner corps. Mais si c'était le monde qui était réel ? Et que seuls les gens étaient illusions, ainsi que la surface des choses ? La surface, labile, mais pas le cœur des choses. Aucune de ses lectures n'avait permis à Galen de clarifier tout cela. Il était possible que ce rocher soit réel, et dans ce cas, il fallait le traiter avec un respect particulier. Galen souffla une note grave au plus profond de sa gorge, un chant guttural, très ancien, à l'attention du rocher.

Oh, pitié, dit sa tante, mais il l'ignora. Il répéta la note grave, encore et encore, puis chanta quelque chose d'aigu et revint au grave, et le chant se mit à déferler en lui. Ses bras et son visage à plat contre la pierre fraîche, et le rocher lui renvoyait un écho, très léger, mais suffisant pour qu'il l'entende de près. Il chantait à présent avec le rocher.

Quel talent, dit la voix de sa grand-mère. Mon petit-fils talentueux. Et cela brisa sa concentration. Pourquoi ne pouvaient-elles pas toutes disparaître ?

C'est insupportable, dit sa mère. On s'en va. Je me fiche bien que le moteur surchauffe. Galen, retourne à la voiture.

Galen essaya de s'accrocher à la chanson et au rocher, essaya d'en sentir l'esprit, mais une fois que sa mère avait pris une décision, elle ne revenait jamais dessus. Il ne parviendrait plus à se concentrer, alors il abandonna. Il baissa les bras, soupira et traversa d'un pas prudent les éboulis jusqu'à la route.

J'étais sur le point d'aboutir à quelque chose, dit-il.

Quel dommage de l'avoir perdu, dit sa tante.

Il te reste encore beaucoup d'incarnations, dit Galen. Tu ne fais que commencer.

Sa tante rit et continua à rire tandis qu'ils remontaient en voiture. Jennifer émit quelques gloussements, le rire contagieux.

Arrêtez, dit la grand-mère de Galen, mais elles continuèrent à rire, et sa mère s'engagea à nouveau sur la route, et il y eut un courant d'air ; leurs rires purement mesquins, pas de vrais rires, aucune trace de joie, et Galen regarda par la fenêtre et tenta de les ignorer.

PARTOUT du granit à découvert, une étendue immense. La cascade d'Horsetail Falls au sommet d'une gorge gigantesque. La face à pic de Lover's Leap, pyramides de granit et crêtes où çà et là poussaient pins, sapins et trembles, l'air désormais plus frais. Ils passèrent un virage, suivirent la rivière, sortirent de l'autoroute pour s'engager sur un petit pont enjambant un large plan d'eau peu profond, où Galen avait traqué des truites du plus loin qu'il s'en souvînt.

Un chemin de service forestier ponctué de petites cabanes auxquelles menaient des routes de terre jonchées d'aiguilles de pin. Sombre et ombragé, les arbres plus touffus à cet endroit. Galen ressentit l'excitation qu'il avait toujours ressentie à son arrivée. Leur cabane, une petite structure à un étage et au toit en pente raide. Les murs en lattes verticales d'un bois épais peint en vert pâle et, devant les fenêtres, des volets d'un bordeaux terne. Sa large terrasse et son épaisse rambarde de cette même couleur, couverte de pommes de pin et d'aiguilles.

On est enfin arrivés, maman, dit la mère de Galen. On est à la cabane.

Il faut aller ouvrir l'eau, dit la grand-mère de Galen. Elle poussait déjà la portière pour sortir.

Tout à fait, maman. Tu t'en souviens.

Bien sûr que je m'en souviens.

Ils descendirent tous et s'étirèrent, Galen posa le panier de pique-nique sur le toit de la voiture et appuya son arbalète contre un pin. Sa grand-mère gravissait déjà la colline.

Accompagne-la, Galen, dit sa mère. Il lui emboîta donc le pas, essayant de la rattraper. Il contourna la terrasse et passa devant la petite remise à outils. Sa grand-mère portait un pantalon vert clair assorti à la cabane, une chemise marron, et avançait d'un pas vif. Elle s'arrêta et se pencha précisément au bon l'endroit, plongea le bras dans un buisson, en souleva un large morceau d'écorce et ouvrit la vanne dissimulée dessous.

Tu savais parfaitement où la trouver, dit Galen.

Bien sûr que oui. Va à l'avant de la maison et ouvre le robinet extérieur. Laisse couler l'eau jusqu'à ce qu'elle soit transparente.

Oui, oui, dit-il et il redescendit en marchant.

Où est maman ? demanda sa mère.

Elle m'a demandé de venir ouvrir le robinet.

Ne la laisse pas seule.

J'ouvre le robinet. Il passa devant la voiture et marcha jusqu'au pin contre lequel il avait appuyé son arbalète. Un grand robinet était caché derrière, il l'ouvrit à fond et l'eau jaillit à flots, un peu sombre au début, puis plus claire. Il en prit dans la paume de sa main, glacée, et but un peu. C'est agréable, dit-il. Puis il referma le robinet.

Sa mère déverrouillait le volet de la porte, sa grand-mère donnait des instructions. La mafia sur la terrasse, observant la scène les bras croisés. Galen eut presque pitié d'elles, l'espace d'un instant, toujours sur la touche. Mais c'était dans l'ordre des choses, tout simplement. Galen et sa mère venaient en premier, elles arrivaient en deuxième, et c'était ainsi, pas autrement. C'était immuable.

Galen sortit son sac en toile du coffre. La cabane désormais ouverte, sa mère décrochait les volets devant les fenêtres et sa grand-mère s'était aventurée à l'intérieur. Il la suivit dans l'obscurité.

Une odeur de renfermé, un hiver tout entier. De la fumée plus qu'autre chose, venant du poêle en fonte de la cuisine. Mais aussi d'autres parfums de vieux bois et de couvertures, de journaux et de petit-bois d'allumage, de naphtaline. Il aimait cet endroit, l'aimait plus qu'aucun autre.

Sa grand-mère commençait toujours par aller dans la cuisine. Galen la suivit, juste à temps pour voir la lumière pénétrer dans la pièce tandis que sa mère ouvrait les volets à l'extérieur. Sa grand-mère, debout devant le poêle, les mains posées dessus, les yeux baissés, plongée dans ses souvenirs ? Il la regarda naître dans la lumière pâle, créée pour la première fois.

Son visage plus vieux qu'il ne lui avait paru, des rides en arc de cercle le long de ses joues. Ses paupières tombantes. Elle s'appuyait sur le poêle comme si elle risquait de s'effondrer, mais elle se redressa soudain et, de ses paumes, caressa les plaques rondes en fer. Elle détourna le visage.

Galen eut l'impression d'être un intrus, aussi se glissa-t-il dans l'étroite cage d'escalier, traînant son sac en toile. L'obscurité, à nouveau, et il tendit la main pour trouver un lit d'une place, puis l'autre lit, avança dans le petit couloir entre les deux, jeta son sac sur le lit de gauche. Puis il s'allongea sur le vieux matelas bosselé. C'est là qu'il pouvait réfléchir. Il s'était étendu à cet endroit des heures durant chaque été, toute sa vie, à rêver de ce qui pourrait advenir. C'est là que tout pouvait être pensé et c'est là qu'il pouvait découvrir qui il était. Seulement à cet endroit précis.

Le côté négatif, bien sûr, c'était qu'il devait partager la chambre avec sa mère. Galen entendait sa mère et sa tante se disputer au rez-de-chaussée à propos du couchage, alors il chercha à tâtons dans son sac son magnétophone et son casque, et il écouta *Silk Road* de Kitaro.

Il sentait sa respiration calme, tout le stress quittant son corps. Tant de stress, toujours bien davantage qu'il ne le pensait, avant d'échouer sur la rive de Kitaro. Là, il pouvait écarter les bras et il pouvait voler.

Mais la lumière s'alluma. Sa mère, qui gâchait tout.

J'écoute Kitaro, siffla-t-il.

Je ne peux pas me battre avec tout le monde, dit-elle. Je n'en ai pas l'énergie.

Galen tendit le bras et éteignit la lampe, mais sa mère la ralluma. Elle avait posé une petite valise sur le sol et rangeait ses vêtements dans les tiroirs de l'étroite commode entre leurs lits. On va pique-niquer, tout de suite, dit-elle. Là-haut, au grand rocher.

Je n'ai pas faim.

Alors tu nous regarderas manger.

Galen appuya sur REWIND et le vieux magnétophone couina. Il lui fallait un Walkman. Mais bien sûr, il n'y avait pas d'argent pour un Walkman. Il appuya sur PLAY et se retrouva une fois encore sur la Route de la Soie, les yeux clos.

Galen se détendit à nouveau, attendit que la lumière s'éteigne, que sa mère s'en aille, et allongé là dans la cabane sur ce vieux matelas, dans l'obscurité, il avait le sentiment d'avoir un destin particulier. La structure de sa vie lui apporterait peut-être une gloire éventuelle, bien qu'il n'en connaisse pas encore la nature exacte. Il pouvait sentir l'expansivité de son esprit, la façon dont il émanait de son torse et emplissait la pièce entière. Mais il n'arrivait pas vraiment à se concentrer car elles étaient toutes en train de marcher jusqu'au grand rocher, et cette idée obsédante le tiraillait. Il ferait mieux de ne pas y aller, mais bizarrement, ne pas y aller était impossible. Sa mère, une perturbation constante, une déchirure dans le tissu de l'espace et du temps. Aucune paix possible quand elle était dans les parages.

Galen enfonça violemment le bouton STOP du magnétophone et retira son casque. Puis descendit l'escalier raide.

La grosse casserole en métal sur le poêle, et ça, c'était une chose dont Galen se réjouissait d'avance, le poulet et les *dumplings*. C'était un repas qu'il mangeait volontiers, chaque année, une entorse à son régime végétarien.

Il se tint devant le poêle comme sa grand-mère l'avait fait, plaça ses mains où elle avait posé les siennes, se demanda à quoi elle avait bien pu penser, ce qu'elle avait pu se rappeler. Son propre espace psychique, où toutes les époques différentes se mêlaient. Ses enfants jeunes, son mari encore vivant, son esprit toujours intact. Pouvait-elle s'en souvenir ? Un esprit brisé pouvait-il se souvenir de l'époque où il allait bien ?

Galen détourna le visage comme l'avait fait sa grand-mère et caressa les plaques rondes en fer que l'on soulevait pour tisonner les charbons. Du fer noir bordé de chrome. Le chrome avait terni mais il était encore beau, orné de spirales et de motifs de feuilles. Un haut rectangle en fonte de chaque côté d'un tuyau noir. Le poids et la solidité de la structure. Sa présence dans la petite pièce et dans leur existence. Manifesté à travers nous, dit Galen à voix basse. Présent dans cette incarnation, pareil à un panneau indicateur, à un point de rencontre. Je t'honore, vieux poêle. Il ferma les yeux et, inclinant légèrement la tête, plein de déférence, il laissa échapper une longue expiration.

Le grand rocher constituait un autre point de concentration. Galen n'avait pas envie de voir sa famille mais il voulait revoir le rocher, il sortit donc par la porte de derrière, traversa la terrasse et marcha sur les aiguilles de pin avant de remonter le sentier vers le pré. Rien qu'une herbe éparse, des touffes d'un vert éclatant dans une vaste clairière ensoleillée. L'ombre des arbres brusquement interrompue. Et à mi-chemin dans le pré, niché sur la gauche, un grand rocher plus haut qu'un être humain, très large et fiché profondément dans le sol. Une sorte de crêpe grumeleuse faite de plusieurs strates de granit. Couvert de mousse sur la partie basse et ombragée, dans les alcôves et les surplombs. Quelques petites fougères. Constellé au sommet de lichen jaune en pleine floraison. La vieille peau du rocher. Jennifer perchée à l'endroit où il aimait s'asseoir. Elle savait que c'était la place de Galen.

Sa tante, sa mère et sa grand-mère toutes installées à même le sol, adossées au rocher. Sa mère et sa grand-mère d'un côté du panier de pique-nique, sa tante de l'autre. La nappe à carreaux rouge et blanc étendue par terre et garnie de sandwichs au beurre de cacahuète et à la confiture, d'œufs mimosa, de cornichons et de chips.

Mon beau petit-fils.

Galen essaya de sourire mais son visage ne lui obéit pas.

Prends un œuf mimosa, dit-elle, comme si elle les avait préparés elle-même.

Merci, mamie, dit-il, et il prit un œuf mimosa avant d'escalader le rocher pour s'asseoir près de Jennifer.

Elle avait pris place sur l'unique endroit lisse au sommet, un siège naturel. Le regard dans le vague, elle croquait une chips.

Galen ferma les yeux et essaya de s'apaiser, mais il entendait tout le monde mâcher. Sa mère qui mordait dans un cornichon à l'aneth avec un bruit incroyable, sa tante qui sifflait d'un trait une boisson gazeuse à l'orange, sa grand-mère qui mâchonnait son sandwich en émettant de petits claquements de gencives. Jennifer avec sa chips, pareille au bruit des arbres qui se fendent. Il détestait le son de la mastication et de la déglutition humaines. Il essaya de se concentrer sur les abeilles qui tournaient autour des fleurs sauvages, le son de la rivière non loin, la brise légère dans la cime des arbres plus haut sur la colline, et même sur les voitures qui passaient sur l'autoroute, leur rumeur étouffée par la forêt. Mais tout ce qu'il entendait en réalité, c'était le bruit mouillé des langues, des gencives, des gorges.

Écoutez-vous toutes, dit-il. Toute cette mastication, cette déglutition.

Aucun des bruits ne cessa ni même ne s'interrompit un seul instant. On mange, finit par dire sa mère.

Jennifer prit une bouchée de son sandwich, puis le mâchonna et le suçota aussi bruyamment que possible. Elle souriait et l'observait. Elle ouvrit la bouche pour lui montrer la bouillie mastiquée.

Galen baissa les yeux sur son œuf mimosa. Le blanc comme une coupe pour recueillir la mousse gluante d'un jaune éclatant saupoudrée de paprika. Il le renifla et son estomac se souleva. Il dégageait une odeur de basse-cour, et Galen était contraint d'écouter les animaux autour de lui.

Des animaux, dit-il. On dirait un troupeau d'animaux.

Galen, dit sa grand-mère.

Pardon. Galen descendit et avança jusqu'au centre de la clairière. Il trouva un bâton et creusa un petit trou, y déposa l'œuf mimosa et le recouvrit de terre. Pousse, dit-il. Fais pousser d'autres œufs mimosa.

Il étendit les bras et essaya de ressentir ce vaste pré et l'air frais, cet endroit familier. Il émit un petit cri perçant pour voir s'il y aurait un écho mais aucun son ne lui revint. Il entendait encore leur mastication, même à dix mètres.

Je vais à la rivière, dit-il. Il marcha d'un pas lourd entre les petits arbres qui poussaient à côté de la cabane, empoigna son arbalète appuyée au tronc près du robinet extérieur et se trouva bientôt sur la berge où il se rendait chaque année. De minces ombres filant sous les rochers et les surplombs. Les truites.

Difficile de dire comment les truites connaissaient ses intentions, mais elles les connaissaient. Chaque fois qu'il s'approchait, elles nageaient dans la partie large et peu profonde, dans moins de trente centimètres d'eau claire, au-dessus d'un lit de pierres tachetées orange, vert, bleu foncé et marron. Une sorte de camouflage, mais les truites savaient. Elles savaient que ce camouflage n'était pas suffisant et elles disparaissaient aussitôt dans les flots plus rapides, les étroites cascades blanches entre les rochers plus hauts et les troncs d'arbres morts. Des trous d'eau dissimulés, des grottes et des aspérités. Des endroits que Galen ne pouvait ni voir ni atteindre.

Pendant des années, Galen avait essayé divers appâts : œufs de saumon, bacon, maïs, leurres et mouches. Il n'avait jamais attrapé le moindre poisson. Mais cette année, ce serait différent. Cette année, il avait apporté l'arbalète. Il n'avait pas de pointe, aussi avait-il scotché un cercle de clous au bout, une douzaine de minuscules pics. Et il les aborderait par surprise en remontant le courant, afin qu'elles ne sentent pas sa présence.

À travers les arbres, un bassin plus vaste et plus profond, presque soixante centimètres d'eau. Ce serait son point d'entrée. Il avança jusqu'au bassin d'un pas prudent, mais à peine eut-il atteint la rive que les petites ombres s'enfuirent.

Sauvez votre peau, dit-il. Papa entre dans l'eau, ce coup-ci.

Il se dévêtit sur la berge et mit un pied dans l'eau, qu'il ressortit aussitôt. Putain de merde, dit-il. L'eau était incroyablement froide. Mais il entra à nouveau, les deux pieds, les chevilles envahies par une douleur sourde, et se mit à quatre pattes.

Oh, dit-il. Oh que c'est froid.

Mais il continua d'avancer, glissant son ventre et son torse dans l'eau, puis il plongea. Il secoua frénétiquement les bras sous la surface, lâcha l'arbalète. Il essayait de se réchauffer, s'assénait des claques sur les cuisses, progressait à l'aide de ses bras, se cognait les genoux, les pieds et les coudes en s'agitant. Nulle part où aller dans ce petit bassin, mais il fallait qu'il se réchauffe, qu'il bouge. Il ouvrit les yeux, qui lui piquaient dans l'eau froide. Il sentait la forme exacte de ses globes oculaires, deux petites bosses dures qui gelaient dans ses orbites. Il lui fallait un masque et un tuba. Il dut remonter pour reprendre sa respiration, puis s'immergea à nouveau, les pierres lisses à quelques centimètres de son visage, la lumière tachetée créant une confusion de couleurs. Tout était soudain amplifié, agrandi.

Un monde différent, sous l'eau. Les mains géantes de Galen, sa peau un sac tendu contenant sa bouillie vitale, sa misérable chaleur précieuse. Il était une planète évoluant dans un néant glacial, en apesanteur. Sans air, impersonnel, avec une relation différente à la lumière. Maintenu en vie par une fine membrane.

Il attrapa l'arbalète, entendit son raclement contre la pierre, l'amplification du bruit. La vie sur la terre ferme n'était qu'une forme de vie rétrécie et plongée dans le silence, rendue plus petite et ennuyeuse. Il regarda alentour, la pierre et le sable, les racines et la terre sombre le long de la berge, tout était ample et lumineux. La lumière du soleil mouvante et ondoyante, s'échouant sur la berge en larges bandes.

Il dut encore remonter pour reprendre sa respiration, la poitrine serrée, puis il s'immergea et essaya de se détendre, d'utiliser moins d'oxygène. Les truites étaient tout autour de lui. S'il parvenait à s'apaiser suffisamment, il sentirait leurs mouvements. Sœurs truites, pensa-t-il. Je suis avec vous, en cet instant.

ELLES étaient toutes assises dans des fauteuils à bascule sur la terrasse du devant.

C'est un caméléon, dit Jennifer. Il est tout blanc, maintenant. Où est passé le rouge ?

Qu'as-tu fait ? demanda sa mère.

Je pêchais, dit-il d'une voix vide et tremblante. Il claquait des dents. Il monta les marches du porche avec précaution, posa l'arbalète près de la porte. Il ne sentait plus que ses os.

Je crois qu'on va faire un festin de truite ce soir, dit sa tante, et Jennifer s'esclaffa.

Aujourd'hui, c'était juste pour comprendre où elles se trouvent, dit Galen.

Elles sont dans la rivière.

Arrête, dit la mère de Galen.

Ce n'est pas grave, dit Galen. Aujourd'hui, j'ai vu la rivière comme tu ne l'as jamais vue, Helen. Tu n'as aucune idée de ce qu'est la rivière.

Ça ne fait que depuis mon enfance que je viens ici.

C'est bien le problème. Depuis ton enfance, tu n'es qu'à demi éveillée.

Honnêtement, dit-elle. Qu'est-ce que tu feras quand tu devras t'intégrer au monde réel ?

Comme toi tu l'as fait ? Est-ce que tu ne vis pas dans un appartement merdique payé par mamie ? Il avait encore du mal à faire sortir ses mots, sa poitrine creuse. Il devait se réchauffer à tout prix. Je vais prendre un bain, dit-il.

Il faut que tu allumes le chauffe-eau, dit sa mère. Ça va prendre une vingtaine de minutes pour chauffer.

Putain, dit-il. J'ai vraiment froid.

Galen, dit sa grand-mère.

Pardon.

On repart aujourd'hui ? demanda-t-elle. Elle semblait soudain inquiète.

Non, maman, dit la mère de Galen. On vient juste d'arriver. Il nous reste encore largement le temps.

Ah, dit-elle en se radossant à son fauteuil. Je déteste quand je n'arrive plus à me souvenir.

Galen entra dans la maison et heurta le lit d'appoint. Vous ne pouviez pas attendre ce soir pour le déplier ? cria-t-il.

Espèce de petit merdeux pourri-gâté, lui cria sa tante en retour.

Helen. Ce fut sa mère et sa grand-mère en chœur.

Galen enjamba le lit. Dans la salle de bains, il appuya sur l'interrupteur du chauffe-eau, ferma la porte et s'affala contre elle, se sentant soudain très triste. Il ne s'était jamais disputé avec sa tante, de toute sa vie. D'aussi loin que remontaient ses souvenirs, les meilleurs étaient avec elle, à dire vrai. Une piscine gonflable sur la pelouse de ses grands-parents, sa tante qui courait autour en le traînant par les bras pour créer un tourbillon. Son rire était alors toujours généreux et authentique. Il ne savait pas ce qui s'était passé. Une erreur, quelque chose qui avait mal tourné au cours des deux derniers jours. Elle faisait des commentaires, avant, mais il les avait toujours pris pour des traits d'humour.

Galen ne comprenait pas comment les existences étaient censées s'interpénétrer. Il avait intégré chacune de ces personnes dans cette incarnation afin qu'elles lui enseignent une leçon précise. Mais si sa tante avait, elle aussi, un esprit ou une âme, elle avait donc ses propres leçons à apprendre de son côté, et comment tout cela s'imbriquait-il ? Comment cela pouvait-il se synchroniser ?

Peut-être qu'une personne pouvait être mise sur pause. Sa tante, encore en colère par rapport à son enfance. Elle n'avait toujours pas compris que la mémoire n'était qu'une illusion. Peut-être pouvait-on rester bloqué à jamais si l'on refusait d'apprendre une leçon spécifique. Mais Helen n'avait pas semblé furieuse, jusqu'à maintenant. C'était peut-être dû au fait que Jennifer grandissait. C'était peut-être là, la différence. Elle se battait désormais pour Jennifer. Dans les plus vieux souvenirs qu'il avait de sa tante, Jennifer n'existait pas encore.

Le T-shirt et le short de Galen étaient trempés. Il n'avait pas de serviette à la rivière. Sa peau hérissée, une chair de poule, frissonnante.

Sa grand-mère, incapable de se souvenir de quoi que ce soit, était inéluctablement sur pause. Elle reprenait son souffle dans ce jeu. Et il y avait aussi la grande question de savoir de quoi était fait ce jeu. Pourquoi essayons-nous tous d'apprendre des leçons ? Galen savait que c'était pour se détacher de tout, mais pourquoi, à l'origine, y avait-il des liens ?

Vingt minutes, c'était très long. Il se leva, retira son T-shirt et son short humides, empoigna une serviette sèche et se frictionna pour essayer de se réchauffer. Le plafond s'incurvait à cet endroit, de longues lattes trop basses au centre, une unique ampoule nue pour toute lumière. Cette pièce, simple ajout, ne faisait pas partie de la cabane d'origine, les anciens n'avaient donc visiblement pas besoin de prendre de bain. Peut-être se lavaient-ils à la rivière. Ils étaient bien plus costauds, par le passé. Bien que le passé n'existât pas vraiment. L'histoire, une autre illusion.

Elle existait seulement pour ce que l'on en faisait dans le présent.

Galen vérifia plusieurs fois la température de l'eau, et enfin elle fut assez chaude pour faire couler un bain. Il s'assit dans la baignoire tandis qu'elle se remplissait, la plus délicieuse des chaleurs. Il était possible, bien sûr, qu'il soit la seule personne réelle, la seule à posséder un esprit ou une âme. Il était possible que chaque âme vive dans un pays-miroir, sans personne autour.

Galen somnolait dans le bain, engourdi par la chaleur, mais Jennifer se mit à marteler la porte. Je passe après toi, dit-elle. Dépêche-toi. Je veux prendre un bain avant le dîner.

Galen se leva et se sécha, prenant garde en passant sur ses cuisses qui étaient à nouveau rouges et brûlantes, puis il sortit une serviette autour de la taille.

On voit tes côtes, dit Jennifer. Même dans ton dos. C'est dégueu.

Ce n'est qu'une coquille, dit Galen. Ça n'a pas d'importance.

On verra bien, dit Jennifer. Elle avait relevé ses cheveux et s'était déjà enroulée dans une serviette.

Galen monta à l'étage et se demanda ce qu'elle avait voulu dire. Sa tante, sa mère et sa grand-mère étaient encore sur la terrasse. Elles n'avaient pas commencé à préparer le dîner, il avait donc encore du temps devant lui. Il se glissa sous la couverture et attrapa un *Hustler* dans son sac. Il fallait qu'il fasse attention de ne pas jouir, au cas où Jennifer aurait prévu de passer.

Dans le *Hustler*, un homme portait un uniforme de mousquetaire avec un chapeau orné d'une longue plume. Son service lui laissait un moment de liberté et il se trouvait en compagnie de plusieurs femmes fort dévêtues. Le roman-photo ressemblait à une mauvaise pièce de théâtre scolaire mais peu importait. Galen se sentait quand même excité.

Il guettait des bruits de pas dans l'escalier, ce qui finit par le stresser beaucoup trop, aussi rangea-t-il le magazine et attendit-il.

Samsara, l'attachement au monde. Le désir sexuel en était la pire manifestation. Un besoin qu'il ressentait dans sa colonne vertébrale, qui remontait le long de son dos jusque dans sa nuque, relié à sa bouche. C'était fou, complètement fou, et cela étirait le temps. Seul un eunuque pouvait trouver la paix. Châtré. C'était le chemin le plus rapide vers l'illumination.

Il ne pensait pas franchement que Jennifer viendrait lui rendre visite, mais elle le fit. Elle monta l'escalier et il alluma la lampe de chevet. Elle tenait un jeu de cartes, portait une jupe et un T-shirt. Je leur ai dit qu'on allait jouer aux cartes avant le dîner, dit-elle.

Elle s'assit sur le lit de la mère de Galen et distribua deux mains de belote sur la table de chevet. Sa jupe était courte et Galen ne pouvait s'empêcher d'essayer de reluquer sa cousine. Il était gêné.

Pas de problème, dit-elle en écartant les genoux. Tu peux regarder.

Elle ne portait rien en dessous.

On va instaurer quelques règles, dit-elle. La première, tu as seulement le droit de faire ce que je dis. La deuxième, interdiction de faire le moindre bruit. Et bien sûr, interdiction d'en parler à qui que ce soit.

D'accord, dit-il.

Elle sourit. Regarde-toi. Tu es tellement en manque. Vingt-deux ans et tu n'as jamais touché la moindre chatte.

Tu as déjà couché, toi ?

Bien sûr que oui, dit-elle. Tout le monde l'a déjà fait. Sauf toi. Allonge-toi sur le dos et pousse-toi un peu.

Il écarta la couverture.

Non, dit-elle. Laisse la couverture. Et si quelqu'un monte dans l'escalier, rassieds-toi vite et attrape ton jeu de cartes.

OK, dit-il. Mais qu'est-ce qu'on va faire ?

Elle grimpa sur le matelas, un genou de chaque côté de la tête de Galen, puis elle écarta les jambes et s'abaissa juste au-dessus de son visage.

Ouah, dit-il. Elle était bien mieux que les femmes des magazines, plus jeune. Tellement parfaite, dit-il. Tellement belle.

Ne fais pas de bruit.

Je peux toucher ?

Oui, tu peux.

Il lui caressa l'intérieur de la cuisse avec sa joue, son nez. Si doux et chaud.

Avec ta barbe, maintenant, dit-elle, et il passa le côté de sa mâchoire sur sa cuisse.

Ça me plaît, dit-elle. Tourne le visage sur le côté et ne bouge plus.

Il lui obéit et sentit ses lèvres humides contre sa joue.

Comme du papier de verre, dit-elle. Ça me plaît.

Galen était un peu contrarié car il ne voyait rien, une fois la tête tournée de côté. Elle chevauchait sa joue, ce qui revenait un peu à faire l'amour sans lui. Il tourna le visage vers elle, mais elle le repoussa, la main sur son front, et elle continua à chevaucher sa mâchoire. Cela ne lui plaisait pas du tout. Le côté tout entier de son visage était humide.

Très bien, dit-elle enfin. Elle lui redressa le visage et s'assit dessus. Tu peux me lécher.

Galen avait peine à respirer. Il agita la langue mais, quoi qu'il fît, cela n'importait visiblement pas. Elle s'installa plus haut afin que le nez de Galen soit en elle, et elle entreprit de chevaucher son nez. La langue de Galen n'était même plus dans sa chatte. Elle était plus bas.

Lèche-moi le cul, murmura-t-elle, et il se rendit compte qu'il s'était déjà exécuté.

C'est bon, gémit-elle. C'est bon. Elle accéléra, bougeant plus vite contre son nez qui se trouvait désormais bloqué dans une sorte de sillon, et il continua de lécher.

Galen n'entendait pas bien, étant donné qu'elle chevauchait sa tête de plus en plus fort, l'écrasant sur l'oreiller, et il craignait que quelqu'un monte. Le lit devait déjà heurter le mur.

Il respirait par la bouche, obligé d'avaler. Il avait l'impression de se noyer. Son visage tout entier et son front, gluants.

C'est bon, répétait-elle. Elle lui empoigna l'arrière de la tête d'une main et l'enfonça plus profond encore. Agite la tête, dit-elle. Et il agita la tête d'avant en arrière sans cesser de lécher.

Ooh, dit-elle. Ouais. Continue de lécher.

Il se rendit compte qu'il avait légèrement ralenti les mouvements de sa langue. Il avait du mal à tout faire en même temps : respirer, lécher, agiter la tête d'avant en arrière, essayer de garder sa barbe en action.

Ses cuisses se tendirent et elle attira son visage plus loin encore, puis elle ralentit. Il la sentit trembler. Elle s'enfonça une fois encore, assez fort pour risquer de lui briser le nez, puis elle tressaillit.

Aah, disait-elle. Aah. Elle se releva de dessus son visage et tressaillit encore un peu. Les muscles de ses cuisses, les lignes douces, le rose magnifique. Il n'arrivait pas à croire qu'il était en train de regarder tout cela. Sa trique était retombée au début, mais elle était désormais revenue et il avait hâte de pouvoir se glisser en elle.

Jennifer descendit de lui et il se tourna sur le flanc pour s'essuyer le visage sur le drap. Même ses cheveux étaient trempés.

Ouah, dit-il.

Elle avait rabaissé sa jupe et s'était installée sur le lit de la mère de Galen. Il repoussa la couverture et le drap, et elle regarda sa trique. Désolée, dit-elle. J'ai terminé.

Quoi ?

Tu ne peux pas tout avoir d'un seul coup.

Mais je n'ai rien eu.

Pourri-gâté. Ma mère a raison, à ton sujet. Tu as eu ma chatte, ce qui est bien plus que tu ne mérites. Tu sais combien de garçons de mon lycée tueraient rien que pour la voir ?

Est-ce que je peux juste la regarder pendant que je me branle, alors ?

Non. J'ai terminé. Prends ton jeu de cartes.

Putain, dit Galen.

Ne fais pas le bébé.

Galen se sentit soudain furieux. Mais il ne voulait rien dire qui fâche. Aussi s'adossa-t-il au mur, calé sur son oreiller, et ramassa son jeu.

Voilà, c'est bien, dit-elle. Et il faudra aussi que tu te laves le visage avant le dîner.

ILS ne dînèrent pas de poulet et de *dumplings*. Ce serait pour plus tard, quand le plat aurait eu le temps de mijoter toute une journée dans la marmite. Ils dînèrent ce soir-là d'un gratin de thon. Un pot de mayonnaise, plusieurs grandes boîtes de thon, un gros paquet de chips et des carrés de fromage à hamburger par-dessus.

Vous avez vraiment fait des folies, dit Galen.

La mère de Galen était en train de poser le gratin sur le dessous-de-plat au centre de la petite table. La cuisine était minuscule, ils étaient au coude à coude.

Vous avez mis un paquet entier de chips, dit Galen. Vous avez la moindre idée de la quantité de sel que ça représente ?

Il commençait déjà à transpirer, le poêle en fonte dégageait une chaleur incroyable. Ils avaient ouvert les fenêtres et la porte arrière, mais ce n'était pas suffisant.

Il serait peut-être temps de jeter à la poubelle votre livre de recettes pour *white-trash**, dit Galen.

Sa mère l'empoigna par le biceps, violemment, lui pinçant la peau, et elle le tira de sa chaise.

Suzie-Q, dit sa grand-mère, et sa mère lâcha prise. Il se rassit.

* Terme péjoratif pour qualifier les Blancs pauvres aux États-Unis (particulièrement dans le sud du pays), souvent associé à une série de stéréotypes dégradants. (Toutes les notes sont de la traductrice.)

Est-ce qu'on est des *white-trash* ? demanda-t-il. Je n'irai jamais à l'université, aucun de nous n'a un emploi et on vit dans les bois. Avant même qu'on s'en rende compte, je risque de coucher avec ma cousine.

Arrête, dit Helen.

Jennifer plissa les yeux et baissa le regard vers son assiette. C'était peut-être ainsi qu'il parviendrait à avoir un peu de pouvoir sur elle. C'était peut-être elle, plus que lui, qui avait besoin de garder ce secret.

Ça ne te ressemble pas, Galen, dit sa grand-mère. Ton grand-père a construit un pont à Sacramento. Tu es un Schumacher et tu pourras toujours en être fier.

Pardon, mamie.

Un tas de bouillie dans chaque assiette, les chips fripées, dorées et grasses.

C'est les hommes, le problème, dit Helen. D'abord papa, et maintenant toi.

Je t'interdis de parler à mon fils sur ce ton, dit la mère de Galen.

Tu n'étais pas en train d'essayer de lui arracher le bras ?

Il ne ressemble pas à papa.

Mais je croyais que papa était parfait. Je croyais qu'il buvait de la citronnade et qu'il prenait d'agréables déjeuners sous le figuier. Ce n'est pas bien, de ressembler à papa ? Qu'est-ce que tu fais de toute ton histoire ?

Votre père était un homme bien, dit la grand-mère de Galen. Il a travaillé dur toute sa vie.

Ouais, on sait, dit Helen.

Non, vous ne savez rien. Vous n'avez pas l'air de comprendre. Il a pourvu à nos besoins à tous.

J'aurais préféré ne jamais naître, dit Helen. Franchement. J'aurais préféré louper ce pauvre merdier misérable qui me tient lieu de vie, pour ce que ça vaut.

Helen.

Je suis sérieuse. Et je refuse de supporter encore tes mensonges. Pourquoi est-ce que tu donnes tout à Suzie ? Pourquoi tu ne me donnes rien, à moi, rien à Jennifer ? Je veux savoir, maman.

Bah dis donc, fit Galen. Tu peux vraiment botter le cul de quelqu'un, quand tu t'y mets.

La tante de Galen lui asséna un coup de poing dans l'épaule, brutal. Elle le frappa encore une fois, le regard plongé dans le sien, une haine absolue, puis le frappa encore. Il essaya de contrer le coup, mais elle était rapide et elle frappait fort.

Puis une chose curieuse se produisit. Tout le monde détourna le regard. Personne ne dit rien ni ne réagit au fait que sa tante venait de le frapper du poing. Sa grand-mère fredonnait pour elle-même, les yeux baissés sur ses genoux, et sa mère mangeait. Jennifer avait croisé les bras et baissait les yeux, elle aussi. Sa tante avait recommencé à manger. Et Galen se rendit compte qu'il avait été frappé pour la première fois de sa vie, mais que, dans la pièce, toutes avaient déjà dû être frappées de nombreuses fois. Ou dans le cas de sa mère, n'avait été que simple témoin, mais témoin de nombreuses fois.

L'épaule de Galen le lançait, mais il se servit un peu de gratin de thon et essaya d'en avaler quelques bouchées. Le bruit du feu dans le poêle, les charbons qui éclataient. Le bruit de la mastication et de la déglutition, humide et amplifié. Le goût du sel.

Bien, dit-il. J'imagine que c'est exactement ce qu'on est.

Tu veux encore un peu de gratin, maman ? demanda sa mère.

Oui, merci. C'est très bon.

La mère de Galen fit grand cas de servir le gratin, levant haut la cuillère. Demain, on mangera ton poulet et tes *dumplings*, maman. Ce sera un vrai plaisir.

Galen vit que sa mère était l'artisan de la résurrection des mondes. C'était son rôle. Quand tout tombait en morceaux, elle entrait en scène et permettait au temps de reprendre sa course.

Demain, on pourra aller se promener à Camp Sacramento, dit-elle.

Oh, ce sera bien agréable, dit sa grand-mère.

J'attends toujours ta réponse, maman, dit Helen.

Est-ce que tu veux un peu de vin, maman ? demanda la mère de Galen.

Oui, s'il te plaît.

La mère de Galen se leva et se tourna vers le plan de travail près du poêle. Il n'y avait aucune place dans cette pièce. Tous les cinq étaient entassés autour des trois côtés d'une vieille table minuscule fixée au mur et couverte d'une toile cirée jaune. Les lambris de bois irréguliers au mur, peints en blanc. Une unique ampoule nue au bout d'une chaîne. Au sol, un lino marron fané. Le poêle, pareil à une fournaise. Tous les visages couverts de sueur.

La mère de Galen ouvrit une bouteille de vin blanc, du riesling, et l'odeur renvoya aussitôt Galen dans le passé. Elle se versa un verre, un autre pour sa mère et n'en offrit à personne d'autre. Elles burent toutes les deux en mangeant sous le regard de Galen et de la mafia, et Galen se demanda pourquoi ils étaient tous réunis là ensemble.

Quel intérêt d'essayer d'être une famille ? demanda-t-il. Pourquoi est-ce qu'on fait ça ?

La mère de Galen soupira et descendit le reste de son vin, puis se resservit. La grand-mère de Galen scrutait son propre verre avec une sorte d'émerveillement. Elle l'avait posé, presque vide, sur la table, juste derrière son assiette. Le pied entre ses deux doigts, elle le faisait tourner doucement, la paume de la main vers le bas, ouverte, comme si elle l'agitait au-dessus de quelque chose, comme si la table était un miroir et le vin, une sorte de clé dorée. Elle semblait hypnotisée, ses yeux bleus humides et immenses, ses lèvres bougeant légèrement comme si elle récitait une invocation, des paroles anciennes qu'aucun d'eux ne serait en mesure de comprendre. Elle semblait sur le point de faire une annonce, et c'était ce qui maintenait les autres dans un silence complet.

Dans la lumière crue de l'ampoule nue, on avait l'impression que, pour retirer sa grand-mère, il faudrait la découper sur le tissu du monde, laissant ainsi un trou à la place. Elles donnaient toutes cette impression à Galen, comme si elles étaient en deux dimensions, aplaties et collées sur place. Jennifer avec ses bras croisés, les yeux baissés, immobile, à l'arrêt. Sa mère, avec autour de la bouche des rides bien plus profondes que dans son souvenir, comme si ses lèvres étaient séparées du reste de son visage, comme rajoutées. Ses yeux enfoncés dans des orbites trop grandes. Les boucles de ses cheveux comme des éléments sculptés et détachés d'elle. Elle semblait fabriquée de toutes pièces, assemblée de plusieurs morceaux différents, inventée.

Galen sentit le côté irréel de sa mère, le sentit pour la première fois, une impression soudaine et indiscutable. Elle porta encore une fois son verre à ses lèvres, mais son geste était désarticulé. Le monde assemblé en une série de mouvements saccadés, chaque élément déposé à sa place sous tension, et tout menaçant de s'effondrer d'un coup.

Galen avait envie de partir. Il avait envie de s'éloigner de cette table. Cette table paraissait extrêmement dangereuse. Il le comprenait désormais, sa famille était soudée par la violence. Mais il était bloqué là, cloué sur place, incapable de bouger. Il ne pouvait qu'observer, et le seul mouvement était celui du verre de sa mère, et celui de sa grand-mère, sa paume tournant en cercles lents, et le vacillement de la lumière.

GALEN lisait *Le Prophète* de Khalil Gibran, son livre le plus précieux, celui qu'il étudiait lorsque son attachement au monde devenait insupportable. "Vos enfants ne sont pas vos enfants. Ils sont les fils et les filles de l'appel de la Vie à la vie. Ils viennent à travers vous mais pas de vous, et bien qu'ils soient avec vous, ils ne sont pas à vous." Galen savait que c'était la vérité. Il était bien plus important que sa mère, destiné à bien davantage. Elle devait comprendre qu'elle n'avait aucun droit sur lui. Ou l'illusion de sa mère devait comprendre cela, ou bien Galen devait comprendre que l'illusion de sa mère n'avait aucun droit sur lui, ou quelque chose de ce goût-là. Tout était très confus. Quoi qu'il en soit, il fallait qu'il brise l'attachement de sa mère envers lui, car elle le retenait en arrière. Et sa tante devait comprendre qu'elle était libérée de ses parents, que sa vie lui appartenait. Si seulement tout le monde pouvait comprendre Gibran, les souffrances seraient bien moindres.

Il était difficile de faire partie d'une famille de jeunes âmes. Galen était une vieille âme approchant de la transcendance, il apprenait ses dernières leçons, les plus difficiles, son dernier détachement par rapport à sa famille, mais les autres ne faisaient que commencer leur apprentissage. Ils ne savaient même pas encore qu'ils cheminaient sur la route. Ils ne savaient même pas que la route existait, et il était épuisant d'essayer de les réveiller et de les tirer pour avancer. C'était une sorte de service que Galen devait leur rendre, un acte altruiste qui figurait également parmi ses ultimes leçons. Mais pour l'instant, il ne se sentait pas à la hauteur de la tâche.

Il posa *Le Prophète* sur son torse et regarda autour de lui la petite chambre dans la lueur de la lampe de chevet. Le plafond incliné, les poutres apparentes, les lambris verticaux au mur, peints d'un marron foncé. Il se demanda s'il n'était pas un prophète, lui aussi. C'était peut-être ça, son rôle.

Jésus avait été un prophète. Un homme ordinaire, un charpentier, mais une âme ancienne disposée à aider les autres à ouvrir les yeux.

Galen aimait cette chambre, un endroit pour se souvenir de qui il était. C'était facile de l'oublier pendant le reste de l'année, tandis que samsara s'acharnait sur lui. Mais la chambre lui paraissait trop petite en cet instant. Galen se sentait sur le point d'apprendre quelque chose. Il sentait son âme s'élargir.

Il sortit donc de son lit, revêtit un jean, un sweat et des bottes car il ferait froid dehors, les montagnes toujours fraîches, la nuit. Il essaya de descendre l'escalier discrètement, mais les marches craquaient à grand bruit et il ne savait pas de quel côté tourner. S'il partait à gauche, il devrait passer devant sa tante et Jennifer pour sortir par la porte d'entrée. S'il allait à droite, il devrait passer devant sa mère et sa grand-mère, assises à la table de la cuisine. Il ne voulait prendre aucune de ces directions. Il voulait une troisième porte, mais c'était justement ce que la vie n'offrait jamais, et c'était peut-être aussi bien. C'est ainsi que l'on était poussé à l'affrontement, que l'on était obligé d'apprendre ses leçons.

Galen prit à gauche car il ne pouvait supporter de se trouver une fois encore dans la cuisine avec sa mère et sa grand-mère.

Jennifer et sa tante dans le lit d'appoint, assises dans une position étrange. Il y avait un large espace entre le matelas et la tête de lit, il était impossible de s'adosser avec son oreiller. Elles auraient un torticolis.

Laisse-moi deviner, dit Helen. C'est Père Granit qui t'appelle pour chanter et changer les galets en gros rochers ?

Galen l'ignora et sortit. Il descendit les marches d'un pas rapide et avança sur le chemin en terre, dans les aiguilles de pin. L'air froid et cristallin, l'odeur du feu de bois, les contours précis dans le clair de lune.

"Vous Le verrez sourire dans les fleurs, puis s'élever et agiter les mains dans les arbres." Gibran avait raison. Galen avait seulement besoin d'apprendre à regarder, à ressentir. Les motifs du clair de lune à travers les arbres. Tout, autour de lui, une présence et un signe. Le bodhisattva présent en toute chose. Bouddha dans chaque pierre, dans chaque arbre. Chaque aiguille de pin bien plus grande qu'une église.

Galen s'arrêta et ressentit le lien avec le sol, retira ses bottes et ses chaussettes, se concentra pour devenir plus léger. Laisser l'énergie de la terre remonter à travers la plante de ses pieds. Il reprit sa marche mais essaya de faire en sorte que ses pas ne soient pas dirigés, essaya d'avancer avec authenticité, essaya de marcher avec légèreté sans pour autant penser à marcher avec légèreté. Il commençait tout juste à découvrir le Mouvement Authentique. Il y avait une librairie New Age près de la maison de ses grands-parents, où il avait passé le plus clair de ses années post lycée, mais ils lui avaient demandé de ne plus revenir, l'avaient traité de harceleur alors qu'il voulait juste aligner son aura avec celle d'une jeune employée du magasin. C'était une âme plus jeune, adorable mais terrifiée, incapable de voir. Il avait essayé de l'aider. L'alignement fonctionnait mieux quand il se tenait tout près d'elle, dans son dos, et qu'il écartait les bras, mais elle n'avait pas apprécié. Cette histoire le rendait furieux, un épisode qu'il essayait d'oublier. Ils l'autorisaient désormais à commander ses livres par correspondance, et celui qui traitait du Mouvement Authentique était son dernier achat en date, laisser son corps trouver lui-même le chemin, le laisser répondre, apprendre à son contact, supprimer l'attachement à soi, au passé, à la colère, accueillir les liens à la terre et à l'air.

Galen avait rentré le cou dans ses épaules et il sentait ses lèvres alourdies, pareilles à celles d'une grenouille. Sans qu'il sache pourquoi, il ressentait toujours cela lorsqu'il essayait de se concentrer, et c'était très déstabilisant. Pourquoi avait-il conscience de ses lèvres ? Il voulait se concentrer sur son mouvement.

Les bras écartés, paumes vers le ciel, il s'ouvrit à l'univers. Il essaya de laisser le mouvement s'organiser, mais cela le ralentissait étrangement et lui donnait l'impression d'avoir les hanches bloquées. Il essaya une démarche différente, essaya de marcher comme il l'avait fait sur des charbons ardents, en enjambées plus longues, plus déterminées. Rien qu'un atelier, un soir, et il avait manqué la plupart des explications car il avait accepté d'entretenir le feu en contrepartie d'une réduction sur le tarif. Toujours obligé de mendier de l'argent auprès de sa mère. Un grand feu de camp qui lui brûlait le visage tandis que les autres parlaient de peur, de la manière d'utiliser sa propre peur comme conseillère. Il avait entendu quelques bribes, çà et là. Puis il avait ratissé les charbons en un tapis de quatre mètres de long sur un mètre de large, les braises rouges et brûlantes, son visage piquant.

Sur la pelouse, tout le monde s'était assemblé en cercle autour des charbons, l'herbe fraîche et humide, les braises luisantes. Galen avait eu peur, mais il s'était senti stimulé par les mélopées autour de lui, tout le monde avait tendu les bras, paumes vers le ciel. Puis l'un après l'autre, ils avaient traversé les charbons. Nombre d'entre eux avaient bondi, un petit saut après quelques pas, brûlés. Mais certains avaient parcouru la distance dans un crissement de braises.

Quand le tour de Galen était venu, enfin, il ressentait la foi la plus glorieuse, la certitude soudaine et envahissante que l'univers veillerait sur lui, la sensation que sa peur avait changé, était devenue plus puissante, plus pure, et il avait avancé, mû par un simple sentiment de curiosité. Il sentait les charbons craquer sous ses pieds, sentait leur chaleur, même. Il sentait chaque morceau de bois, sa fragilité, la façon dont le feu était comme une sorte de filet ayant attiré toute la substance du bois, et Galen ne s'était pas brûlé. Il avait avancé, avait regagné l'herbe à l'autre bout, et il avait eu le sentiment d'avoir reçu un immense cadeau.

Il avait aidé à ranger après la séance et avait regardé la responsable de l'atelier se soigner les pieds. Il ne l'avait pas vue tressauter ou sautiller en traversant les charbons, mais la plante de ses pieds était horriblement brûlée, de longues zones de peau rouge et bouffie comme la chair d'un hot-dog. Elle y appliquait une crème blanche avant de les bander et de les glisser dans de larges pantoufles. Elle avait avalé un cachet de Vicodin.

Quoi ? avait-elle demandé, et il n'avait pas su que répondre. Elle devait gagner environ vingt mille dollars par soirée, c'était sans doute sa principale motivation et il s'était senti trompé.

Avançant à présent sur les aiguilles de pin, il essayait de se souvenir de ses sensations sur les charbons, car quelque chose, dans cette traversée, avait été authentique. Il s'était passé quelque chose et il n'y avait aucune raison qu'il ne puisse pénétrer une fois encore dans cet espace.

Il essaya de se sentir comme un hamac tendu entre terre et lune. Se balançant dans la brise éthérique, le vent soufflant depuis le monde des ombres. Son corps, presque comme un diapason. Sur la route, ses pieds nus bien plus lourds qu'il ne l'aurait aimé, aussi essaya-t-il de les libérer, de faire en sorte qu'ils ne portent aucun poids. Il sentait la piqûre aiguisée des pierres et des aiguilles, essaya de l'ignorer. Des pas cérémonieux, un mouvement fluide, et il se rendit compte qu'il était attiré vers le large bassin d'eau peu profond près du pont. Il y était entraîné sans savoir pourquoi, mais il suivait cette attraction.

La route comme un couloir, baignée d'ombres et de clair de lune. Un voyage. Il gardait les yeux mi-clos, essayant de voir sans regarder. Sentant l'énergie s'accumuler. Son chakra couronne grand ouvert.

Il psalmodia. *Heya hey hey, ya eh oh ee, ya eh oh ee, heya heya hey hey hey hey how*. Un chant qu'il avait appris un jour dans une hutte de sudation, un chant magnifique, censé provoquer quelque chose. Une danse indienne, une danse du soleil ou une danse des fantômes, quelque chose dans le genre. *Heya nico-wei, heya nico-wei, hey nico-wei hung-ee hei hei hei hei how*.

Il sautilla un peu en chantant, les bras levés très hauts, mais reprit bientôt une démarche plus lente. Cela lui semblait plus authentique, plus cérémonieux.

Et soudain, il se retrouva dans un paysage ouvert, au clair de lune, le chemin de terre blanc et lumineux, et le large bassin d'eau scintillant devant lui. La lune droit devant, l'attirant. Il se sentait entraîné vers elle, se sentait reconnu par elle, accepté. Le chant était devenu une danse de la lune, et la lune l'avait écouté.

La lune lui offrait un cadeau, cette eau. C'est pour cela qu'il avait été attiré jusque-là. La surface de l'eau toujours en mouvement, la lumière jamais immobile, évoluant en motifs. C'était ce qu'avait vu Siddhartha. Le courant de l'eau emportait le soi, l'attachement, et les formes dessinées à la surface laissaient découvrir le visage de toute chose.

Chaque désir, chaque douleur, tout prenait forme l'espace d'un instant, un jeu de lumière, puis se dissolvait. C'était en observant l'eau que l'on rêvait, que revenait en mémoire le tiraillement de nos précédentes incarnations, et l'on se languissait de notre forme véritable, au-delà de ce corps, au-delà de cette incarnation, au-delà de ce monde d'illusions.

Galen comprit alors ce qu'il était censé faire cette nuit-là. Le clair de lune, un chemin à travers l'eau, la preuve, enfin, de ce qu'il était. Il marcha dans cette direction, ou fut guidé dans cette direction par l'univers. Le flot de sonorités magnifiques, les bouillonnements et le courant, une voix rassurante, la douce lumière et il avait perdu ses pieds. Ils ne faisaient plus qu'un avec la lumière et traverseraient la surface avec la même légèreté que la lumière sur l'eau.

Galen, extatique, son âme tout entière débordante d'amour. Son pied sur la surface, froide, le souffle de l'eau et c'était une bonne chose, il allait y arriver, mais son pied s'enfonça et il bascula, essayant de maintenir les paumes vers le ciel, essayant de sauver l'instant, essayant de ne pas perdre la foi. Le pas suivant serait assuré, il enfonça donc l'autre pied mais il s'enfonça à son tour, Galen se tordit la cheville sur la pierre en dessous, il tomba en avant, heurta l'eau tête la première dans un choc glacial, la respiration brutalement coupée. Il aspira de l'eau, repoussa pierre et sable pour se redresser, battant des bras. Il toussa, chancela et tomba encore, la cheville tordue, trop faible pour y prendre appui, aussi se hissa-t-il sur ses fesses, et à l'aide de ses bras se traîna à reculons vers la berge. Il rampa hors de l'eau et resta étendu par terre. Mais putain, dit-il. Quand est-ce que je vais y arriver ?

GALEN boitait sur le chemin, trempé, tremblant et sale, son jean mouillé et son sweat lourd, et quand il arriva à la cabane, il se demanda comment entrer. Il ne passerait pas par la porte de devant. Pas question de donner cette satisfaction à sa tante.

Il ne pourrait pas prendre de bain, non plus. Il était trop tard. Le poêle était son seul espoir.

Galen marcha sans bruit sur la terrasse, se baissa en passant devant la fenêtre principale de la cuisine et contourna la cabane pour jeter un coup d'œil par la lucarne au-dessus de l'évier. Il aperçut sa mère et sa grand-mère encore assises à la petite table jaune, buvant du vin jaune. Une deuxième bouteille, presque vide. Toute la scène déformée par le verre ancien de la vitre, incurvé, la partie supérieure de la bouteille agrandie, la partie inférieure rétrécie. La tête de sa grand-mère trop petite. Tout était jaune, semblait-il, même les murs peints en blanc reflétaient une lumière jaune.

Cela risquait d'être long. Elles buvaient rarement mais, quand elles s'y mettaient, c'était un retour dans le passé. Les caisses de bouteilles vides de son grand-père déposées devant la porte du garde-manger. Galen n'avait aucun souvenir de lui sans vin, une odeur de riesling, le seul vin qu'il buvait, un petit morceau de son vieux pays. Galen ne savait pas de quelle région d'Allemagne il venait exactement, il ne savait pas à quoi elle ressemblait, n'avait aucune idée de ce qu'avait pu être l'enfance de son grand-père. Tout perdu. Une illusion, de toute façon, mais une illusion que Galen aurait cependant voulu connaître, si seulement cela pouvait lui permettre de donner plus de sens à son grand-père. Son grand-père né dans ce monde avec un large doigt tournant dans l'air, approchant du ventre de Galen, un bourdonnement, son grand-père faisant *bzz*, *bzz*, *bzz*, et Galen terrifié par ce doigt. Son plus vieux souvenir, imbibé bien sûr de cette odeur de vin. Son grand-père exhalant un parfum de vin, les dents noires, les poils noirs et drus de ses narines, essayant de jouer, essayant de lui manifester un semblant d'affection, mais il était tout bonnement terrifiant, chaque centimètre de sa personne, son doigt qui plongeait trop profondément dans le ventre de Galen, de la brutalité dans chacun de ses gestes. Galen n'avait aucun souvenir de son grand-père qui n'inclût pas un sentiment de peur.

Galen ne se souvenait pourtant que d'un seul épisode violent. Son grand-père traînant sa grand-mère par les cheveux sur le sol de la cuisine. Galen avait commencé par rire quand il était entré en courant dans la cuisine et les avait surpris. Cela ressemblait à une sorte de jeu, quelque chose d'amusant, sauf que les bruits ne s'accordaient pas à la scène. Sa mère l'avait poussé à la hâte hors de la maison, et tous les autres souvenirs qui auraient pu être violents n'étaient faits que de bruits et de départs précipités.

Helen avait raison, le problème venait des hommes. Le grand-père de Galen, la source de tous les maux de la famille. Mais elle n'avait pas le droit de dire que Galen lui ressemblait. C'était injuste.

Galen commençait à se mêler beaucoup trop aux illusions. Il fallait qu'il se souvienne que rien de tout cela n'était réel. Son grand-père, un simple point de référence, un repère, comme le vieux poêle et le grand rocher. Désespérer, se lamenter au sujet de sa famille n'était qu'une forme de procrastination le long du chemin. C'était un refus d'avancer, une distraction, un manque de courage face aux leçons à apprendre. Tout cela pouvait revêtir un aspect réel, mais ce n'était pas réel. On pouvait passer une vie entière bloqué là, comme l'avait fait sa tante, et c'était une erreur facile à commettre, une faiblesse, c'était gâcher une incarnation.

Le mur derrière le poêle était encore tiède, même dehors, et Galen s'y appuya, la joue contre le bois. Ses vêtements mouillés si lourds et épais que son corps parviendrait peut-être à en réchauffer la couche intérieure, comme dans une combinaison de plongée. Mais il tremblait. Il n'avait aucune réserve. Pas de graisse. Il ne supportait pas bien le froid. Il était censé entrer dans cette incarnation et en sortir rapidement. Apprendre simplement ses dernières leçons et partir. Son corps n'était pas prévu pour durer. Manger, pisser et chier, rien qu'une distraction, dont il se lassait d'ailleurs, sa vieille âme frustrée de devoir jouer encore à ce jeu.

Galen resta appuyé au mur de la cabane, essaya d'imaginer ses bras s'étirant pour entourer la structure tout entière. Il attendit et attendit, désespérément frigorifié, et la lumière s'éteignit enfin, la fenêtre s'obscurcit. Sa mâchoire inférieure comme une machine à coudre. Il attendit encore quelques minutes puis marcha jusqu'à l'arrière de la cabane et franchit la porte d'un pas prudent.

L'air de la cuisine plus chaud, mais pas aussi chaud qu'il l'avait espéré, le feu dans le poêle depuis longtemps éteint. Il se débarrassa de ses vêtements trempés dans le coin derrière la porte puis, dans l'obscurité, il avança à tâtons le long de la table jusqu'aux tiroirs sous l'évier. Il y trouva des allumettes, en gratta une et la plaça au-dessus du poêle en guise d'éclairage. Il allait refaire un feu. Il souleva l'une des plaques rondes avec sa poignée en chrome, puis l'allumette s'éteignit et l'obscurité régna à nouveau. Galen sentait l'air chaud par l'ouverture du poêle et il déposa la plaque doucement sur le côté, puis tâtonna. L'acier encore chaud à la surface, encore plus chaud à l'intérieur, et Galen se pencha, le trou d'air chaud au niveau de son torse, et il enlaça le poêle. Ce serait suffisant. Il n'aurait pas besoin de rallumer un feu. Il sentit le souffle du poêle lui réchauffer le torse et le ventre, il appuya les bras contre la peau sèche et tiède de l'acier jusqu'à ce que ses frissons cessent, puis il gravit les marches grinçantes jusqu'à son lit et se glissa sous une pile de couvertures. Il en aimait le poids, quatre épaisseurs, quelque chose qu'il ne connaissait qu'ici, dans la cabane. Il se recroquevilla en position fœtale, la tête sous les couvertures, et il se sentit en sécurité dans son nid.

GALEN se réveilla dans une odeur de bacon. Une odeur profonde et magnifique, et il ressentit sa faim, le vide en lui. Du bacon. Il y aurait aussi des pancakes et des œufs brouillés. Quand il sentirait les toasts grillés, le moment serait venu. Sa mère faisait des trilles dans la cuisine, sa voix joyeuse. Discutant avec sa grand-mère. Et il entendit même la voix de sa tante. Un temps de paix. Un jour nouveau.

Galen se blottit dans la chaleur de ses couvertures, bien que l'air se soit déjà réchauffé grâce au poêle. Il attendit de sentir l'odeur des toasts, puis il repoussa les couvertures et chercha un short et un T-shirt dans son sac. Il n'avait pas d'autre pantalon, malheureusement. Rien que le jean mouillé.

Galen, appela sa mère. Elle chanta son nom, une note aiguë sur la première syllabe, puis tombante sur la deuxième. Ga-len. Un temps de bonheur. Et il se sentait disposé à épouser cette humeur. Il descendit l'escalier et les trouva toutes à table, il se glissa à sa place et regarda son assiette se remplir de deux pancakes, d'œufs, de lamelles de bacon et d'un toast. Une grande tasse de chocolat chaud.

Ouah, dit-il.

Le p'tit déj est servi, dit sa mère. Le p'tit déj, façon Schumacher.

Galen se pencha au-dessus de son assiette, respira l'odeur du bacon, de profondes inspirations, et il ferma les yeux.

Son premier repas après ce qui semblait être une éternité. Il mangea avec les doigts, n'avait pas envie de créer une distance en utilisant une fourchette. Il garda le visage près de son assiette, frotta son nez contre les pancakes chauds, contre le sirop d'érable tiède et collant. Il goûta au bacon, le parfum fumé, le sel, la graisse et la viande, incroyablement délicieux. Il fredonnait, ses entrailles prenaient vie.

Les œufs baveux, pas trop cuits, du poivre noir, de l'ail et de l'oignon. Il fit tourner sa langue dans le tas d'œufs puis les aspira, enfourna le toast dans sa bouche. Les associations. Toast et œufs. Bacon et sirop d'érable.

On dirait que mon poussin apprécie son petit déjeuner, dit sa mère.

Hmm, dit-il. J'adore. Merci, maman.

Il te faut un bon petit déjeuner, dit sa grand-mère. Tu vas bientôt aller à l'université. Il ouvrit les yeux et la dévisagea. Elle semblait si fière, elle lui souriait, les yeux brillants.

Oui, dit-il.

Quels cours vas-tu choisir ?

Je vais étudier la poésie française, dit-il. Parce que je vais passer mon année d'échange en France, à Paris.

Oh là là, dit sa grand-mère avant de donner un coup de coude approbateur à la mère de Galen. Elle paraissait plus heureuse qu'elle ne l'avait été depuis des années. Ça m'a l'air merveilleux. Et tu le mérites bien. Tu as travaillé si dur.

Merci, mamie.

Où iras-tu ?

Galen mordit dans le bacon, le délice fumé et gras dans sa bouche tandis qu'il imaginait l'endroit où il irait. À la Sorbonne, dit-il.

Ooh, dit sa grand-mère.

C'est une université jumelée avec la mienne. Les dortoirs sont au dernier étage, installés sous les énormes toits qu'on voit partout à Paris. Les fenêtres sont équipées de volets en bois vieux de plusieurs centaines d'années, et, quand on se réveille, on peut les repousser et admirer tout Paris.

Je suis tellement heureuse pour toi. Mon si beau jeune homme. Pense à tous les gens que tu vas rencontrer.

L'année à l'étranger est encore dans longtemps, dit sa mère.

Mais il n'y a pas de mal à la planifier dès maintenant, dit sa tante. C'est vraiment une belle occasion. Et on ne sait jamais ce qui peut arriver. Galen pourrait devenir professeur à la Sorbonne, s'il se plaît à Paris. Je suis sûre qu'ils voudraient le voir rester là-bas.

Oui, bien sûr, dit sa grand-mère.

Eh bien, dit sa mère. C'est une journée magnifique, aujourd'hui, avec ce soleil. Si on faisait une balade à Camp Sacramento, après le p'tit déj ?

Je voudrais en savoir plus sur Paris, dit Jennifer.

Moi aussi, dit Helen.

L'année à l'étranger inclut un cours de travaux dirigés avec un poète français. Il faudra que mon français soit à la hauteur à ce moment-là, alors je vais devoir travailler dur pendant les deux prochaines années. Pour étudier les langues, il faut pratiquer au quotidien.

Eh bien, ça ne te posera aucun problème, dit sa tante.

Galen prit une large bouchée de pancake et pensa qu'il en était réellement capable. Il était capable d'étudier le français pendant deux ans, puis de passer une année à Paris pour étudier avec un poète. Seule sa mère l'en empêchait.

Il faut d'ailleurs que j'envoie un chèque la semaine prochaine, dit-il. Est-ce que tu as ton chéquier avec toi, mamie ?

Oh, dit sa grand-mère, l'air stupéfaite. Oh oui, je suis sûre qu'il est quelque part. Suzie-Q, où est mon chéquier ?

La mère de Galen avait l'air sonnée.

C'est aussi la semaine prochaine qu'il faut payer les cours de Jennifer, dit Helen. Quelle coïncidence. Tu pourras faire les deux chèques en même temps.

Oui, dit la grand-mère de Galen. Oui, bien sûr. Elle paraissait inquiète. Elle savait que quelque chose clochait et Galen se sentait affreusement mal. La situation était devenue incontrôlable.

Je crois qu'on a laissé le chéquier à la maison, maman, dit la mère de Galen. Il faudra qu'on s'en occupe à notre retour.

Je suis presque certaine que tu l'as apporté, dit Helen. Je vais aller chercher ton sac à main, je reviens tout de suite. Elle se leva aussitôt.

Helen, dit la mère de Galen, mais Helen était déjà partie en direction de la chambre de sa grand-mère. La mère de Galen se leva et se précipita à sa suite.

La grand-mère de Galen arqua les sourcils. Oh mince, dit-elle. Je ne suis pas sûre de comprendre ce qui se passe.

Tout va bien, mamie, dit Jennifer. Tu vas juste nous faire un chèque pour payer les cours, à Galen et à moi. Le premier semestre va bientôt commencer à l'université.

Oh. Elle regarda Jennifer, et Galen se rendit compte qu'elle daignait rarement regarder Jennifer. Tu vas à l'université ? Tu as déjà l'âge d'y aller ?

Je commence le mois prochain.

Tu as l'air si jeune. Dans quelle université es-tu inscrite ?

À Stanford.

À Stanford ? Ça alors. Comment as-tu pu être acceptée à Stanford ? Tu n'es pas assez intelligente pour être acceptée à Stanford, si ?

J'ai fait mes devoirs. Tu m'as aidée. On a passé beaucoup d'heures à étudier ensemble, mamie. Jennifer tendit le bras et prit la main de sa grand-mère. Je te remercie vraiment de ton aide, mamie.

Oh. Et où va Galen ?

À Chico State.

À Chico State ?

Ouais. Il aime pas faire ses devoirs, lui.

Arrête, dit Galen. Je reviens tout de suite. Il entendait sa mère et sa tante se disputer dans la pièce du fond et il savait qu'il devait venir en aide à sa mère.

Il avait presque atteint le lit pliant quand elles déboulèrent à grand bruit de la chambre de sa grand-mère. Elles empoignaient toutes deux un sac fauve, grand, vieux et solide, avec de larges poignées. Sa mère tira de toutes ses forces, entraînant sa tante dans le mouvement. Il n'avait jamais vu sa mère comme ça, la bouche déformée par un rictus, un contraste étrange avec la gaîté de son tablier à fleurs.

Puis sa tante tira à son tour et sa mère heurta le mur, glissa et tomba lourdement dans l'espace étroit entre le mur et le lit, battant des bras. Sa tante déjà sur le lit d'appoint. Galen se rua sur elle, et il avait posé un pied sur le matelas quand elle lui asséna un coup de son bras tendu avant de l'enjamber en courant. Le visage de sa tante dur et déterminé, et Galen chuta, déséquilibré vers l'arrière, sa tête cogna le sol et rebondit, son crâne trop lourd, pareil à une boule de bowling, la respiration coupée, la vue brouillée. L'intérieur de sa tête sens dessus dessous, un gémissement perçant comme celui d'un moteur d'avion, et il paniqua. Avait-il entendu un craquement ? S'était-il fendu le crâne ?

Il ne voulait pas bouger.

On joue, on ne fait que s'amuser, entendit-il dire sa tante. On faisait semblant de se bagarrer sur le lit d'appoint comme quand on était petites. C'est vraiment amusant.

Suzie-Q ? appela sa grand-mère.

Il fallait que Galen agisse. Sa mère ne faisait rien. Elle était peut-être blessée, elle aussi. Mais sa tête était trop lourde et battait fort. Il entendait Jennifer dire quelque chose à propos de Stanford, du coût des études à Stanford. Elles la travaillaient toutes les deux au corps.

Galen sentait ses orteils, parvenait à bouger les pieds. Et les mains. Il n'était pas paralysé. Il retrouva son souffle et ouvrit les yeux, il était encore conscient et pouvait réfléchir. Il avait peur de toucher sa tête, peur d'y trouver du sang ou même un morceau d'os brisé, mais il leva le bras et ne sentit qu'une bosse qui enflait déjà, rien de liquide. Ses cheveux secs. Il s'en remettrait peut-être.

Maman ? appela-t-il.

Ouais.

Pourquoi tu ne fais rien ?

Je me suis cogné le coccyx, dit-elle. J'ai mal. Et puis je n'ai plus la force de lutter. Elles vont prendre un peu d'argent et peut-être que ce n'est pas grave. Si elles essaient de retirer plus de cinquante, le chèque ne passera pas. Je ne peux plus lutter contre elles. Je ne peux plus lutter contre toi, non plus.

Il y a assez d'argent pour qu'elles puissent retirer cinquante mille dollars sans que ce soit grave ?

Arrête.

J'arrive pas à y croire. Pourquoi est-ce que je suis pas allé à l'université ?

Tu aurais pu trouver un boulot. Ça t'aurait permis d'y aller. Mais tu as préféré qu'on s'occupe de toi.

Comme toi.

Très bien. Je me fiche de ce que tu penses de moi. Pense ce que tu veux.

Tu délires. Comment pourrais-je penser la moindre chose de toi ? Tu vis au pays des cinglés. On a tout cet argent à portée de main et on ne l'utilise pas. Pourquoi vit-on sur le salaire du jardinier et de la femme de ménage ?

Aucune réponse de sa mère.

Réponds-moi, sac à merde, lâcha Galen en un grondement sourd audible de sa mère seule. C'est trop facile de garder le silence. C'est ma vie. Mon avenir. Il avait envie de la secouer. Il voulait la secouer et la réduire en miettes.

Je t'interdis de me parler sur ce ton.

Je te parlerai sur le ton que je veux, tant que tu n'arrêteras pas de jouer les folles.

La discussion avait cessé dans la pièce voisine. Elles l'avaient convaincue de signer, sans aucun doute. Il n'aurait jamais dû faire allusion au chéquier. Mais il n'y avait jamais pensé auparavant.

Quand on sera rentrés à la maison, dit sa mère, tu vas déménager. Tu vas te trouver un travail et un logement. Ou tu dormiras dans la rue. Ça m'est égal.

Galen eut envie de hurler mais il n'ouvrit pas la bouche. Elle ne l'obligerait pas à déménager. Il détestait ses accès de toute-puissance. Il essaya de se calmer, scruta le plafond, ce plafond fou avec ses lambris blancs qui partaient tous en diagonale. Ça n'avait aucun sens. Il ne l'avait encore jamais remarqué. Un autre indice de toute cette folie, mais il n'avait jamais levé la tête pour regarder.

Helen et Jennifer sortirent par la porte de devant. Il entendit claquer les portières de la voiture, le moteur gronder et elles s'éloignèrent.

Eh bien, dit-il. Je crois que j'ai passé assez de temps en famille pour la journée. Il se leva prudemment, sa tête comme une grosse boule palpitante.

Aide-moi à me relever, dit sa mère.

Aide-toi toi-même, dit-il avant de sortir par la porte de devant. Une odeur de poussière dans l'air, elles avaient dû partir sur les chapeaux de roues. Il contourna la cabane en passant devant le mur aveugle à l'opposé de la cuisine, et monta dans le sous-bois. La terre meuble, ses pieds qui s'enfonçaient. Quelque chose avait fait de petites mottes de terre, partout, des fourmis, des taupes ou autre chose, et c'était plutôt du sable que de la terre, des morceaux de granit formant une sorte d'écume terreuse. Rien de solide, nulle part. Il enjamba des troncs pourris et des branches s'effritant en ce qui ressemblait presque à des charbons ardents d'un orange profond. Des insectes partout, l'endroit infesté.

Il trouva un bosquet de pins plus petits offrant assez de protection, s'appuya au plus large d'entre eux, se pencha en avant, s'enfonça les doigts au plus profond de la gorge et évacua toute la graisse de porc, les œufs baveux, les pancakes et le sirop, il se purgea, fit en sorte d'être à nouveau propre. Si seulement il pouvait exister un moyen de vomir sa famille, de ne plus jamais les avoir en lui.

Le poulet et les *dumplings*. Sa mère et sa grand-mère commencèrent à cuisiner, remettant le monde debout. Combien de fois ? se demanda-t-il. Combien de fois avaient-elles remis le monde debout ? Et pourquoi ? Pourquoi ne pas le laisser tomber en morceaux et rester en morceaux, pourquoi ne pas laisser libre cours à la vérité ? Ce serait plus simple. Ils pourraient tous se détendre. Ils pourraient tous s'avouer leur haine mutuelle et passer à autre chose. Mais pour une étrange raison, c'était impossible, et sa mère et sa grand-mère s'affairaient donc à découper deux poulets près de l'évier.

Galen descendait de temps à autre pour regarder, jetant un coup d'œil depuis l'escalier, et aucune d'elles ne faisait mine de remarquer sa présence. Il était devenu pareil à un fantôme.

Sa mère émincant des oignons jaunes dans l'évier, sa grand-mère assise à la table pelant des pommes de terre jaunes. Elles buvaient du vin à nouveau, une étude en jaune, à nouveau, même une partie de leurs vêtements était jaune. Le pull de sa grand-mère, la bordure du tablier de sa mère.

Le crissement du couteau dans un oignon, le claquement de l'économe sur une pomme de terre. Aucun autre son, et c'était en partie ce qui rendait le monde si insupportable, l'amplification des petits sons dans le néant. C'était un des indices. Seul un univers monté de toutes pièces pouvait être aussi inconsistant et aussi énervant.

Elles n'étaient peut-être qu'une seule et même personne, sa mère et sa grand-mère, une image kaléidoscopique qu'il lui fallait reconstituer, dont il fallait faire la mise au point. Elles avaient été créées au même moment, dans les premiers souvenirs de Galen lorsqu'il avait trois ou quatre ans, et elles jouaient un rôle semblable. Elles s'étaient dissociées peu à peu, au cours des dernières années, lorsque sa grand-mère avait commencé à perdre la tête. Sa grand-mère avait conservé de lui une image positive tandis que la relation de Galen avec sa mère s'était graduellement détériorée. Mais étaient-elles identiques, sous la surface ?

Si tu ne fais rien de particulier, tu pourrais aller fendre du bois, dit sa mère. Elle était debout à l'évier et coupait des carottes, elle ne se tourna pas pour le regarder. Il n'était pas certain de savoir comment elle avait eu conscience de sa présence.

OK, dit Galen. Il avait mal à la tête mais il aimait l'idée de pouvoir s'éloigner de la cuisine et de sa mère, et il aimait couper du bois.

Il sortit par la porte de devant et contourna la terrasse jusqu'à la remise à outils. De la taille de toilettes extérieures et plus ancienne que la cabane, même. Pas de lumière à l'intérieur, il dut laisser ses yeux s'accoutumer. Des pelles, des pioches, plusieurs haches, comme dans un campement de mineurs. Tous les outils, vieux, les manches en bois sombres et polis par l'usure. Le matériel de pêche se trouvait également là, de vieux paniers en osier et des cannes sans âge. Il ne savait en utiliser aucun. Toutes les fois où ils étaient venus à la cabane du temps où son grand-père était en vie, celui-ci était resté travailler à Carmichael. Sans jamais prendre sa retraite. Il avait fait une crise cardiaque, pour finir, était allé en maison de retraite, où il était mort. Il avait été ingénieur en génie civil, avait fait bâtir des autoroutes et même ce pont à Sacramento dont sa grand-mère parlait toujours, mais quel sens y avait-il à tout cela ?

Galen choisit la plus petite hache et attrapa un coin sur le sol. Un acier lourd et froid, les bords fendus et éclatés par des années de coups. Puis il referma la porte du pied et se dirigea vers le billot à l'arrière de la cabane. Il laissa tomber le coin dans la terre et leva la hache au-dessus de sa tête pour l'enfoncer dans le billot. Il adorait la sensation de ce geste ample, le poids à l'extrémité du balancement, sa main droite qui glissait sur le manche lisse.

Ouais, dit-il.

Le bois était empilé le long du mur arrière de la cabane, sous une avancée du toit qui le gardait au sec. Grisâtre d'avoir été stocké là tant d'années. Ils ne restaient jamais à la cabane très longtemps. Galen attrapa une bûche et s'inquiéta d'éventuelles araignées. Il n'avait pas mis de gants. Il positionna le bois à la verticale sur le billot et balança la hache au-dessus de sa tête. La lame ricocha sur le bord de la bûche et s'enfonça dans le sol à quelques centimètres de son pied gauche.

Ouh là, dit Galen. Il recula, le manche dressé dans le sol, et il regarda derrière lui comme si quelqu'un risquait d'avoir vu la scène. Il se sentait pris de vertige, comme trébuchant au bord d'une falaise, l'air l'attirant vers le bas. Putain de merde, dit-il. Il regardait ses vieilles baskets Converse, le tissu sale, si fin, et n'arrivait pas à croire qu'il avait été à deux doigts de perdre son pied. Il avait toujours l'impression atroce qu'il risquait encore de le perdre. Il agita les bras, chassa la frousse d'une simple secousse avant de ramasser la hache.

Il pouvait se produire n'importe quoi, à n'importe quel moment. C'était la vérité de ce monde. On pouvait un jour perdre son pied et n'être ensuite plus qu'un gars à qui il manquait un pied. On ne pouvait jamais prévoir ce qui allait se passer, et ce même pour les choses les plus insignifiantes. On ne pouvait jamais savoir ce qu'on allait ressentir une heure plus tard, ou ce que quelqu'un allait dire au cours d'une conversation, et cet effet était encore amplifié par sa mère. Leurs conversations pouvaient passer de la banalité à la folie pure en quelques secondes. Il ne savait pas pourquoi cela ne se produisait qu'avec elle. Elle l'appelait petit poussin et, la minute suivante, menaçait de le jeter à la rue. Et quand il se sentait en colère contre elle, sa fureur surgissait d'une source terrible, d'un endroit dont on ne soupçonnait même pas l'existence, qu'on ne connaissait pas, et il s'y noyait soudain.

Galen voulait être en paix avec sa mère. Il voulait être en paix. Mais dès qu'il s'approchait d'elle, il avait envie de la tuer.

Il prit soin d'écarter les pieds, se tint plus loin du billot et se concentra sur le sommet de la bûche en soulevant la hache. Un *tchac* satisfaisant, cette fois, quand la lame atteignit sa cible. Il inséra le coin dans la fente et frappa encore, craquant le bois d'un seul coup. L'intérieur plus clair, le bois jaune et non gris.

Très bien, dit-il. Et il trouva son rythme, bûche après bûche, se concentra prudemment sur la cible, prenant plaisir à manier la hache, son absence de poids, la tension dans les muscles de ses bras et de son dos, la sueur sur sa peau, le bruit des coups étouffés par les arbres.

Un travail terre à terre. C'était peut-être le chemin le plus rapide parce qu'on pouvait s'oublier, oublier tout le monde, ne sentir que le mouvement de la hache. La clé, pour traverser le monde, était de trouver un moyen d'en oublier l'existence. Une ombre dans un pays d'ombres, attendre le bon moment.

Galen lança la hache vers le sommet de la colline. Sur un simple coup de tête. Tournoyant dans l'air, *tchonk*ant dans la terre. Il marcha jusqu'à elle et la lança encore, la lame et le manche virevoltant à travers les branches et rebondissant sur le sol, faisant jaillir des petits éclats de granit. Des nuages de poussière, pareils à des volutes de fumée. Le lanceur de hache. Il ne savait pas ce que cela voulait dire mais c'était agréable. C'était une bonne chose. Il jeta la hache de toutes ses forces, à deux mains. Il était comme Thor, fendait l'air. Déchirant les apparences, craquant le tissu de l'illusion.

Galen jeta un rapide coup d'œil derrière lui pour voir le sillage laissé dans l'air, le moindre tourbillon, la moindre perturbation aux abords du chemin qu'il venait d'emprunter, mais ses yeux n'étaient pas entraînés à voir. Des creux, des accrocs et des remous, le tout invisible à l'œil nu. Mais la hache pouvait peut-être fendre cela avec suffisamment de vitesse. S'il se concentrait sur l'espace juste derrière elle tandis qu'elle traversait les airs, peut-être distinguerait-il quelque chose.

Il la lança une fois encore et tout alla trop vite. Même le manche effectuait une rotation trop rapide pour permettre à Galen d'isoler la moindre image. Il devait apprendre à ralentir le monde afin d'être capable de voir. Le sang qui lui battait les tempes, à force de courir après la hache. La poussière dans ses narines. Ses pieds qui s'enfonçaient dans la terre et les touffes d'herbes dans lesquelles ils disparaissaient.

S'il lançait la lame et parvenait à la ficher dans un arbre, l'arrêt brutal du mouvement pourrait peut-être révéler quelque chose. Il surprendrait peut-être le remous de l'air juste derrière le manche. La soudaineté pourrait permettre une vision plus nette.

Galen leva donc la hache derrière sa tête, la soupesa comme pour en jauger le poids, l'équilibre, fit un pas en avant et la jeta vers un tronc à six mètres de là. Mais la hache passa loin de la cible et rebondit plusieurs fois dans la terre.

Galen marcha au lieu de courir, gagné par la fatigue. Il entendait le vent se lever dans les pins autour de lui, les nuages qui s'avançaient et la lumière du jour qui s'obscurcit soudain, et il se sentit sur le point d'aboutir à quelque chose. Plus loin, un arbre avait des branches basses mortes couvertes d'une mousse vert pâle éclatante. Des bras brillants dans la lumière assombrie, voilée. Ils rayonnaient, éblouissants. Ils paraissaient irréels.

Hache à la main, Galen se dressa devant cet arbre et essaya d'apprendre à en connaître le tronc, essaya de le figer là, de sentir son appel, et lorsqu'il lança la hache, il sentit ses tournoiements jusqu'à ce qu'elle le touche, le manche en premier, retombant dans la terre et les fougères.

Presque, dit-il. J'y suis presque.

Il ramassa la hache, revint à sa position initiale et s'ouvrit à un univers composé presque entièrement d'espace vide. Neutrons ou protons, peu importe, tourbillonnant, connexions électriques et magnétiques qui nous permettaient de prendre corps, et aucune raison qui pouvait nous empêcher de nous déliter en un instant, révélés. Il lança la hache de toutes ses forces, la fit tournoyer dans le vide, ralentit et vit, et la lame se mêla au tronc, brusquement stoppée, le manche immobilisé, les remous d'air autour du manche, la couture déchirée sur ce qui venait d'être révélé, mais tout n'était déjà plus qu'un souvenir déjà disparu. Il n'était tout simplement pas assez rapide. Il fallait qu'il parvienne à faire une pause dans un instant pareil, qu'il parvienne à évoluer dans cet instant, à flotter quelques secondes, mais cela n'arrivait jamais. Sa hache pendait au tronc, les bras d'un vert étincelant juste au-dessus, un moment parfait, mais tout avait passé, tout avait disparu, comme si l'instant n'avait jamais existé.

La mafia ne rentra qu'en fin d'après-midi. La mère de Galen et sa grand-mère, parties se promener à Camp Sacramento, la casserole dans le four, l'odeur de poulet et d'oignon flottant dans l'air, et Galen installé à l'étage avec *Jonathan Livingstone le goéland*.

Il y a quelqu'un ? cria sa tante.

Ouais, dit-il. Je lis. Les autres sont sorties se promener.

Plus de réponse après cela. Elles s'installèrent en bas et il resta en haut, et c'était une bonne chose.

Jonathan Livingstone le goéland n'aimait pas se disputer les maigres restes de repas avec les autres goélands. Ils étaient tous obsédés par la nourriture, mais lui était libéré de cela. Il testait les limites de la gravité et de la physique, expérimentait à travers son vol, essayait d'inciter le monde à glisser, essayait d'en saisir l'irréalité, comme Galen. Jonathan connaissait les frustrations et les culbutes en plein ciel, comme Galen qui s'était affalé dans l'eau. Ce qui était incroyable, c'est que Galen était arrivé le premier, avant le livre. Il avait déjà fait tout cela avant d'avoir lu le livre. Le livre était donc une sorte de légitimation.

Ce qui étonnait le plus Galen, c'était que le livre dans son ensemble était une sorte de métaphore – il y était question de goélands, après tout – mais que Galen traversait tout cela dans la vraie vie. Il vivait dans une époque qui se préparait à le reconnaître. C'était un élément important dans l'existence d'un prophète. Il était inutile d'avoir une vision s'il n'y avait personne pour la comprendre. Mais les livres tels que celui-ci préparaient les gens à comprendre Galen.

Galen posa le livre sur son torse et écouta. Il avait mis son casque et écoutait un enregistrement du bruit des vagues déferlant sur une plage. Il l'écoutait chaque fois qu'il lisait *Jonathan Livingstone le goéland* et, dans le bruit du ressac, il percevait la fugacité des choses. La formation et l'éclatement, la reconstruction et la dissolution du monde. Le soi, assemblé avec tant de fragilité. La clé était de sentir le flux et l'attraction tandis que tout s'éloignait avant de se reformer à nouveau et d'avancer pesamment. Car dans ce flux, dans son instant ultime, à la fin de l'attraction, se trouvait le vide qu'était la vérité. Samsara, la souffrance, était l'incapacité de demeurer dans cet instant. Samsara était la formation de la vague suivante.

Une main sur son entrejambe et il se redressa d'un bond, les yeux ouverts. Jennifer qui riait. Tu avais l'air si paisible, dit-elle. Elle fit un pas en avant et arracha le fil reliant le casque au magnétophone. Le bruit des vagues dans les enceintes de mauvaise qualité, un bruit pareil à celui de l'électricité statique. C'est vraiment magnifique, dit-elle.

Galen appuya sur le bouton STOP et la touche PLAY remonta avec un clic.

Tu lis un truc sur des goélands en écoutant le bruit des vagues, dit-elle. Et comment tu te sens, ici, à la montagne ?

Elle avait les cheveux mouillés et exhalait un parfum de noix de coco. Ses yeux brillants et bleus. Elle s'assit sur le lit et il regarda ses seins sous son T-shirt.

Je méditais, dit-il.

Médite là-dessus, dit-elle en empoignant ses seins. Elle rampa au-dessus de lui, souleva son T-shirt et enfouit le visage de Galen entre ses seins.

Encore chauds après le bain, moites, mais ses tétons durcissant dans l'air frais. Elle se balança de gauche à droite, lui tapant les joues de ses seins, si doux, si incroyablement doux, et il saisit un de ses tétons dans sa bouche sans trop savoir que faire, il le prit entre ses lèvres, prenant garde de ne pas le toucher avec les dents, et il le suça.

Hmm, dit-elle. C'est un peu bizarre mais plutôt agréable. J'aime bien ta barbe, aussi. Essaie de lécher, simplement.

Il la lécha donc.

C'est assez agréable, ça aussi. Fais le tour de mon téton avec ta langue. Elle empoigna son sein et il le tint dans sa bouche.

Hmm, fit-elle.

Il aimait les petites aspérités autour de son téton, mais il détourna son visage. Doucement, dit-il. Ta mère pourrait nous entendre.

Elle est partie se promener. On a la maison rien que pour nous.

Ouah.

Ouais, peut-être que tu vas avoir ta chance, cette fois-ci.

J'espère, dit Galen. J'espère. Et il reprit son sein dans sa bouche.

Attends une seconde, dit-elle, et elle descendit du lit, retourna au rez-de-chaussée.

Qu'est-ce qu'il y a ?

Elle refit son apparition avec une cassette. Les Cars, dit-elle. J'aime bien écouter les Cars quand je fais l'amour.

Quand tu fais l'amour, dit-il.

C'est ton jour de chance. Ton dernier jour de puceau. Il se trouve que tu es la seule bite disponible et je me sens bien. Je suis riche, maintenant. On vient de déposer un chèque de deux cent mille dollars.

Deux cent mille ?

Ouaip.

Putain de merde.

On va s'acheter une maison et je vais aller à l'université. Et on ne sera plus jamais obligées de supporter les conneries de ta mère. Et mamie peut bien crever, cette vieille salope. Elle ne nous reverra jamais. Tu ne nous reverras jamais. Donc c'est ton unique jour de chance. La meilleure chatte que t'auras jamais. Même Bouddha la baiserait.

Galen se contenta d'acquiescer. Il ne voulait rien dire qui risquât de gâcher tout cela. Et il savait qu'ils verraient encore souvent Helen et Jennifer, quand le chèque serait refusé. Elles avaient été trop gourmandes.

Jennifer mit la cassette des Cars et appuya sur PLAY. Elle démarra sur *Drive*, de l'album *Heartbeat City*, et même à travers les enceintes merdiques, la musique emplit la chambre, changea l'air en autre chose, une ambiance différente. *Who's gonna drive you home… tonight*. Descends du lit, dit-elle et il obéit. Elle retira son jogging et sa culotte, garda son T-shirt soulevé au-dessus de ses seins et s'allongea sur le dos en travers du lit.

Agenouille-toi par terre et lèche-moi, dit-elle. Et après, tu pourras me baiser, mais je t'interdis de t'allonger sur moi. Tu es trop répugnant. Tu peux juste me toucher avec ta bite et ta langue. Rien d'autre. Je ne peux même pas te regarder. Elle ferma les yeux.

Merci, dit Galen en se mettant à genoux.

Jamais plus il ne se trouverait aussi proche d'un tel lieu saint, pensa-t-il. C'était sacré, là, devant lui, ces jambes écartées. Il releva les jambes de Jennifer, les lui fit écarter aussi loin qu'elle le pouvait, exposant le rose, puis passa ses lèvres et sa langue partout, le plus bel instant de sa vie. Les Cars qui chantaient, la chair humide et chaude dans sa bouche, et tout ce qu'il avait lu dans *Hustler*, dans *Playboy* et dans *Penthouse* devenait réalité. Son clitoris là, pour de vrai, bombé et ardent, comme une mini-trique, et il arrivait à faire frissonner Jennifer, à la faire se recroqueviller quand il le suçait, et son anus se contractait quand il léchait.

Baise-moi, dit-elle, les plus jolis mots jamais prononcés, et il baissa son caleçon, repoussa violemment les jambes de Jennifer en arrière, les écarta encore, enfonça sa bite et n'arrivait pas à croire que sa cousine soit aussi soyeuse, aussi parfaite et chaude et douce. Il l'avait pénétrée jusqu'au fond et attendait, immobile.

Baise-moi, t'arrête pas, dit-elle.

Il faut que je sente ça, dit-il. Laisse-moi juste un moment.

Fais pas ta chochotte, dit-elle. Et ne jouis pas. Contente-toi de me baiser.

Il se dégageait quelque chose dans la géométrie de tout cela, ses jambes repoussées à un angle de quarante-cinq degrés, la façon dont elle était mise à nue, à plat, face au plafond, et lui qui entrait à cet angle précis. Quelque part, regarder la scène était aussi agréable que de la ressentir.

Mais baise-moi, putain.

Il recula doucement, sentant ce glissement doux, et elle se resserra autour de lui, l'agrippa, puis il s'enfonça de nouveau, s'enfonça aussi profond qu'il put, sentit l'extrémité de sa bite heurter la paroi de Jennifer.

Aah, dit-elle. Ouais. Il recula encore, se retira complètement, et c'était agréable de la pénétrer de nouveau, ce qu'il fit donc, rien que l'extrémité, quelques centimètres à peine, et se retira plusieurs fois.

Ouais, dit-elle.

Je ne sens plus mes pieds, dit-il. J'ai du mal à sentir mes jambes.

La ferme, dit-elle.

Puis il plongea de nouveau entièrement en elle, pressa ses hanches contre les siennes, se balança en cercles. Mon chakra couronne est ouvert en grand. Oh mon Dieu. Je le sens tout le long de ma colonne vertébrale.

La ferme. Je suis sérieuse. Je déteste le son de ta voix.

Il essaya de la fermer mais c'était tout bonnement impossible. Je me sens tellement bien aligné, dit-il. Il s'enfonça plus fort, se mit à bouger plus vite et il sentait tout son corps se crisper, des rais dorés dans chaque membre, au sommet de son crâne et le long de sa colonne vertébrale, qui convergeaient tous dans ses couilles.

Je suis en train de te baiser, dit-il. Je suis en train de te baiser fort.

Oh, oh, oh, disait-elle.

Il tourna la tête et vit sa mère dans l'escalier. Qui l'observait.

Il arrêta de bouger, ce qui provoqua un rassemblement de toute l'énergie, et sa bite se mit à vibrer, il sut qu'il allait jouir. Il ne pouvait plus l'empêcher. Il se retira et jouit par à-coups sur Jennifer sans quitter sa mère des yeux. Il ne put se retenir d'ouvrir la bouche en une grimace de baise, ne put retenir son gémissement. Sa mère, qui voyait ainsi son visage.

Oh, dit Jennifer. J'ai pas fini, putain. Mets-toi à genoux et lèche-moi. J'ai pas encore fini.

La mère de Galen recula dans l'escalier, le bruit de ses pas couvert par les Cars, et il se mit à genoux et lécha. Son sperme sur le ventre de Jennifer son odeur, et Galen tressaillait encore. Jennifer lui attrapant la tête et s'y frottant. Difficile de garder la langue au bon endroit mais il fit de son mieux. Elle enroula ses jambes autour de sa tête, lui écrasant les oreilles, et il n'entendait plus rien. Il faisait de son mieux pour garder sa langue en elle et elle finit par ruer et lui tirer la tête en jouissant.

Il lui écarta les cuisses et parvint à se libérer. Elle avait fermé les yeux, la tête tournée contre son épaule, les mains sur son entrejambe. Ses seins si parfaits et magnifiques, toutes ces lignes si douces, et il ressentit une profonde tristesse car il savait qu'il ne pourrait jamais refaire cela. Sa mère l'en empêcherait. Il ne savait pas comment, mais elle ferait quelque chose. Elle ferait quelque chose, à n'en pas douter. Il regarda donc une dernière fois, passa les mains sur la peau douce des cuisses de Jennifer.

Aah, disait Jennifer, Aah. Elle se caressait à deux mains, prolongeant l'instant, et elle était loin d'être discrète. Galen se demanda si sa grand-mère entendait ces bruits par-dessus la musique.

Il resta debout et baissa les yeux vers sa bite encore dure. Il avait envie de l'enfoncer encore, de sentir de nouveau Jennifer, ce qu'il fit.

Ouais, dit-elle. Ouais.

Soyeuse, il n'y avait pas d'autre mot. Il bougea doucement, ressentant chaque instant, et il posa les mains sur les seins de Jennifer, la dernière fois qu'il les tiendrait entre ses mains, et il se sentit terriblement triste. Elle était méchante avec lui mais il l'aimait. Il aimait son inconscience, sa rugosité brutale dans ce monde, il aimait son égoïsme. Et elle était hors de sa portée, bien sûr. Si elle n'avait pas été sa cousine, il n'aurait jamais eu cette occasion. Il n'aurait plus jamais une chance pareille.

Il s'allongea sur elle et elle le laissa faire. Elle passa ses bras autour de lui et ce fut incroyablement agréable. Il se sentait aimé. Il l'embrassa dans le cou et tint ses hanches entre ses mains tandis qu'il s'enfonçait aussi profond qu'il put, et il sentit remonter l'excitation de Jennifer, l'essoufflement de sa respiration, la crispation dans son dos et ses cuisses qui s'accrochaient à lui. Il aurait voulu que cela ne cesse jamais, il aurait voulu qu'elle s'accroche à lui pour toujours, mais elle jouit, se crispant contre lui, frémissant, ruant et gémissant du plus profond de sa gorge.

Oh, dit-elle. Oh. Puis elle lui poussa le torse, le repoussa. J'arrive plus à respirer, dit-elle. Dégage.

Il se retira et roula sur le flanc à côté d'elle, les pieds touchant le sol. Fin de l'histoire. Il ferma les yeux et essaya de tout enregistrer, essaya de ne rien oublier, de ne pas en perdre la moindre seconde. Il avait envie de tout revivre, même en cet instant. Il voulait en préserver la totalité.

Chuut, dit Jennifer en se rasseyant brusquement. Je crois que j'ai entendu un truc, chuchota-t-elle. Quelqu'un est peut-être déjà rentré. Elle attrapa le rouleau de papier toilette sur sa table de chevet et essuya le sperme. Dégoûtant, dit-elle.

Elle rabaissa son T-shirt d'un geste sec, renfila sa culotte et son jogging en un clin d'œil, puis lui demanda si elle avait quelque chose sur le visage.

Non, dit-il, et il se rallongea sur le dos tandis qu'elle sortait.

Samsara. Et pourtant, Galen savait qu'il pourrait passer chaque jour ainsi, pour le restant de sa vie, s'il en avait la possibilité. Il préférait cela à la transcendance. La transcendance n'était qu'un lot de consolation pour ceux qui n'arrivaient pas à assouvir leur samsara.

Les Cars chantaient toujours mais ils dégageaient désormais trop de tristesse. C'était insupportable. Il éteignit le magnétophone et pouvait désormais entendre les bruits de vaisselle dans la cuisine.

Il s'allongea sur le lit, pensant que c'était peut-être là le prophète qu'il était censé devenir, le prophète qui libérerait les gens de la religion et les renverrait au lit pour baiser encore. Le prophète qui révélerait au grand jour la supercherie de la transcendance. Mais il savait que c'était sa trique qui parlait en cet instant. Il était encore raide et ne percevait aucun signe d'affaiblissement. Un triste rappel de ce que Galen venait d'obtenir et n'aurait plus jamais.

Le plus surprenant, c'était qu'il aimait vraiment Jennifer. Elle était la personne la moins aimable qui soit, mais il l'aimait pourtant. Il ne comprenait pas comment cela avait pu se produire. Son premier amour, il n'était plus vierge. Mais pourquoi n'avait-il pas pu tomber amoureux d'une fille qui ne soit pas sa cousine, ou d'une fille qui serait gentille avec lui ? Et pourquoi l'acte sexuel augmentait-il son amour pour elle ? Il se sentait désormais si vulnérable, ses chakras grands ouverts, à nu. L'idée qu'il n'aurait plus jamais une telle relation avec elle était si accablante qu'il se mit à pleurer. Il enfonça son visage dans l'oreiller et sanglota aussi discrètement que possible, et il avait conscience de l'injustice du monde envers ceux qui éprouvent un amour véritable.

Le poulet et les *dumplings*. Enfin. La marmite sur le poêle, couvercle ouvert, et Galen aimait voir les *dumplings* blancs et duveteux flotter à la surface comme des nuages. Purs et blancs, brunis sur les bords et les aspérités. Il en souleva un à l'aide de la cuillère de service et le déposa dans son assiette. Le côté inférieur gluant de sauce. Le ragoût, une sauce épaisse de poulet, de pommes de terre, de carottes et d'oignons, et il entassa tout cela dans son assiette. C'est ce qu'il aurait à la place de Jennifer. De la nourriture.

Il ne pouvait pas regarder Jennifer, ne pouvait pas regarder sa mère. Tous serrés autour de cette petite table jaune, et il gardait les yeux rivés sur sa nourriture.

Tu t'es vraiment surpassée, maman, dit la mère de Galen. Mais sa voix ne dégageait aucune gaîté.

Je ne sais pas, dit sa grand-mère. Il me semble qu'il y a quelque chose qui cloche. Mais évidemment, je ne me souviens pas quoi. Je ne me souviens de rien. Parfois, j'aimerais mourir, tout simplement. Je déteste le fait de ne jamais me souvenir de rien.

Maman, dit la mère de Galen. Ne dis pas ça.

Ouais, mamie, dit Galen. C'est délicieux. Exactement comme avant. Et c'était la vérité. Il savourait la sauce riche et le poulet, les oignons et les pommes de terre presque réduites en purée d'avoir mijoté toute la journée.

J'ai une horrible appréhension mais je ne sais pas de quoi il s'agit.

Tout va bien, maman.

C'est comme si je n'arrivais pas à me souvenir de ce que je dois craindre. Comme une souris qui s'aventure dehors en oubliant qu'il y a un chat, mais qui a peur du chat tout de même.

C'est Suzie-Q, dit Helen. Le chat, c'est Suzie-Q.

Ne commence pas, dit la mère de Galen.

Suzie-Q te ramènera à la maison de retraite, après ça. Tu es en parfaite santé et tu pourrais vivre à la maison mais Suzie-Q ne veut pas de toi chez nous. Elle veut que tu vives à la maison de retraite pour pouvoir prendre ton argent.

La mère de Galen se voûta et baissa les yeux vers sa nourriture.

C'est vrai ?

Non, maman, ce n'est pas vrai. Helen me déteste et elle te déteste, alors elle ment.

Helen ne me déteste pas. C'est ma fille. Pourquoi dis-tu des horreurs pareilles ?

La mère de Galen se cacha le visage dans les mains, les coudes sur la table, créant une barrière contre le monde. Maman, j'en peux plus, dit-elle. C'est Helen, l'ennemie. Ce n'est pas moi.

Regarde-moi ça, maman, dit Helen. Elle me traite d'ennemie. Quelle sœur est capable de traiter sa sœur d'ennemie ? C'est comme ça qu'on est censés se comporter en famille ?

Elle a raison, Suzie-Q. Présente tes excuses à ta sœur immédiatement.

Le visage de la mère de Galen caché derrière ses mains, son dos et sa poitrine comme enfoncés entre ses épaules.

Excuse-toi tout de suite, Suzie-Q !

Galen avait envie d'aider sa mère mais ne savait pas comment. Sa grand-mère était furieuse, à présent, et elle se croyait en terrain connu. Elle pensait connaître le problème et c'était peut-être préférable à ne rien savoir du tout.

Elle s'est déjà excusée, dit Galen.

Quoi ?

Elle s'est déjà excusée, mais tu n'arrêtes pas de lui demander de présenter ses excuses, et maintenant elle pleure.

Oh, mais putain, dit Helen. Tu ne retourneras pas la situation aussi facilement. Suzie-Q doit me présenter ses excuses, maman. Elle ne s'est pas encore excusée.

Surveille ton langage, Helen.

Va te faire foutre, maman. Si tu as vraiment si mauvaise mémoire, alors peu importe ce que je dis à l'instant. Je pourrais dire autre chose demain.

Helen !

Quoi, Helen ? Qu'est-ce que tu comptes faire, maman ? Tu as déjà détruit ma vie et je t'ai déjà pris ton argent, alors je n'ai plus besoin de toi. Tu es la pire mère que le monde ait jamais portée. Et tu sais pourquoi ?

Arrête, Helen, dit la mère de Galen. Je t'interdis de la traiter de la sorte.

Concentre-toi, maman. Tu sais pourquoi tu es la pire mère au monde ?

Comment peux-tu me parler sur ce ton ? Tu es ma fille, oui ou non ?

C'est bien là, le problème. Je suis ta fille et tu ne m'as jamais protégée. C'est pour ça que tu es la pire mère au monde. Parce que je suis ta fille et que tu n'as rien fait pour me protéger.

Tu es aussi la pire des grands-mères, intervint Jennifer. Tu adores Galen parce qu'il a une bite, mais tu fais comme si je n'existais pas.

La grand-mère de Galen hochait la tête. Elle avait les larmes aux yeux. Non, dit-elle. Non.

C'est de ce chat-là que tu avais peur, maman, dit Helen. Le chat, c'est la vérité. La vérité sur toi, sur qui tu es.

On veut tous que tu meures, dit Jennifer d'un ton aimant et affectueux qui rendait sa voix d'autant plus effrayante. Elle tendit le bras et toucha la main de sa grand-mère. On attend tous que tu meures.

La grand-mère de Galen fit un bond en arrière comme si elle venait d'être mordue. Elle était debout, la chaise tombée au sol. Elle se tenait la main, celle que Jennifer avait touchée, la tenait près d'elle d'un geste protecteur. Il faut que je m'éloigne de vous, dit-elle. Il faut que je m'éloigne de vous tous.

Elle ouvrit la porte de derrière et sortit en courant. Elle était rapide.

La mère de Galen se leva à son tour pour lui emboîter le pas mais Helen l'empoigna par le bras et la fit tomber. Non, tu restes ici, dit-elle. La mère de Galen essaya de ramper mais Helen se jeta sur elle et la plaqua au sol. Pas de Suzie-Q à la rescousse, cette fois-ci, dit Helen. Ça n'arrivera plus jamais.

Galen n'arrivait pas à en croire ses yeux. C'était comme un match de catch ridicule dans Big Time Wrestling et il était censé participer au deux contre deux. Il essaya d'atteindre sa mère mais Jennifer lui asséna un violent coup de poing sur le côté de la tête.

Putain, dit-il. Ça fait mal. Il se détourna et elle le frappa à nouveau dans le dos.

Arrête, dit-il, et il essaya de s'éloigner. Il reculait vers la porte de devant, les mains tendues pour se protéger mais elle les écartait à coup de claques. Comment peux-tu faire ça ? demanda-t-il. Je t'aime.

Jennifer éclata de rire. Là, juste devant lui, à peine une heure ou deux après qu'ils avaient fait l'amour. Elle rit et elle y prenait plaisir, elle prenait plaisir à le frapper.

Je ne te comprends pas, dit-il.

Oh non, mais regarde-toi, dit-elle. Trop mignon. Elle lui parlait comme à un enfant ou à un petit chien, les sourcils arqués et la tête penchée. C'est comme ça qu'on se manifeste notre amour, dans la famille. Bienvenue dans la famille. Et elle le frappa au cou.

Galen s'enfuit par la porte de devant et essaya de retrouver son souffle. Il chancelait, inspirant pour prendre un peu d'air, et il avait l'impression que sa gorge avait été écrasée. Il s'effondra contre la rambarde et s'y accrocha, puis il parvint à inspirer. L'air s'engouffra en lui, douloureux. Il n'allait pas mourir.

Il fallait qu'il retrouve sa grand-mère. Elle pouvait être n'importe où, et si elle s'aventurait trop loin, elle oublierait le chemin qu'elle venait d'emprunter. Et il faisait froid.

Par la terrasse et au-delà de la remise, à travers les arbres jusqu'à la clairière. Le clair de lune d'un blanc étincelant et opaque sur chaque surface, le monde changé en marbre, devenu un élément solide. L'air frais glissant. Mamie, appela-t-il mais sa voix était faible, sa gorge endommagée.

Il se traîna dans la clairière, enlisé dans le sable granitique. Des ombres, partout, et le monde pouvait être vu de deux manières, dans l'ombre ou dans la lumière. Les formes créées et plantées en terre, ou les espaces sombres autour d'elles, des vides qui tombaient sans fin. Sa grand-mère pouvait être l'un ou l'autre, et il ne savait comment la chercher.

Le flanc de la colline pentu tandis qu'il courait, les bras tendus pour garder l'équilibre. Il explosait à travers la solidité de l'environnement, ses pieds brisant le marbre et l'éparpillant alentour. Quelque part dans ce labyrinthe, elle faisait la même chose, et il fallait qu'il sente sa présence, qu'il saisisse au vol l'éclat qu'elle faisait jaillir dans la lumière. Des motifs de vagues et, quelque part, sa grand-mère qui gravait ces motifs, initiant une contre-vague, et c'était cela qu'il lui fallait ressentir. Il fallait qu'il s'étende et se mêle à ce motif, qu'il sente les ondes aux abords du motif. Mamie !

Pataugeant sur place, cloué au sol par la gravité. Trop lent, trop limité par sa respiration, trop limité par son corps maladroit, par la graisse du poulet et des boulettes. Galen s'arrêta et se pencha, se purgea, essaya de se libérer, essaya de quitter cette coquille mortelle. L'air bien assez froid pour qu'elle ne survive pas à cette nuit.

Trop difficile de courir dans la montée, aussi tourna-t-il pour couper la pente. Ombre et lumière, le monde tour à tour clair et flou. Il s'arrêta et plissa les yeux à travers ce contraste et pivota en un cercle lent, à l'affût d'un mouvement. Mais la forêt était immobile, comme si la planète elle-même s'était arrêtée de tourner. Une lente dérive à travers l'espace, un tel silence, avec pour seuls bruits ceux de son sang et de sa respiration, l'inclinaison présente à l'intérieur de lui-même. La forêt avait avalé sa grand-mère dans le néant.

Mamie, appela-t-il encore, et il sentait la colère monter en lui. Il ne devrait pas avoir à la chercher. Il courut à toutes jambes, courant désormais à l'aveugle, n'essayant plus de voir, traversant les branches et les brindilles à grand bruit. Elle était quelque part par là, mais, à chaque instant qui passait, elle devenait de moins en moins réelle.

Il essaya d'écouter, penché et haletant, puis il rebroussa chemin en courant.

Plus loin qu'il ne l'avait cru. Du temps perdu, et il ne reconnaissait rien. Il passerait la nuit entière à chercher, il le savait, et il ne la retrouverait jamais. Elle serait perdue, disparue.

C'est alors qu'il vit le grand rocher, qu'il tituba à travers la clairière et devina la direction qu'elle avait dû prendre. Un chemin en haut de la clairière qui menait à d'autres cabanes et au point de départ d'un sentier de randonnée. Il n'y avait aucune autre possibilité, à dire vrai. Il avait perdu du temps, bêtement, et elle devait déjà être en train de prendre peur. Si elle était trop effrayée, elle risquait de quitter le sentier.

Il suivit le chemin qui montait, avançant aussi vite qu'il le pouvait, longea des cabanes désertes, verrouillées, des volets partout, pas de vitres pour réfléchir la lueur de la lune, rien que du bois morne étincelant de blanc. Il sentait cet endroit, sentait la terre, le chiendent et les pins, l'air familier, le chemin familier, et devant lui, près du sentier qui grimpait plus haut vers le sommet, il vit une silhouette passant de la lumière à l'ombre à la lumière.

Mamie, appela-t-il et la silhouette s'immobilisa, à moitié dans la lumière, devenue une demi-lune. Mamie, appela-t-il encore, attends-moi.

Elle reprit sa marche et il lui courut après, essaya de ne pas la perdre de vue. Elle pouvait s'effacer si facilement, un effet de lumière. Attends-moi, cria-t-il. Et elle disparut, s'était peut-être arrêtée dans une ombre.

Ses poumons et sa gorge à vif, la respiration coupée, mais il avança aussi vite qu'il put vers l'endroit où il avait l'aperçue pour la dernière fois. La forêt s'étirant, l'espace grandissant. Il crut percevoir un mouvement, une fois encore, mais n'en était pas certain, troublé par ses propres mouvements.

Mamie ! cria-t-il. Attends-moi ! Il l'avait à nouveau perdue, disparue dans les ombres. Il approchait de l'endroit où il l'avait vue, mais il n'y avait rien. Quoi qu'il ait vu, il l'avait imaginé.

Le sentier commençait là, un chemin plus étroit à travers la forêt puis sur les crêtes de granit nues. Le sentier continuait sur des kilomètres et elle pouvait s'y trouver à n'importe quelle hauteur. Ou bien elle avait pu prendre l'autre direction, descendre vers la rivière et suivre son cours, ou elle pouvait même longer l'autoroute.

Galen ne ressentait aucune puissance, se sentait incapable de s'étirer à travers la forêt. Il était limité à un endroit minuscule. Mais il s'était engagé sur ce sentier et il espérait qu'elle s'y trouverait, elle aussi.

Un chemin de souvenirs, un sentier qu'il avait emprunté des centaines de fois depuis qu'il en avait été capable. L'arbre au premier virage, le passage à découvert encadré par une végétation basse, la rive marécageuse de l'autre côté d'une petite rivière, les plantes aux allures de choux qui poussaient dans la boue épaisse, de larges feuilles pliées et courbées. La courte section de prairie, le sentier tournant et grimpant de nouveau vers le sommet, puis l'escalier de granit, les pierres déchaussées, les marches basses où s'enroulaient des racines. Le crissement de ses chaussures, heurtant ces marches d'aussi loin que remontaient ses souvenirs, mais jamais au clair de lune. Un endroit familier devenu étranger.

Galen gravit le granit, les tournants et les méandres dans une gorge étroite où la végétation se rapprochait des deux côtés, puis il faillit trébucher sur sa grand-mère.

Haa ! hurla-t-il. Putain de merde. Tu m'as fait peur.

Galen, dit-elle. Avec son pull clair et son pantalon, assise au milieu du sentier, elle ressemblait à un morceau de granit, à un petit rocher.

Ouah, fit-il.

Je ne suis pas sûre de vouloir aller plus loin, dit-elle. Je commence à fatiguer et j'ai froid. Pourquoi est-ce qu'on se promène en pleine nuit ?

On peut faire demi-tour.

Mais ta mère est partie devant. On ne peut pas la laisser toute seule. Elle ne saura pas qu'on a fait demi-tour.

Elle n'est pas là-haut.

Si. C'est elle qui voulait venir se promener.

Mamie. Il n'y a que toi et moi.

Non. Ta mère est juste devant moi.

Maman est à la cabane.

Mais j'étais en train de la suivre. Si elle n'est pas là-haut, alors qu'est-ce que je suis en train de faire ? Où est-ce que j'allais ?

On se promène simplement, rien que toi et moi.

La grand-mère de Galen se releva et regarda sur le côté, au-delà de la végétation si proche et vers la chaîne de montagnes qui semblait flotter devant le ciel, solitaire. Ce n'est pas une promenade, c'est ça ? dit-elle.

Non.

Je me suis perdue.

Oui.

Et j'aurais continué à marcher en pensant que ta mère était devant moi.

Peut-être.

Et pourquoi suis-je venue jusqu'ici ? Pourquoi suis-je partie au beau milieu de la nuit ?

Parce que maman et Helen se disputaient. Tu voulais t'éloigner, et c'était une sage décision. Je pense que tu as fait ce qu'il fallait.

Tu sais ce que ça fait, de ne pas se souvenir ?

Non.

C'est comme n'être personne, mais être pourtant obligé de vivre.

Mamie.

C'est vraiment aussi affreux que cela. C'est comme n'être personne. Tu penses être quelqu'un en ce moment, mais c'est seulement parce que tu es capable de rassembler tes souvenirs. Tu les rassembles et tu crois qu'ils constituent quelque chose. Mais si on te retire tes souvenirs, ou qu'on se contente juste d'en modifier l'ordre chronologique, il ne te reste plus rien.

Tu te souvenais de ce sentier. Et tu te souvenais de la cabane, quand on est arrivés. Tu te souvenais comment ouvrir le robinet d'eau.

Ah bon ? Galen la vit sourire un instant. Je me souviens des endroits, je crois. Je me souviens bien de ce sentier, c'est vrai. Et j'arrive à reconnaître les gens. Je n'ai pas oublié qui tu es. Je ne me rappelle plus des événements, surtout.

Eh bien, tu as toujours été une grand-mère formidable. J'ai des milliers de souvenirs géniaux de moments passés avec toi.

La grand-mère de Galen porta une main à sa bouche et ferma les yeux. Galen détourna le regard et attendit. Les montagnes flottant, solitaires. L'air désormais plus froid.

Une longue expiration de sa grand-mère, puis une autre. Très bien, dit-elle. Rentrons à la maison.

Au matin, la mère de Galen annonça qu'ils faisaient leurs bagages et rentraient.

Mais on s'amusait si bien, dit Helen. J'apprécie vraiment le temps passé à la cabane. On ne pourrait pas rester encore un jour ou deux ?

Pourquoi partons-nous ? demanda la grand-mère de Galen.

Je vais ranger la cuisine, dit la mère de Galen. Maman, tu peux m'aider.

Je voudrais encore du bacon, dit Jennifer.

Le petit déjeuner est terminé.

Non, il n'est pas terminé. Ma fille veut encore du bacon, alors va lui préparer du bacon, petite Suzie-Q.

Le petit déjeuner est terminé.

Maman peut s'en charger, alors. Maman, va préparer du bacon à ta petite-fille.

Ne me parle pas sur ce ton.

Laisse-moi te raconter une petite histoire, maman. Il y avait un chat. Tu te souviens du chat ?

Mais de quoi parles-tu ?

Maman, ignore-la. Rangeons les placards. Je vais chercher les caisses dans la voiture.

Ce chat était aveugle et sourd. Des trucs horribles se passaient sans arrêt au pays des chats, mais le chat n'entendait rien, ne voyait rien.

On rentre à la maison, Helen, et si tu veux monter dans ma voiture, tu as intérêt à arrêter ça tout de suite.

Sapristi, sœurette, j'essaye juste d'exprimer mes sentiments.

J'en ai assez entendu. Je n'en peux plus. Je pars dans dix minutes. Dans dix minutes. On peut laisser tout le bazar dans la cuisine. Vous avez tous dix minutes pour monter dans la voiture avec vos affaires. Prends ton sac à main, maman, et Galen va t'aider avec ta valise.

Puis elle disparut à l'étage.

Eh bien, dit Helen. On dirait qu'on s'en va. C'est sa voiture, après tout, et c'est elle qui a les clés. Difficile de changer ça.

Je ne comprends pas ce qui se passe.

Ta fille essaie de te sauver de mes griffes. Mais je suis ta fille, moi aussi. C'est curieux, pas vrai ? Et un tantinet injuste, compte tenu du passé.

Je ne comprends pas.

Ouais, bon, ça t'arrange bien. Je pense que tu as fait exprès de tout oublier. Comment pourrais-tu être responsable, si tu ne te souviens de rien ?

Allons-y, mamie, dit Galen. Je vais t'aider à faire ta valise dans ta chambre.

C'est une nouvelle Suzie-Q qui vole à ton secours.

Il faut y aller, mamie.

Ce que je veux, dit Helen, puisque ça intéresse tout le monde, ce que je veux, c'est que tout soit défait. J'attends un tel degré de responsabilité, rien de moins.

Galen prit sa grand-mère par le bras et elle se leva enfin. Je suis désolée, Helen, dit-elle. Je ne sais pas de quoi tu parles, mais je suis désolée, d'accord ?

Ne me prends pas de haut, maman. Je serai satisfaite quand tu pourras revenir en arrière et faire en sorte que rien de tout cela ne soit arrivé. Alors seulement, tu pourras me présenter tes excuses.

Galen attira sa grand-mère dans le salon, puis dans la chambre. Il l'aida à ranger ses quelques vêtements dans sa petite valise.

Je me sens mal, dit-elle.

Qu'est-ce qui ne va pas ? demanda-t-il. Tu es malade ?

Non. Pas malade, je dirais. Mais je ne me sens pas bien. Je me sens horriblement mal.

Je suis désolé, mamie. Il ferma la valise et lui tendit son sac à main fauve. Voilà toutes tes affaires, dit-il. On va aller à la voiture, maintenant. Suis-moi.

Il était prêt à affronter Helen si c'était nécessaire, mais elle n'était plus dans le salon. Sa grand-mère et lui se glissèrent dans l'espace entre le lit d'appoint et le mur, et parvinrent à sortir. Il posa la valise dans le coffre et ouvrit la portière passager.

On s'en va ? demanda-t-elle.

Ouais. Dans quelques minutes. Je reviens tout de suite.

D'accord, dit-elle en s'asseyant. Il referma la portière et elle attendit là, son sac à main sur les genoux.

Elles étaient dans le salon, occupées à rassembler leurs affaires, ne lui prêtant aucune attention. Il monta à sa chambre, et sa mère était en haut de l'escalier, sa valise à la main.

Désolé, dit-il, mais elle ne répondit pas. Elle attendit juste qu'il passe, puis elle descendit l'escalier. Il rassembla donc ses affaires dans le sac en toile puis s'étendit un instant sur le lit. Plutôt étourdissant, tout ce qui avait pu se passer en un si court séjour. Mais la partie qu'il n'oublierait jamais, c'était d'avoir fait l'amour avec Jennifer. L'apogée de son existence. Ses jambes écartées là, sur ce lit.

Galen avait la trique et le moment semblait mal choisi, mais il se branla pourtant en gestes rapides, se souvenant de la texture et de l'allure de Jennifer. Préservant ses souvenirs, gardant les images aussi fraîches que possible. Il voulait se les rappeler jusque dans ses vieux jours. Il voulait se branler sur son lit de mort en se souvenant de Jennifer à dix-sept ans.

Il se nettoya à l'aide du papier toilette mais ne savait pas vraiment où le jeter. La poubelle avait déjà été vidée, il n'y avait plus de feu dans le poêle. Il sentirait mauvais s'il le laissait sur place, mais elles le sentiraient dans la voiture s'il l'emportait avec lui.

Il descendit l'escalier, son sac en toile dans une main, le papier toilette dans son dos. Au pied des marches, il regarda des deux côtés, personne dans les parages. Il se glissa donc dans la cuisine et sautilla jusqu'à la remise à outils, où il jeta le papier sur le sol pour les tamias. Cela permettrait peut-être d'isoler un terrier de tamias, ou un nid, ou quel que soit le nom de leur habitat. Puis il coupa l'eau à la vanne et retourna à la terrasse, où il tomba nez à nez avec sa mère.

J'ai déjà coupé l'eau, dit-il.

Elle ne dit rien. C'était comme si elle n'était plus sa mère. Aucune reconnaissance, personne à l'autre bout du fil. Elle fit juste volte-face, longea la voiture jusqu'au robinet extérieur qu'elle laissa couler pour en vider l'eau restante, puis monta en voiture, et Galen s'entassa avec Helen et Jennifer, et ils partirent.

Au revoir, cabane, dit Galen comme le voulait leur coutume, mais son intonation n'avait pas la joie habituelle.

Ils cahotèrent sur le chemin de terre et sur le pont, Galen essayant d'apercevoir les truites dans la rivière. Mon arbalète, dit-il. J'ai oublié mon arbalète.

Aucune réponse de sa mère.

Il faut qu'on fasse demi-tour, dit-il, mais elle continua, traversant le pont pour s'engager sur l'autoroute, et l'air s'engouffra dans l'habitacle. Je n'ai pas encore pêché de truite, hurla-t-il par-dessus le bruit. Putain.

Ils arrivèrent au virage débouchant sur la vue de Lover's Leap, où une squaw s'était jetée du haut du rocher en granit, désespérée d'avoir perdu son amant, mais Galen était du mauvais côté de la voiture et ne voyait pas grand-chose par-delà la mafia. Il sortit la tête par la vitre comme un chien, laissa l'air chaud lui souffler sur les joues, et il aperçut la cascade d'Horsetail Falls, rien qu'un rapide coup d'œil. Il avait prévu d'y monter pendant ce séjour.

Il rentra la tête. Je voulais marcher jusqu'à Horsetail, cria-t-il. Pourquoi faut-il partir si vite ?

Sa famille s'était changée en pierre, tout le monde avait perdu l'usage de la parole. Très bien, dit-il.

Ils dévalèrent la montagne jusqu'aux contreforts, pins gris ponctués de vert pâle, plâtrés dans la forêt comme s'ils y avaient été peints à l'aquarelle. Approchant du Sam's, le restaurant qui possédait tous les jeux vidéo imaginables, certains introuvables ailleurs. Un jeu de simulation anti-aérienne qui utilisait de vrais films d'aviation. Si on visait juste avant de tirer, le film s'interrompait et laissait place à l'image d'une boule de feu, l'avion visé qui explosait. On peut s'arrêter chez Sam's ? demanda-t-il.

Pas de réponse. Personne n'avait rien dit de tout le trajet. Toutes plongées dans leurs pensées, ou sans pensée aucune. Des apparitions mises sur pause. La cuisse de Jennifer contre la sienne, et il sentait qu'il l'avait déjà perdue, sentait ce désespoir affolé qui lui donnait envie de se mettre à hurler. Mais il essaya de se contrôler. Il ne savait pas ce qui allait se passer aujourd'hui, ne savait pas ce que sa mère s'apprêtait à faire.

Tandis qu'ils parvenaient au sommet de la dernière colline, ils avaient une vue dégagée sur la Vallée Centrale, une immense étendue plate d'herbe sèche et jaune, ponctuée de zones irriguées. C'était un désert. L'air brûlant s'engouffrant à toute vitesse par les fenêtres. Une vision de l'enfer, pourquoi les hommes étaient-ils venus s'installer là ? Simplement parce qu'il était plus facile de planter sur une terre plate qu'à flanc de colline ? Il ne comprenait pas. La vallée tout entière un camp d'internement volontaire pour les idiots et les pauvres. Ses grands-parents étaient pourtant aisés et instruits, mais ils avaient quand même atterri là. Peut-être parce qu'ils étaient tous deux immigrants et ne connaissaient rien de mieux. Ce que Galen ne comprenait pas, c'était pourquoi il s'était manifesté dans cet endroit, et dans cette histoire. Que pouvait-on espérer en apprendre ? Pourquoi s'être incarné là ? Pourquoi souffrir ainsi ?

Bienvenue chez nous, hurla-t-il par-dessus le mugissement du vent.

Pas de réponse, bien entendu.

Notre maison dans la prairie, hurla-t-il. Notre maison sur Mars. Notre maison-enfer.

Visiblement, aucun de ses propos ne pouvait provoquer la moindre réaction.

Je suis un nain, hurla-t-il. Je suis un lapin. Je suis un cœlacanthe.

Tu es un petit étron, hurla sa tante.

Enfin, cria-t-il en réponse. Un peu de conversation. Merci.

Un étron pourri-gâté, continua sa tante. Un petit étron pourri-gâté. Un sale petit con d'étron. Hé, ça rime. On est tous des poètes.

Galen se demanda ce que ça ferait d'étrangler quelqu'un, de tenir une gorge entre ses mains et de continuer à appuyer avec ses pouces. C'était sûrement difficile. Plus rigide que prévu, pas facile d'écraser la trachée. Mais il était disposé à faire de son mieux.

Il tourna la tête vers sa tante, mais elle regardait par sa fenêtre. Jennifer souriait, se moquant sans doute de lui. Sympa, que cet instant soit leur dernier ensemble.

Par sa propre fenêtre, il scruta les banlieues ternes jusqu'à ce qu'ils traversent Bel-Air.

Ils font les meilleures tartes, dit-il.

Oui, dit sa grand-mère, oui, c'est vrai. Ils font des tartes excellentes. Et je crois qu'on n'en a plus. On devrait s'arrêter.

La mère de Galen continua à rouler.

Suzie-Q, il faut qu'on s'arrête à Bel-Air.

On vient de rentrer de la cabane, maman. Il faut qu'on te réinstalle et puis qu'on rentre à la maison pour défaire nos bagages.

Ça fait tellement longtemps que je n'ai pas mangé de tarte à la citrouille, dit Galen.

Oui, dit sa grand-mère. Ça fait bien trop longtemps. Fais demi-tour immédiatement, Suzie-Q.

La mère de Galen le regarda dans le rétroviseur, un regard comme endeuillé, un regard inattendu. Ton poulet et tes *dumplings* étaient délicieux, maman, dit-elle enfin.

Quoi ?

On a passé un séjour agréable à la cabane, et j'ai adoré ton poulet et tes *dumplings*. Les *dumplings* étaient parfaits.

Eh bien, dit sa grand-mère. Eh bien, tant mieux.

Ils avaient passé Bel-Air depuis longtemps et ils arrivèrent bientôt à la maison de retraite, un bloc bétonné de désespoir, un endroit pour baisser les bras et être oublié. Galen avait effectivement oublié qu'ils devaient y revenir. Il s'habituait à la présence de sa grand-mère.

Pourquoi est-ce qu'on l'amène ici ? demanda-t-il.

Où est-on ? demanda sa grand-mère. Je connais cet endroit. C'est un hôpital ?

La mère de Galen ne répondit pas, se gara devant et descendit de voiture. Elle empoigna la valise de sa mère dans le coffre, puis ouvrit la portière passager.

Que fait-on ? demanda la grand-mère de Galen.

On est rentrés à la maison.

On n'est pas à la maison.

C'est ta maison.

Cet endroit ne me plaît pas. Ramène-moi à la maison immédiatement, Suzie-Q.

C'est ta maison, maman.

Pourquoi me fais-tu ça ?

Galen ne supportait pas d'entendre cela. Elle suppliait, à présent. Ramenons-la à la maison, dit-il.

Mais sa mère l'ignora tout bonnement. Avec douceur, elle prit la grand-mère de Galen par le bras. Allez, maman, dit-elle en l'aidant à descendre de voiture. Voilà. On va t'aider à t'installer.

La grand-mère de Galen se retourna pour le regarder. Cet endroit ne me plaît pas, dit-elle.

Pourquoi est-ce qu'on la met là ? voulut savoir Galen.

Parce qu'elle est partie seule dans la forêt en pleine nuit, qu'elle aurait continué à marcher et qu'elle serait morte. Parce qu'elle pourrait faire la même chose à la maison. J'ai trouvé cet endroit agréable pour ma mère parce que je l'aime, parce que je veux qu'elle soit en sécurité. Je ne veux pas qu'elle se blesse.

Galen la crut, pour une fois. Bouche ouverte et dépenaillée, fatiguée, et il voyait à quel point elle s'était inquiétée, la nuit passée. Il n'y avait pas pensé avant. Elle avait eu peur de perdre sa mère. Galen se sentit mal à l'aise. Il perçut un instant la bonté de sa mère et il n'aimait pas envisager la bonté de sa mère.

Sa mère et sa grand-mère disparurent dans cet horrible endroit. À la fois prison et hôpital. Un endroit aux milliers de voix, aucune ne s'adressant à l'autre. Sa grand-mère, cachée derrière son rideau en plastique dans son demi-cercle de lino blanc, à attendre. Devant elle, dix ou vingt ans d'attente.

Elle ne devrait pas être là, dit Galen. C'est peut-être mieux de partir seule et de mourir que d'attendre ici comme dans une prison.

C'est vrai, dit Helen. Ça reste ma mère.

C'est une salope, dit Jennifer. Qu'est-ce qu'on en a à foutre, de ce qui peut lui arriver ?

Ouais, dit Helen. Tu as peut-être raison.

Et si Jennifer disait ça à ton sujet, un jour ?

Hmm, dit Helen.

Je ne ferai jamais ça, maman.

Tu pourrais. C'est vrai. Tu pourrais. Et je l'accepte.

Le moteur refroidissait, crépitant, et il semblait que toute sa chaleur se transférait dans l'habitacle. Le corps tout entier de Galen était poisseux. Les vitres baissées mais aucune brise, et l'air extérieur presque aussi chaud.

Galen ouvrit sa portière et sortit, pris de vertige. Jennifer le suivit, le visage moite de sueur, les cheveux tirés en queue-de-cheval. On va s'acheter une maison avec la clim, dit-elle. Peu importe où elle se situera, peu importe sa taille, mais elle aura la clim.

Galen effectua un cercle lent sous le soleil. Il n'y avait pas d'ombre. L'asphalte noir irradiant la chaleur. Les humains avaient créé les modes de vie les plus merdiques. Maisons de retraite, voitures, asphalte, coincés dans les déserts comme ici, des endroits où l'on ne pourrait supporter de vivre un jour de plus. Ils auraient été plus avisés de continuer à se balader tout nus sans rien inventer. Ainsi, les humains pourraient marcher vers une rivière, un lac ou un bosquet d'arbres. Ils ne seraient jamais obligés de rester debout dans un four long d'un millier de kilomètres.

J'arrive pas à croire qu'elle vive ici, dit Galen. Et j'arrive pas à croire que ce putain d'asphalte existe.

Hou là, dit Jennifer.

Je suis sérieux. Chaque mètre carré de ce sol est horrible, c'est tout. C'est la preuve qu'on est tous fondamentalement débiles.

Prends ça dans tes dents, l'asphalte.

Je suis sérieux.

Je sais. C'est pour ça que tu es taré.

Galen se concentra sur l'asphalte, continua de marcher en un petit cercle, encore et encore, avec la sensation que le centre allait fondre, qu'un immense tourbillon l'aspirerait. On est des criminels, dit-il. De la laisser ici.

Peut-être que tu pourras la convaincre de te sucer.

Va te faire foutre.

Non, c'est fini. Mais je crois que ça brancherait bien mamie. Tu pourrais fermer ses rideaux et elle te taillerait une pipe avec ses gencives sans même plus savoir où elle habite.

Mais putain, pourquoi t'es comme ça ?

Tu pourrais revenir une heure plus tard et elle le referait, parce qu'elle aurait oublié. Tu pourrais continuer toute la journée. Jennifer s'esclaffa.

Galen s'éloigna vers les portes vitrées, mais il n'était qu'à mi-chemin quand sa mère ressortit.

Elle ne devrait pas être ici, dit-il. Même si elle s'en va et qu'elle meure, c'est toujours mieux que d'être ici.

Sa mère l'ignora et passa devant lui. Elle monta dans la voiture et démarra, et il savait qu'elle partirait sans lui, aussi se glissa-t-il sur le siège passager, moite après le passage de sa grand-mère.

Quel montant avez-vous mis sur le chèque ? demanda sa mère lorsqu'ils s'engagèrent sur la route.

C'était bien assez, dit Helen.

Combien ?

Ça ne te regarde pas.

Je veux que tu saches une chose. Je ne veux plus jamais te revoir, ni toi ni Jennifer.

Pas de problème.

Je suis sincère. Plus jamais. Vous ne reviendrez plus jamais à la maison.

Je viens de te le dire, pas de problème. C'était bien notre intention, d'ailleurs.

Ouais, dit Jennifer. On en a déjà parlé.

Mais si je te dis ça, c'est au cas où le chèque ne pourrait pas être encaissé. Si le chèque ne peut pas être encaissé, tu vas vouloir revenir à la maison.

Le chèque va être encaissé.

Mais si ça ne marche pas, voilà le marché. Si je te revois encore une seule fois, tu n'auras rien du tout. Si tu gardes tes distances, je demanderai à maman de faire un chèque à Jennifer chaque semestre pour l'université.

Galen abattit ses poings sur le tableau de bord. Si furieux qu'il ne parvenait plus à parler. Il avait la sensation que s'il ouvrait la bouche, il risquait de frapper sa mère au lieu du tableau de bord.

Je ne paierai rien d'excessif. Une université d'État, c'est tout, mais je m'assurerai que maman signe ces chèques si je peux avoir la certitude de ne plus jamais te revoir.

Galen se frappa les cuisses. Il avait peur de ce qu'il était capable de faire. Il croisa les bras de toutes ses forces, ferma les yeux et essaya de traverser le temps. Coincé là, juste à côté d'elle.

Les figues mûres. L'air chaud et immobile, épais de leur parfum. Galen dans l'arbre, pressant une figue à deux mains jusqu'à ce que sa peau violette éclate en une fissure, mise à nu, et il en aspira la chair, fruit délicieux. Le jus collant sur son visage et ses mains.

Galen savait qu'il mangeait pour masquer son chagrin. Il ne reverrait jamais Jennifer. Il avait l'impression qu'une partie de sa poitrine lui avait été arrachée et qu'à la place un trou noir se faisait de plus en plus dense, un poids incroyable.

Il enroula ses jambes autour d'une branche, s'y suspendit et avança à l'aide de ses mains, s'étirant au maximum pour atteindre deux figues, énormes et lourdes, leurs corps chauds et alanguis par le soleil. Si mûres que la peau était devenue translucide.

Galen, appela sa mère.

Il fut tenté de ne pas répondre. Qu'adviendrait-il s'il ne répondait plus jamais ?

Galen, répéta-t-elle. Elle était sortie sur la pelouse par la porte de derrière, portant un plateau de petits sandwichs.

Pas les petits sandwichs, dit-il.

Te voilà, dit-elle, mais cela ne ressemblait pas à son ton habituel. Aucun ravissement dans sa voix, comme il y en avait eu quelques jours plus tôt, avant le séjour à la cabane. C'était plutôt comme si elle avait repéré sa cible.

Je mange des figues pour le déjeuner, dit-il.

J'ai quelque chose à te dire.

Eh bien, je t'entends parfaitement d'ici.

Elle posa le plateau sur la table en fonte. Galen apercevait les motifs de feuilles sur la table, et elle lui parut jolie pour la première fois. Lourde et vieille, mais jolie.

J'ai pris ma décision, dit sa mère.

J'ai hâte de l'entendre.

Il fut un temps, tu étais mon univers tout entier, dit-elle. Vraiment. Je voulais un bébé. Je ne sais pas pourquoi. Et si je pouvais revenir en arrière et faire en sorte que rien de tout ça ne se produise, je le ferais certainement. Mais pendant un temps, avoir un bébé était magique.

Merci, dit-il. Pour le passage où tu voudrais revenir en arrière.

Tais-toi et écoute. Je te fais un cadeau en ce moment. Je t'explique tout.

Galen avait envie de crier mais il avait un peu peur, aussi se réinstalla-t-il sur la branche basse, et il trouva une position plus confortable dans une fourche du tronc. Les deux figues dans une main.

J'ai vu le monde s'ouvrir. Je ne suis pas certaine de ce que j'ai vu exactement, ni comment j'ai pu y croire, mais c'était peut-être d'imaginer nos jeux dans le verger, nos courses-poursuites entre les arbres. La moutarde jaune et les fleurs sauvages, les rires. C'est peut-être quelque chose de ce goût-là, tiré des meilleurs moments de ma propre enfance dans le verger.

Elle ne le regardait pas. Elle contemplait le verger, tenant à deux mains sa tasse de thé qui flottait là sans qu'elle la boive.

On dirait une leçon de morale, dit-il.

Il faut toujours que tu rabaisses tout. C'est ce que tu as toujours fait jusqu'à maintenant : essayer de tout rabaisser. Mais je vais continuer, quoi que tu fasses, parce que c'est important à mes yeux. C'est important que tu saches, rien qu'une fois.

Très bien, dit-il.

J'éprouvais un sentiment à propos de tout cela, un sentiment à propos de toi. C'était comme un matin de Noël, un sentiment aussi innocent, aussi pur que ça. J'imaginais de la joie. Et ce que je voulais vraiment, je pense, c'était reconstruire ma propre enfance. Je voulais revenir dans le passé, réparer tout et la vivre comme j'aurais dû la vivre.

Sa mère ne l'avait pas encore regardé. C'était déconcertant.

Il était censé y avoir un homme. Et je pensais avoir trouvé le bon, mais quand je lui ai annoncé que j'étais enceinte, j'ai tout vu flétrir, puis mourir. Il a fallu moins d'une minute. Cela a vraiment été aussi rapide que ça. Tous ses sentiments à mon égard ont subitement disparu.

C'était qui ?

Il a perdu cette chance. Il n'est pas digne d'être nommé, ni que l'on parle de lui sauf pour évoquer l'essentiel, qu'il a tout laissé mourir en moins d'une minute. C'est tout ce que tu as besoin de savoir à propos de lui.

Ça m'aide beaucoup. La minute-papa. Ça explique beaucoup de choses.

Ça explique tout. Ça explique la vérité au sujet des hommes, la vérité, c'est qu'ils ne pensent qu'à eux. Et tu n'es pas différent des autres. Je pensais que tu serais peut-être différent. C'est ce que j'espérais.

C'est vraiment que des conneries complètement égoïstes. Mais écoute-toi parler, putain.

Voilà. Tout de suite les putains. La violence. C'est ça, les hommes.

Va te faire foutre.

Ouais. Que ta mère aille se faire foutre. Une insulte de choix. Mais je ne te laisserai pas me voler ce moment. Je suis venue te raconter une histoire.

Il était une fois.

C'est ça. Il était une fois. Parce que c'était un conte de fées. Je croyais que tu pourrais être bon.

Galen détestait vraiment cette discussion.

J'ai passé tout mon temps à tes côtés. Tout mon temps, des années entières. Je t'ai aidé à apprendre chaque mot. Réfléchis à ça rien qu'une minute. Chaque mot que tu connais, c'est moi qui t'ai aidé à l'apprendre.

Galen essaya de se concentrer sur son expiration, essaya de se calmer.

Je t'ai aidé à apprendre chaque son. Comment prononcer un *s*, comment prononcer un *z*. La différence entre un *p* et un *b*.

Eh bien, merci, dit Galen. Si c'est ça que tu cherches, merci pour toutes tes leçons.

La ferme. Il faut que tu écoutes. Aujourd'hui, tu te contentes d'écouter.

Rien à foutre.

Tu vas écouter, aujourd'hui, parce que j'ai pris une décision et il faut que tu saches de quoi il s'agit. Et je veux que tu la comprennes pleinement. Je veux que tu saches pourquoi je l'ai prise.

Bon, eh bien venons-en au fait, alors. C'est quoi, ta décision ?

Non. Je veux d'abord que tu comprennes.

Plutôt aller me faire foutre.

C'est ça. Prends-le comme tu veux. Mais ferme-la et laisse-moi finir.

Très bien. Vas-y.

Où en étais-je ? Elle reposa sa tasse de thé, posa ses paumes à plat sur la table et regarda ses mains. Bien. J'ai vu chacune de tes expressions se développer. J'ai vu comme tu riais, comme tu as oublié comment rire, j'ai vu comme tu souriais, et comment ton sourire s'est tordu, s'est mis à changer, comment tes mauvaises humeurs et tes pleurs se sont mués en colère même si, je dois bien l'admettre, je ne comprends pas ta colère. Ta colère m'est étrangère, quelque chose que je n'arrive pas à anticiper. Ta colère, c'est en partie la raison pour laquelle tu n'es plus vraiment à moi.

Donc tu n'acceptes que mes qualités ?

Non. Je retrace juste les choses. Et il y a un vide, ici. Et ce sont ces vides-là qui font de toi une personne avec qui je ne peux plus vivre.

C'est ça, ta décision ?

Non. Mais c'est lié. C'est peut-être ma décision, en fait. C'est peut-être ça, l'essentiel, que je ne veux plus de toi dans ma vie. Mais ce n'est pas la décision que je veux t'exposer pour l'instant.

Putain, il était temps.

Il faut que je t'explique d'autres choses, encore. Je n'ai même pas encore commencé. Parce que tu vas être en colère, tu vas te sentir trahi et tu vas croire que c'est injuste, et tu vas penser que c'est moi qui suis en cause, et pas toi. Mais je veux que tu comprennes. Et il faut que tu saches que c'est bien toi qui es en cause.

Ça me rend dingue. Tu es complètement cinglée.

Non, pas du tout. Et tu ne me traiteras plus jamais de cinglée.

Au pays des cinglés, dit Galen. C'est là que tu vis depuis un moment. Regarde-toi, avec ton putain de thé et tes sandwichs. Réfléchis une seconde, qui s'amuse à faire semblant toute la journée ? C'est qui, qui s'amuse à faire semblant toute la journée ?

Je ne te laisserai pas me déconcentrer.

Réfléchis un peu. Les enfants s'amusent à faire semblant, mais qui d'autre, encore ? Quels adultes font ça, et où est-ce qu'ils vivent tous ensemble ?

La mère de Galen leva enfin les yeux vers lui. Cela aura été ton cadeau, dit-elle. De me traiter de cinglée.

Une exploitation de noyers. Tu as grandi dans une exploitation de noix, là où papy était venu chercher asile, mais toi, c'est un autre genre d'asile que tu vas connaître. Galen aimait cette idée, mais il s'interrompit parce qu'il n'aimait pas voir sa mère peinée. C'était toujours le problème. Elle méritait d'être traitée plus mal encore, mais il ne pouvait jamais s'y résoudre.

Je vais continuer à vivre ici, dit-elle. Mais pas toi.

C'est ça, ta décision ?

Non.

Tu veux me jeter à la rue, comme tu m'en menaçais à la cabane ? Bien que tu aies vécu sur le dos des autres toute ta vie ?

Laisse-moi continuer, dit-elle. J'essaie de t'expliquer que je t'ai aimé. Je t'ai aimé toute ta vie, et j'ai essayé.

Tu étais ma mère. C'est ce que tu étais censée faire.

Tu ne comprends rien.

Personne ne t'a obligée à me mettre au monde.

Elle hocha la tête. Je ne vais pas te laisser me faire ça.

Ouais, parce que c'est vrai que je suis en train de te faire tes trucs vraiment horribles en ce moment. C'est moi qui profère des menaces, qui annonce avoir pris une décision qui va changer le cours de ma vie.

J'ai essayé, même quand tu as commencé à te comporter ainsi, même quand chacun de tes actes était affreux. J'ai essayé de continuer à t'aimer. J'ai essayé de te pardonner. J'ai essayé de te laisser devenir ce qu'il te fallait devenir, même si cela impliquait que tu vives à la maison pour le restant de tes jours.

Comme toi.

Laisse-moi terminer.

Tu n'as pas le droit de terminer si chacune de tes paroles n'a aucun sens. Je t'écouterai seulement si tes propos sont raisonnables. Je ne suis pas obligé d'écouter si tu déblatères des idioties.

Je te hais. Je te hais tellement.

Très bien, dit-il. Il laissa tomber ses deux figues et descendit de l'arbre. C'est super. Tu es une mère idéale. Tu as vraiment rectifié les erreurs de ton passé, exactement comme tu le voulais.

La mère de Galen pleurait sans bruit, hoquetant à chaque inspiration. Elle avait du mal à parler. Je ne devrais pas haïr mon propre enfant, dit-elle. Je le sais. Mais je te hais.

Eh bien, tu ne seras plus obligée de me voir. Je vais m'installer dans l'appartement au-dessus du hangar.

La mère de Galen se mit à sourire. Un spectacle des plus étranges. Elle pleurait encore mais elle s'était mise à sourire. Elle prit une profonde inspiration et partit dans un rire soudain. Au lieu de pleurer, elle se riait de lui.

Quoi ? demanda-t-il.

Tu ne comprends pas, dit-elle. Tu ne peux pas savoir.

Oh, quel idiot je suis, alors. Ton explication a été tellement claire.

Elle souriait. Tu crois que tu peux simplement t'installer dans le hangar et que l'histoire s'arrêtera là.

Ouais. Je m'installe dans le hangar. Tu ne me verras plus, mais tu vas me donner de l'argent pour l'université, pour la nourriture et pour d'autres trucs. Tu vas arrêter de déconner avec ma vie.

C'est pas dans le hangar que tu vas t'installer, dit-elle.

Je vais y déplacer mes affaires tout de suite. Il se dirigea vers la maison.

Tu vas en prison.

Galen s'immobilisa. Une sensation de chaleur s'éleva à travers tout son corps. Tu viens de dire le mot prison ?

Oui. En prison.

Et pourquoi j'irais en prison ?

Pour détournement de mineur.

C'est complètement ridicule.

Ta cousine n'a que dix-sept ans. Tu en as vingt-deux. Et même si vous n'étiez pas cousins, ce serait tout de même un détournement de mineur. Et puisque vous êtes cousins, c'est aussi sans doute de l'inceste. C'est ce qu'on verra.

C'est complètement absurde. Je refuse d'en discuter avec toi. C'est ce que je veux dire, quand je te parle du pays des cinglés. Il continua à marcher vers la maison, qui semblait bien plus loin qu'avant. Il avait l'impression que la pelouse s'affaissait de chaque côté de lui. Il était contraint de marcher sur un pont étroit de pelouse jusqu'à la porte du garde-manger, puis il fut enfin à l'intérieur, en sécurité. Il traversa la cuisine à grands pas jusqu'à l'escalier, monta à sa chambre où il prit le sac de toile qu'il n'avait pas encore déballé, et le hissa sur son épaule.

Sa mère était dans l'escalier. Je témoignerai, dit-elle. Et j'ai apporté la couverture, la couverture où il y a un peu de vous deux. Je l'ai apportée comme pièce à conviction.

Tu as récupéré des pièces à conviction ?

Tout à fait. Alors même si vous niez, tous les deux, j'ai des preuves. Et tu n'as pas encore pris de douche, donc toi aussi, tu portes des preuves. Et elle non plus n'a pas encore pris de douche.

Tu es folle.

Je veux juste que tu saches que je t'ai aimé toute ta vie, mais je dois à présent t'arrêter. Je dois faire le bon choix. Et il faut que je te dise aussi que je ne viendrai pas te rendre visite en prison. Je ne peux pas y aller. Je refuse que cela devienne un élément de ma vie.

Tu as pensé à tout ça.

Oui.

Tu es allée jusqu'à m'imaginer en prison, au fait que tu ne me rendrais pas visite.

Oui. J'ai failli aller directement au poste de police après avoir déposé mamie. Mais j'ai préféré t'expliquer les choses. Je veux que tu comprennes. C'est le cadeau que je veux te faire.

La maison ressemblait à une grotte. Aucune lumière allumée, les rideaux tirés. D'immenses creux dans le plafond, au-dessus. La prison. Sa vie, pas celle d'un autre. Sa vie en prison. Et sans rien avoir fait de mal.

S'il te plaît, dit-il. Je ne comprends pas. Je ne sais pas ce qui s'est passé. Il fallait qu'il reste vigilant en s'adressant à elle. Elle était vraiment folle. Je ne peux pas aller en prison, dit-il. Tu es ma mère.

Oui. Je suis ta mère. Et c'est pour ça qu'il faut que je le fasse. C'est ma responsabilité.

S'il te plaît. Réfléchis, s'il te plaît. Tu parles de prison.

Oui.

Tu parles d'envoyer ton propre fils en prison.

Oui.

Elle affichait une concentration étrange, quelque chose qu'il n'avait pas réussi à identifier au début, mais il finit par comprendre. Elle jubilait. Tu jubiles, dit-il.

Oui. Je jubile, sans doute. Ça fait tellement longtemps. Ça fait tellement longtemps que j'ai peur de toi. Mais à présent, je ne serai plus jamais obligée de te voir. Je vais récupérer ma vie.

Tu ne peux pas te contenter de jeter les gens comme des mouchoirs en papier.

Tu t'es jeté tout seul.

S'il te plaît. Je suis ton fils.

Elle se détourna alors, redescendit l'escalier et se dirigea vers la cuisine.

Où tu vas ?

Elle ne répondit pas mais il y avait un téléphone dans la cuisine. Il lâcha son sac et se rua vers elle. La cuisine était éclairée et sa mère tendait déjà la main vers le téléphone.

Non ! hurla-t-il.

Sa main sursauta lorsqu'elle le vit à sa poursuite. Elle cria et s'enfuit par la porte du garde-manger.

Il la suivit sur la pelouse mais elle l'avait déjà traversée, courant vers le hangar.

Mais qu'est-ce que tu fous, maman ? hurla-t-il. Je suis ton fils. Je ne suis pas une espèce de monstre.

Elle disparut au coin du bâtiment et il resta là, sur la pelouse. La prison. Il n'arrivait pas à y croire. Rien de tout cela ne pouvait être réel. Mais cela dégageait pourtant une impression de réel. Cela dégageait une impression de réel comme il n'en avait encore jamais ressenti. Le monde ne ressemblait pas à une illusion. Sa mère allait appeler la police. Il y avait là-dedans une réalité immense et terrifiante.

La vie de Galen se resserrait autour de lui. Le hangar, la vieille maison, les arbres la surplombant, le verger de noyers, tous se rapprochaient de lui. La fin d'un avenir. N'avoir absolument aucun futur.

Je ne suis pas un déchet, hurla-t-il. Je ne suis pas quelque chose que tu peux jeter comme ça.

L'air si chaud et épais. Il le fendit pour dépasser à son tour le coin du hangar, vers le verger et la porte coulissante. Elle était fermée. Il resta devant, immobile sous le soleil brûlant, et supplia. S'il te plaît, dit-il. S'il te plaît. Je vais partir. Tu ne seras plus jamais obligée de me voir. Mais je ne peux pas aller en prison. Je ne sais même pas ce que c'est, la prison.

Il s'agenouilla dans la terre, dans les sillons irréguliers. S'il te plaît, supplia-t-il. S'il te plaît.

Il sentait la chaleur surgir du vieux bois et du sol. Son corps moite. Il rampa plus près et leva la main vers la poignée. Je vais rentrer pour discuter, dit-il. Je veux juste discuter. Mais sa mère avait réussi, d'une manière ou d'une autre, à bloquer la porte. Elle ne coulissait pas.

Il se leva et tira plus fort, mais elle ne bougeait pas d'un pouce. La vieille poignée rouillée, le vieux cadenas qui pendait. Il n'y avait pas de verrou à l'intérieur. Elle avait dû y insérer un morceau de bois ou autre chose.

S'il te plaît, dit-il. Laisse-moi entrer. Il faut qu'on parle.

Je vais te laisser un peu d'avance. Si tu pars maintenant, je te laisse une heure avant d'appeler.

Non. Pas une heure. Tu ne peux pas faire ça, maman. Il s'affala contre la porte, le vieux bois gris, rugueux, patiné et chaud contre sa joue.

L'injustice de la situation était insoutenable. Détournement de mineur. Ce n'était pas un viol, ni un détournement. Je n'ai violé personne, dit-il.

Elle ne répondit pas. Se contenta d'attendre dans le hangar, lieu fétiche de son enfance. Son enfance si unique, son enfance que personne ne pouvait jamais toucher. Tout cela, rien qu'un mensonge.

Je n'ai violé personne.

Tu es un violeur et une brute. Et plus jamais tu ne me brutaliseras.

Mais putain ! Il frappa le bois de la paume de sa main.

Tu vois ?

Tu es cinglée.

Tu vois ?

Arrête de dire ça, putain.

Tu vois ?

Galen était si frustré qu'il hurla et asséna un coup de pied dans la porte.

Tu n'es qu'un animal, lui cria sa mère. Tu n'es qu'un animal et tu mérites de vivre dans une cage.

Galen recula et se retourna pour frapper la porte du talon de sa chaussure. Il frappa fort. Mais elle était plus solide qu'elle en avait l'air. Je vais t'en montrer moi, putain, de la brutalité. Si tu tiens absolument à employer ce mot, alors tu devrais apprendre ce qu'il veut dire vraiment.

Tu me donnes des éléments supplémentaires à utiliser contre toi au tribunal. Je leur dirai que tu as essayé de me tuer.

Galen arrêta de frapper. Il n'arrivait pas à y croire. Elle n'arrêtait pas de détourner les faits. Il fallait qu'il réfléchisse. Il fallait qu'il trouve un moyen de se sortir de cette situation.

Écoute, dit-il. Calmons-nous. Réfléchissons à tout ça. Je ne t'ai jamais fait de mal. Je n'ai jamais brutalisé personne. Est-ce qu'on peut au moins s'accorder sur ce point ?

Tu m'as brutalisée.

Galen ne pouvait pas rester là. Il risquait de se mettre à crier s'il restait là. Il fallait qu'il s'éloigne un moment, qu'il se calme et qu'il réfléchisse. Mais il ne pouvait pas prendre le risque qu'elle appelle la police pendant ce temps.

Il y avait une barre qui se glissait sur la poignée de la porte. Il la mit en place puis essaya de fermer le cadenas. Il était rouillé et ne s'enclenchait pas facilement, Galen en pressa le côté inférieur à l'aide de sa cuisse et poussa à deux mains jusqu'à ce qu'il se bloque.

Qu'est-ce que tu fais ?

J'ai fermé le cadenas. Il faut que je réfléchisse un moment. Il faut que je trouve une solution. Et je ne peux pas risquer que tu appelles la police.

Elle rit. C'est parfait. Tu viens de signer ton arrêt de mort.

Tu es ma mère ou pas ? cria-t-il. Il cria si fort que sa gorge lui parut douloureuse, comme quand il vomissait, sa bouche et sa gorge distendues, ouvertes et brûlantes. Tu es ma mère ou pas ?

CRIER ainsi sur sa mère l'avait affaibli. Son for intérieur disparu, un vide. Ce n'était même pas de la colère. C'était quelque chose de bien plus désespéré, le monde entier déraciné. Il marcha vers la maison, réduit à l'état de coquille. Il ne restait plus rien de lui.

La couverture se trouvait quelque part dans la maison et il comptait bien la trouver. Même si ça ne ferait pas une grande différence.

La chambre de sa mère, encore une chambre d'enfant. Sur les étagères, des jouets en bois venus d'Allemagne, chariots, casse-noisettes et petites figurines de fillettes en bois. Un cheval à bascule à taille réelle, en bois lui aussi. Tout était placé avec attention, ses souvenirs d'enfance les plus chers.

Il ne comprenait pas vraiment qui était sa mère. Il n'était pas là quand elle avait été créée, n'avait pas vécu les années où elle avait été recréée. Il n'avait aucun point de départ. Et ce qu'elle faisait en cet instant était impensable. La façon dont ils s'adressaient l'un à l'autre était impensable.

Que s'est-il passé ? demanda-t-il à voix haute.

Il trouva sa petite valise dans la penderie, mais elle était vide, déjà déballée après leur voyage. Il repoussa les robes et les manteaux, trouva des sacs en papier pleins de pulls et de chaussettes. Mais aucune trace de la couverture.

Son petit lit et sa couverture bleu clair. Il s'agenouilla, regarda sous le lit, et elle était là. Une vieille couverture marron de la cabane et, quelque part dessus, les preuves de son crime.

Galen s'allongea sur le parquet et glissa la couverture sous sa tête, un oreiller. Il resta étendu là, ne sachant plus quoi faire. Il fallait tout défaire, faire en sorte que rien n'ait jamais eu lieu. À quel moment précis sa relation avec sa mère avait-elle dégénéré ?

La couverture en laine rugueuse, très vieille. Et c'était bien le problème. La relation entre Galen et sa mère avait dégénéré avant même la naissance de Galen. C'était la vérité. Et c'était outrageusement injuste qu'il dût à présent en être tenu responsable.

Ce n'est pas moi, dit-il. Ce n'est même pas de moi qu'il s'agit.

Il se leva et porta la couverture dans le jardin derrière la maison, où il la jeta sur la pelouse. Puis il alla chercher des allumettes dans la cuisine et revint brûler la couverture et tout ce qu'elle représentait. Il regarda la flamme prendre à un coin, presque invisible dans les rayons du soleil. Des touches de bleu et d'orange. Il sentait la chaleur du feu se propager, plus chaud encore que le soleil brûlant, et il voyait la laine noircir et se racornir en se consumant. La présence du feu, visible par ce qu'il laissait derrière lui.

La couverture rétrécit en une boule, sembla se tricoter à nouveau en points serrés, noircit puis retourna à la terre et à l'air, redevenue cendre et fumée, rien d'autre qu'un amas gris sur le vert. C'était ce que Galen devait faire de sa vie, d'une manière ou d'une autre. Il fallait qu'il trouve une flamme, une régénération, la promesse d'un nouveau départ.

Il prit une douche, se frottant la bite sans ménagement. Il n'y aurait plus aucune trace de Jennifer. Et sa cousine avait sans doute déjà dû prendre trois douches entre-temps.

Galen emporta son caleçon sur la pelouse à l'arrière de la maison et le brûla aussi. Puis il avança jusqu'au hangar et se tint devant la porte au cadenas rouillé.

J'ai soif, dit-elle. Il fait chaud, là-dedans. Il faut que tu ouvres la porte et que tu partes. Je t'accorde une heure.

J'ai tout brûlé.

Comment ça ?

J'ai brûlé la couverture. J'ai brûlé mon caleçon. J'ai pris une douche. Et tu sais que Jennifer a déjà dû se doucher. Il n'y a plus aucune preuve.

Ça n'a pas d'importance. Je suis témoin, c'est ça qui importe. Est-ce qu'on voit souvent une mère témoigner contre son propre fils ? Ils me croiront.

Pourquoi tu fais ça ?

Pourquoi es-tu devenu ce que tu es ?

C'est pas comme si je pouvais y faire grand-chose.

Eh bien, c'est la même chose pour moi en ce moment. Ce n'est pas comme si j'avais le choix.

Tu dois me parler. Tu ne peux pas continuer à parler comme ça dans le vide.

Je ne dois rien faire du tout.

Ce n'est même pas de moi qu'il s'agit.

C'est exactement ce que je disais. J'étais sûre que tu finirais par penser que tout cela n'a aucun rapport avec toi. J'étais certaine que tu considérerais ça comme mon propre problème, comme quelque chose d'injuste, une trahison. Mais il faut que tu saches qu'il s'agit bien de toi, de ce que tu es. Tu es un animal et tu mérites de passer le restant de tes jours en prison.

Maman. Galen ne savait que dire d'autre. Je ne suis pas un animal.

Tu es un animal.

Le soleil si brûlant. Il contourna le bâtiment jusqu'à la petite remise à outils bâtie contre le mur du hangar. Il y aurait davantage d'ombre là-bas. Il ouvrit la porte en bois et se remémora soudain son grand-père. Les outils désormais rarement utilisés, mais son grand-père, lui, y était tout le temps, travaillant dans le verger, aux haies, ou dans les bâtiments, quand il ne travaillait pas comme ingénieur. Sa vie tout entière avait été un long travail. Et cela aurait dû faire de lui un homme bien, mais il battait sa femme et il ne serait donc jamais considéré comme un homme bien. C'était une brute. Avec lui, le terme brutalité prenait tout son sens. Et tous les membres de la famille étaient tarés à cause de lui. C'était lui qu'on aurait dû faire enfermer. Galen n'avait rien fait de mal. Sa mère le rendait responsable des torts de son propre père. Elle envoyait son père en prison.

Je ne suis pas ton père, dit-il, assez fort pour qu'elle l'entende à travers le mur.

Où es-tu ?

Je suis dans la remise à outils. Et je ne suis pas ton père.

Qu'est-ce que tu fais dans la remise ?

Il y a plus d'ombre. Il fait chaud et j'ai nulle part où m'asseoir, mais au moins, je ne suis pas en plein soleil.

Eh bien, il fait chaud ici aussi. Il faut que tu ouvres la porte et que tu partes. J'en ai assez d'attendre. Il faut que je sorte d'ici et que je boive quelque chose.

Tu essaies d'envoyer ton père en prison. C'est ça qui est en train de se produire.

C'est de toi qu'il s'agit.

Galen ramassa une pelle et frappa le mur. C'était une grosse pelle lourde, avec une large plaque de métal plate, pas incurvée.

Qu'est-ce que tu fais ?

Il frappa encore, commença un rythme.

Arrête ça.

Je vais continuer jusqu'à ce que tu admettes qu'il s'agit de ton père et pas de moi.

Arrête ça tout de suite.

Mais Galen continua à frapper le bois avec la pelle, le rythme régulier, s'arrangeant pour heurter le mur du plat de l'outil afin de produire un maximum de bruit. Se penchant au-dessus des petits outils pour atteindre le mur. Sécateurs, taille-haies et bêches, des outils accumulés là au fil des décennies. La pelle vite devenue lourde, les épaules de Galen brûlantes, son souffle court, mais il continua.

Elle avait cessé de parler et c'était une bonne chose.

Galen regrettait de ne pas avoir choisi une pelle plus petite. Il ne voulait pas interrompre son rythme, mais il finit par être à bout de forces.

Continue, dit-elle.

Il ressortit sous le soleil et erra dans le verger, tête nue et abruti par le soleil, la chaleur évoluant en lourdes bandes autour de lui. Des sillons irréguliers et pleins de mottes de terre n'ayant pas été labourés depuis des années. Le système d'arrosage encore en état de marche, de fines rigoles sombres le long des rangées de troncs, s'évaporant. Il retira ses chaussures et pataugea dans la boue, rafraîchissant au moins ses pieds. L'ombre à cet endroit encore chaude, la lumière du soleil passant partout à travers les feuilles, aucune ombre véritable. Les noyers, des arbres grossiers.

Dans la chaleur et l'éclat du soleil de midi, les troncs semblaient plus éloignés qu'à l'accoutumée, le verger distendu, comme du métal chauffé.

Il gémit et grogna un moment, et avança sans but dans la terre. Quand il eut trop chaud aux pieds, il marcha dans la boue et continua à errer. Chiendent et fruits piquants de tribule terrestre, chaque plante hostile. La plupart semblaient mortes, mais elles se dressaient encore, droites, de petites tiges marron et jaune de buissons merdiques, de chiendent moisi et de putain d'herbe. Des années de feuilles mortes, sèches et pourries, une couche de différentes peaux.

Et à l'endroit où la terre était à nu, même la couleur brune y était délavée. La terre devenue plus blanche que brune. Cet endroit désolé. Idéal pour les criquets, les abeilles et les papillons, les criquets étant les pires, le bruit de leur atterrissage tout autour de lui. Il en poursuivit quelques-uns, les écrasa du pied lorsqu'ils touchaient le sol, les réduisant en miettes entre ses mains, leur corps craquant et marron, leur tête disproportionnée aux gros yeux noirs qui le regardaient, leurs pattes trop fines pour être réelles. Ce qu'il voulait, c'était qu'ils meurent tous et qu'ils emportent le chiendent avec eux, qu'ils nettoient le verger, et il voulait de la pluie. Il voulait voir la terre brunir à nouveau et il voulait que le soleil s'arrête.

Un seul parent, dit-il. On m'accorde un seul parent dans la vie et voilà. Voilà de quoi j'hérite. Il marcha jusqu'à la clôture à l'autre bout, une haute clôture que le nouveau lotissement avait fait installer, deux fois plus grande que Galen, faite de blocs de parpaing peints d'un marron orangeâtre pour se fondre dans le paysage. Les maisons, de la même couleur, le haut de leur premier étage qui dépassait. Le raffut de leur climatisation tournant jour et nuit. Une autre forme de prison, la vie dans ce lotissement, mais rien de comparable à la prison qui l'attendait.

Il ne pouvait même pas y penser. Il n'arrivait pas à s'imaginer en prison. Ce n'était pas quelque chose que son cerveau était disposé à faire. Cette image n'avait aucun sens. C'était comme de se tenir sur la lune en short et en T-shirt, ou de se relaxer dans un transat sur Mars, à boire du thé.

Galen se sentit pris de vertige dans la chaleur, la tête lui tournant tellement qu'il alla s'asseoir contre un tronc. L'ombre, une sorte de punition. Rien que le souvenir de l'ombre sans être l'ombre véritable, le feuillage des noyers pas assez dense avec ce soleil. Les ramures avaient jadis été plus fournies, quand les arbres étaient taillés et entretenus.

Ils avaient à présent des branches mortes, produisaient moins de noix et affichaient un air négligé.

De la citronnade, dit-il. Il me faut de la citronnade. Il se leva donc, retraversa le verger, une autre mission lunaire, et ne dit rien à sa mère lorsqu'il passa devant le hangar. Il marcha sur la pelouse et entra dans la maison où il prépara un grand pichet, un pichet en verre avec un touilleur en verre, une longue tige transparente terminée par une boule transparente. Il émettait un son agréable lorsque Galen mélangeait, et il ajouta beaucoup de glaçons pour qu'ils tintent à leur tour. Il faisait de la citronnade à partir d'une préparation instantanée, il n'y ajouta pas de citrons frais comme le faisait habituellement sa mère, mais le goût était acceptable.

Il sortit la citronnade sur un plateau avec deux verres qu'il installa sur la table, sous le figuier.

Galen ? demanda sa mère.

Ouaip.

Laisse-moi sortir d'ici immédiatement.

Désolé, dit-il. Je suis occupé. Il traîna une chaise près du mur du hangar, y déplaça la table. L'ombre du figuier à cet endroit était parfaite. Des feuilles immenses, un vieil arbre énorme, et aucune de ses branches n'était en train de mourir. Il était dans la force de l'âge. Galen se servit un verre puis demanda à sa mère : Tu veux un verre, toi aussi ?

Quoi ?

Je viens de me servir un verre de citronnade. Tu en veux un verre, toi aussi ?

Oui.

Très bien. Il lui servit un verre. Tiens, voilà, dit-il.

C'est cruel.

C'est comme ça. C'est toi qui es allée te cacher dans le hangar. En sécurité dans ton endroit tout à toi. Si tu veux de la citronnade, sors et viens la chercher.

Il prit une gorgée de citronnade. Ah, dit-il. C'est bon. J'avais vraiment soif. C'est la canicule, aujourd'hui.

Il entendit la porte du hangar trembler et claquer, mais les sons étaient étouffés puisqu'elle se trouvait de l'autre côté du bâtiment.

Galen ! cria-t-elle.

Tu es en train de me maltraiter, dit-il. Essaie de contrôler ta colère. Viens juste t'asseoir et boire un verre de citronnade, et on pourra discuter. On est deux adultes raisonnables.

Je vais leur dire que tu as essayé de me tuer. Je vais leur dire que tu m'as enfermée ici.

C'est toi qui t'y es enfermée toute seule.

Il y a tes empreintes digitales sur le cadenas.

Ouais, dit-il en inclinant son verre. Il ferma les yeux et essaya de se concentrer sur la citronnade, fraîche, sucrée et acide en même temps. Il ne savait pas comment ils en étaient arrivés là, lui assis seul sous le figuier, sa mère enfermée dans le hangar, prête à l'envoyer en prison. Rien de tout cela n'était possible. Je ne comprends pas comment on en est arrivés là, dit-il.

Tu as violé ta cousine. C'est plutôt simple.

Si tu continues à dire ça, comment tu veux que je te laisse sortir ?

Laisse-moi sortir immédiatement.

Tu sais ce que j'imagine quand j'imagine la prison ?

Viens de ce côté-ci du hangar tout de suite et ouvre cette porte.

Ce que j'imagine, c'est être debout sur la lune en short et en T-shirt. C'est ce que je viens d'imaginer, quand j'étais dans le verger.

Si tu n'ouvres pas cette porte, tu feras plus que de la prison. Tu écoperas de la peine de mort.

Je suis sur la lune mais l'air est respirable, la température est correcte. Tout est très calme, il n'y a pas de vent. Rien que la roche et le sable noir qui s'étendent à l'infini, et je sais que c'est tout. C'est tout ce qui me reste. Je ne verrai plus jamais personne. Je ne verrai plus jamais d'autre couleur que celle de la roche et du sable.

La prison n'a rien à voir avec la lune.

Je sais. Ce que je t'explique, c'est que je suis incapable d'imaginer la prison. Je n'arrive même pas à l'imaginer. Je ne peux pas y aller.

Tu vas y aller.

Mais c'est ça, le truc : je n'irai pas.

Si, tu iras.

Très bien, dit-il. Il se leva et empoigna le pichet en verre. Il s'approcha du mur et versa la citronnade contre une large planche. La voilà, ta citronnade, dit-il. J'espère qu'elle te plaira.

Je leur raconterai tout ça. Ils vont entendre le moindre détail. La façon dont tu m'as torturée.

Torturée, dit-il. Alors maintenant, je suis un tortionnaire. Y a-t-il quelque chose que je ne sois pas pour toi ?

Je refuse de t'appeler mon fils.

Galen s'esclaffa. C'est super. C'est super. Merci, maman. Tu es une sacrée mère. Merci d'être là pour moi.

Galen. Comprends-moi bien. Chaque minute que je passe ici contre ma volonté ne fait qu'empirer ton cas.

Maman. Comprends-moi bien. Tu es enfermée dans un putain de hangar.

GALEN était étendu sur son lit, les yeux rivés sur les grottes sombres du plafond. Comme des cratères, son propre espace lunaire, là, dans cette chambre depuis toujours. Des taches de lumière flottant toujours aux abords de ses yeux, éruptions solaires. Sa mère, une autre planète, très lointaine, tournant et tournant. Tous deux bloqués dans une sorte d'orbite commune.

L'air plus frais à l'intérieur, même sans climatisation. Une vieille maison, des murs épais, un toit épais, une isolation importante, de lourds rideaux. Une sorte de forteresse contre la vallée.

Galen ferma les yeux et les taches de lumière reliées entre elles ne formaient pas le moindre motif cohérent. Des ronds flous qui flottaient et s'éclipsaient, se déplaçant soudain vers un autre endroit, comme des OVNI. Capables d'apparaître et de disparaître en un clin d'œil.

Il aimait l'idée d'être sur la lune. La lumière y tomberait toujours de biais, comme un soir sur la terre juste avant le coucher de soleil, sauf que le soleil ne se coucherait jamais complètement. De longues ombres s'étirant derrière chaque rocher, des ombres même derrière les gros grains de sable. Une présence dans chaque objet, lumineuse, aucun autre humain. Aucune empreinte. Il saurait toujours qu'il se tenait à la surface d'un globe. Il pourrait le sentir, la courbure se déroulant de chaque côté. Et quand il marcherait, ses pieds se poseraient sur un sol où jamais rien ne s'était encore posé. Il avancerait pieds nus et sentirait la fraîcheur légère de la surface, constante et monotone, chaque pierre et chaque grain de sable égalisés depuis des milliards d'années sous un soleil inchangé. Chacun de ses pas serait plus vieux que celui d'un dinosaure, déplaçant le sable posé là dans une ère précédente, brisé et criblé à l'époque de la création des planètes, lorsque la Lune avait été arrachée à la Terre.

Revenir en arrière. Ce serait le plus beau des cadeaux. S'il pouvait revenir en arrière de quelques jours à peine, sa mère ne serait pas dans le hangar.

Il essaya de trouver une issue à cette situation. Ce qu'elle avait dit était vrai. Chaque minute qui passait ne faisait qu'empirer les choses. C'était lui qui était pris au piège, pas elle.

L'intérieur du crâne de Galen était vide. Aucune direction à prendre. Il se redressa donc et descendit jusqu'à la pelouse. Elle hurlait. Il ne l'avait pas entendue depuis l'intérieur de la maison.

Au secours ! hurlait-elle. À l'aide ! S'il vous plaît, aidez-moi ! Le son de sa voix étouffé. Elle était comme à l'intérieur d'une boîte. Elle frappait les murs.

Galen s'approcha, essaya de déterminer l'endroit où elle frappait et l'outil qu'elle utilisait. Elle n'était pas au mur du fond près du figuier, ni sur le flanc. Il marcha dans le verger et aperçut la porte coulissante qui ployait et tremblait légèrement tandis que sa mère y assénait des coups.

Qu'est-ce que tu fais ? demanda-t-il.

Tu vas pendre au bout d'une corde, pour ça, dit-elle, et elle se remit à hurler. À l'aide ! Je suis dans le hangar !

Personne ne peut t'entendre.

Quelqu'un va finir par m'entendre. Et ils vont te traîner comme un chien, ils vont t'enchaîner.

Eh bien, c'est une pensée agréable. Merci, maman. Mais d'où est-ce qu'ils vont venir, ces gens ? Je ne t'entendais même pas depuis l'intérieur de la maison. Souviens-toi à quelle distance se trouve notre plus proche voisin. Et ils ont tous la clim en marche, pendant encore deux mois minimum.

Tu ne t'en sortiras pas impunément.

Je ne cherche pas à me sortir impunément de quoi que ce soit. C'est toi qui as provoqué tout ça. C'est ton spectacle.

Tu ne t'en sortiras pas impunément.

Je n'ai rien fait.

Tu as essayé de tuer ta propre mère. Tu sais ce qu'un jury dira de ça. Essayer de tuer sa propre mère.

C'est toi ! cria-t-il. C'est *toi* qui es venue dans ce hangar ! C'est *toi* qui es venue te foutre dans ce putain de hangar ! Il frappa la porte de sa main, la frappa encore et encore. Putain de merde !

Si j'avais su ce que tu deviendrais, je t'aurais tué. Une main sur le nez et la bouche quand tu étais bébé. Ç'aurait été tellement facile.

Ce que tu ne comprends pas, c'est qu'il faut que tu m'aides à trouver un moyen de te laisser sortir du hangar. C'est ça que tu ne comprends pas. Et quand tu parles de me faire enchaîner ou de me tuer, ça ne me donne pas de super arguments pour te laisser sortir.

Je ne passerai aucun marché avec toi.

Si, tu vas le faire.

Tu vas aller en prison. Rien ne pourra y changer quoi que ce soit.

Bordel de merde. Je ne vais pas rester ici à discuter avec toi. Il fait trop chaud, putain. Et si tu restais là une journée ? Et on en reparle après.

Laisse-moi sortir immédiatement.

Ouais, bien sûr, j'y vais de ce pas. Il avança dans l'ombre du figuier et entendait encore sa mère frapper les murs. Comme si elle y jetait les séchoirs à noix.

Il s'assit à la table et se sentit assoiffé. L'après-midi promettait de s'étirer à l'infini et l'air ne se rafraîchirait pas. Il gagnerait seulement en densité, s'entassant au fil des heures, compacté et fondu par la chaleur. Dix mètres d'air se réduisaient à un mètre, irrespirable.

Il lui fallait de la citronnade, il rentra donc dans la maison, en prépara à nouveau, il n'y avait plus de glaçons mais l'eau était assez fraîche. L'air, bien plus respirable à l'intérieur. Il prit une poignée de pépites de chocolat dans le garde-manger, un petit plaisir, aperçut les biscuits Saltine et en attrapa un paquet. Une inspiration subite.

J'ai préparé une autre citronnade, dit-il. Et je t'ai apporté à manger.

Elle heurtait le mur du côté.

Il avait gardé les pépites de chocolat dans sa main, elles fondaient, donnant une couleur marron à sa paume, et il les laissa tomber, se pencha pour s'essuyer la main dans l'herbe folle. Trop sucré.

J'ai dit que j'avais préparé de la citronnade, répéta-t-il un peu plus fort. Et je t'ai apporté à manger.

Elle arrêta de frapper. Galen, dit-elle. Elle semblait essoufflée. Je n'en peux plus. Il faut que tu ouvres la porte. Sa voix étouffée, et il ne savait pas exactement où elle se trouvait, quelque part dans l'obscurité, et il était aveuglé par la lumière.

J'en serais ravi.

Alors, fais-le.

Je dois être certain que je n'irai pas en prison.

Tu iras en prison.

Galen ouvrit le sachet en plastique blanc de Saltine, s'approcha du mur et glissa quelques biscuits dans les interstices entre les planches. Tiens, voilà à manger, dit-il. Tu n'auras rien d'autre avant demain, alors fais attention.

Ce sera parfait. Quand je leur raconterai que je mourais de soif par cette chaleur et que tu m'as donné des biscuits salés à manger.

Le truc, c'est que tu n'es pas encore en train de raconter ton histoire à qui que ce soit. Tu n'es pas au tribunal. Tu es encore en train de vivre cette histoire. Et tu n'auras rien d'autre à manger avant demain.

Il fit glisser une douzaine de biscuits entre les planches et entendit approcher sa mère. Elle frappa le mur devant lui puis repoussa les biscuits dans l'interstice inférieur entre le mur et le sol. C'était un petit interstice, à peine deux centimètres de hauteur, mais Galen le remarqua soudain. Le hangar tout entier bâti autour de poteaux enfoncés dans le sol, les planches atteignant presque le sol mais pas enterrées. Elle pourrait creuser et sortir rapidement, n'importe où le long du mur.

Putain, dit-il.

Comment ?

Rien. Il contourna le hangar jusqu'à la remise à outils, empoigna une des petites pelles rondes et se demanda par où commencer. Il allait falloir suivre les mouvements de sa mère. Si elle se mettait à creuser, il remettrait de la terre à cet endroit. Mais cela impliquait qu'il reste éveillé. Une heure ou deux de sommeil et elle risquait de sortir. Autrement dit, il valait mieux commencer tout de suite et entasser assez de terre le long des parois.

Mais s'il se mettait à la tâche, elle comprendrait. Et elle n'avait pas encore commencé à creuser de son côté. Peut-être que l'idée ne lui traverserait jamais l'esprit. Il n'arrivait pas à croire qu'il puisse avoir ce genre de pensées.

Il faut qu'on arrête tout ça, maman, dit-il. Il faut qu'on trouve une solution. C'est trop affreux. Ça ne me ressemble pas.

Ça te ressemble tout à fait. C'est ce que tu as toujours été. Toutes tes conneries New Age, que tu es soi-disant une vieille âme. Mais tu n'es qu'un assassin. Voilà ce que tu es.

Galen longea les parois du hangar, le périmètre entier, le bois gris s'arrêtant juste au-dessus de la terre. Le sol dur, irrégulier, et elle n'avait aucun outil, pas de pelle, aussi doutait-il vraiment qu'elle puisse aller bien loin, mais c'était difficile à prévoir. Il s'était transformé en geôlier.

L'interstice le plus large se trouvait au niveau de la porte coulissante, à l'avant du hangar, et c'est là que Galen attaqua le sol. La terre plus lourde que prévu. Une pelletée, un geste considérable. Il avait imaginé auparavant que la croûte terrestre serait si fine qu'il pourrait la traverser et tomber de l'autre côté de la planète, mais il n'en était plus si certain. Le monde, une illusion, mais ce qui semblait fin comme du papier à cigarette l'espace d'un instant pouvait se solidifier aussitôt. Tout se métamorphosait en permanence. Le fait même que Galen creuse en cet endroit précis pouvait peut-être augmenter l'épaisseur de la terre. L'illusion le mettait à l'épreuve, répondait à sa conscience. Le monde se créant et se récréant encore à mesure que l'on avançait.

L'intérêt était dans la lutte. La terre plus dense à cet endroit afin qu'il peine à la tâche. La pelle était lourde afin qu'il sente qu'il accomplissait quelque chose. Le monde opposait une résistance, et en luttant, nous apprenions nos ultimes leçons.

Le bruit de la pelle entrant dans la terre. C'était un bruit complexe et magnifique, discontinu et faussement rapide. Le heurt léger et le crissement des pierres, des mottes et des particules fines tombant lorsqu'il soulevait la pelle, et qui lui rappelaient que nous étions tous faits de cela. Nos connaissances n'étaient que fragmentaires. Des flots soudés pour paraître solides. La nature fondamentale de toute chose. Et le plaisir était dans le balancement, quand il jetait la pelletée contre le vieux bois, contre l'interstice, et qu'il l'entendait cogner d'un millier de façons qui se confondaient toutes pour ne former qu'un seul bruit, une seule action.

Galen savait que ce qui se produisait en cet instant était important. Sa mère enfermée dans le hangar était un cadeau. C'était son ultime leçon. C'était là qu'il allait sentir et connaître la fugacité des choses. Il ne se contenterait pas de l'envisager ni d'en avoir l'intuition, il en ferait l'expérience. C'était sa rivière. Galen s'était toujours tourné vers l'eau, pensant que sa méditation serait pareille à celle de Siddhartha, l'eau dans laquelle il verrait toute chose se former et se dissiper, mais la méditation véritable de Galen avait été là depuis le début, une méditation dans la terre. Il avait grandi à ses côtés, l'avait connue toute sa vie sans jamais la reconnaître. Il souleva une nouvelle pelletée qu'il lança, les millions de particules minuscules se répandant en motifs avant de s'écraser, et il ressentit une joie incommensurable, un frisson qui le traversa de part en part.

Mon Dieu, dit-il. C'était là depuis le début.

Qu'est-ce que tu fais ? demanda sa mère, mais il l'ignora. Elle n'était que la catalyse. Elle s'était enfermée là-dedans pour attirer son attention sur ce point, pour lui offrir cette méditation. C'était le but de tout ceci, toutes leurs disputes et toutes leurs luttes. Mais sa mère n'en savait rien. Elle ne comprenait pas son propre rôle. Elle essayait de détourner l'attention de Galen.

Merci, dit-il. J'honore ton cadeau.

De quoi tu parles ?

Ce n'est pas grave de ne pas savoir, dit-il. Tu es encore enfermée dans le monde de samsara. Ton âme est jeune.

C'est dans le hangar que je suis enfermée, parce que c'est toi qui m'y as enfermée.

Galen souleva une nouvelle pelletée, la pelle devenue plus légère, l'action plus fluide. Il souleva et lança encore, scruta un éventuel motif dans la terre tandis qu'elle était projetée à travers le temps et l'espace.

Galen.

Il était projeté. Il le comprenait à présent. Il était la terre. Il se regardait être projeté.

Qu'est-ce que tu fais avec cette pelle ?

Chuuut, dit-il. C'est important. Je ne peux pas me permettre d'être déconcentré. Je me rapproche.

Hé ! hurla-t-elle.

Mais il l'ignora, enfonça la pelle profondément dans la terre, mû par une force qui allait bien au-delà des muscles et des os. Il devenait l'action elle-même. Il était la terre, et la pelle, et le mouvement, et bien davantage encore. Il était à un million de kilomètres de là. Ces mains n'étaient pas les siennes. Cette respiration n'était pas la sienne. Cette mère n'était pas la sienne. Ce Galen n'était pas Galen. Il fallait qu'il lâche prise, qu'il laisse le mouvement se dérouler sans aucun attachement.

Les doigts de sa mère dans l'interstice entre le bois et la terre, des doigts blancs repoussant la terre qui s'amoncelait, et davantage de terre projetée dans l'air à travers le temps, sur ces doigts, enterrés puis jaillissant à nouveau, une danse magnifique, un mouvement connu depuis toujours, fixé par le destin.

La terre s'entassant, s'amoncelant contre le vieux bois, et les doigts de sa mère sur un côté, au bord du tas où ils trouvèrent un espace, le dos de sa main tout entier désormais visible, et de la terre projetée dessus, la main enterrée, une autre pelletée, et sa mère qui criait, un son étouffé, un son transformé, un son blotti entre la terre et l'air, et ébranlé, et enterré, et enterré à nouveau.

CETTE méditation était devenue la plus longue de toute sa vie, la plus soutenue, la plus belle. La pelle dans la terre, le mouvement de balancier, la terre suspendue dans les airs puis la chute, emplissant l'interstice entre le bois et le sol irrégulier, l'interstice entre l'humain et la planète, entre le passé et le présent, entre le soi et la vérité. Les vieilles planches au-dessus devenant l'emblème du transitoire, rongées et patinées, touchant tout ce qui était permanent en dessous, et la terre fraîche comblant cet interstice, effaçant les distinctions.

Sa mère, un son continu, un accompagnement, une célébration de ce mouvement. Ses doigts dans l'interstice, soulignant les distinctions, essayant de diviser le monde, puis enterrés une fois encore, une progression constante à travers les opposés. L'ouverture de l'interstice, puis son obturation, l'effacement.

Galen sentait ses mains se déchirer, des ampoules brûlantes se former puis se percer, couler, et la douleur vive en éclair, mais elle diminuait ensuite et il prenait du recul, observait tout cela, observait sa respiration. La chaleur devenue une couche épaisse autour de lui, émanant de son crâne, surtout, et il arracha son T-shirt, ne manqua qu'une pelletée ou deux, puis il reprit le balancier de la pelle, le mouvement. Sa peau nue désormais exposée au soleil, et il sentait chaque rayon comme une flèche à travers l'espace et le temps, arrivant de l'origine du monde, la lumière de ce soleil mais aussi de tous les soleils, trouvant son dos et perçant sa peau, la chaleur, le vertige et la perforation comme un véritable cadeau et non une distraction. Ils ne contribuaient qu'à améliorer sa concentration.

Il avait envie de boire quelque chose mais cela devrait attendre. Ce n'était que samsara, une distraction, et il traversait en cet instant son ultime méditation. Il la traverserait jusqu'au bout, jusqu'au bout de cette incarnation, jusqu'au bout d'un nombre incalculable d'incarnations, jusqu'au bout de tout ce qui le retenait, si seulement il parvenait à tenir le coup.

Mais c'était de l'orgueil. Il ne fallait pas envisager la méditation comme un accomplissement. Il fallait qu'il arrête d'évaluer. Il fallait qu'il reste concentré sur la terre, sur chaque particule. La surface, plus blanche au-dessus, là où elle avait été délavée par le soleil, plus sombre en dessous, les formes étranges et brisées, les motifs irréguliers. Chaque particule, chaque motte, chaque pierre tandis que la pelletée lévitait dans les airs, pour voir la position de chacun en relation à tous les autres, pour voir le réseau, le motif, puis observer l'effondrement.

Son âme avait fait cela pendant des siècles déjà, avait observé des vies entières se former et faner, avait observé d'autres mères naître et mourir. Combien de vies ? Il était plus probable qu'il soit question de millénaires, et non de siècles. Il était peut-être déjà présent lorsque les grottes avaient été peintes près de vingt mille ans plus tôt, il avait peut-être peint lui-même nombre de ces chevaux et de ces taureaux. La grotte fraîche et humide, quelque part en France, la grotte sombre, un endroit où les autres avaient peur d'entrer, et chaque jour il y allait avec sa torche, y apportait un morceau de charbon tiré du feu de camp pour réaliser son œuvre d'art. Et il y avait une jeune femme dans le camp qui remarquait cela, qui levait les yeux de sa récolte de baies à son passage et qui le suivait dans la grotte.

Putain, dit-il. C'était censé être une méditation, pas un film porno.

Quoi ? dit sa mère.

C'est pas à toi que je parle.

Tu appelles ça un film porno ? Tu enterres ta mère vivante et tu appelles ça un film porno ?

Galen frappa le mur de sa pelle. Mais ferme ta gueule ! hurla-t-il. C'est pas à toi que je parle. Tu n'as aucune idée de ce que c'est. Tu n'imagines même pas le moindre truc qui peut me traverser l'esprit, putain.

Tu as dit film porno.

Galen abattit sa pelle contre le bois, encore et encore. L'air autour de lui en feu, et il était pris de vertige, trempé, il voyait des taches de lumière. Ses mains déchirées. Ses épaules tellement faibles qu'il laissa tomber la pelle et chancela vers l'ombre du figuier.

Il s'assit sur la chaise en fonte et s'affala sur la table. Il haletait. L'air ne dégageait plus d'oxygène.

Tu m'as traitée de cinglée, dit-elle, mais réfléchissons un instant. Elle semblait proche du mur du fond, à peine à quelques mètres de lui. Sa voix était rauque, brisée à force d'avoir crié. Tu as enfermé ta propre mère dans un hangar et tu essaies de la tuer.

Je n'essaie pas de te tuer.

Tu entasses de la terre le long du mur, une sorte d'enterrement bizarre, et tu n'écoutes pas quand elle crie. Et puis tu commences à parler de film porno.

C'est qui, elle ?

Quoi ?

Tu as dit que je n'écoutais pas quand elle criait.

Elle, c'est moi.

Exactement. C'est qui, la cinglée ?

On pourrait te trouver de l'aide.

Je croyais que tu voulais m'envoyer en prison.

Ils ont des prisons avec des services psychiatriques.

Je ne peux plus t'écouter, dit Galen. Je ne veux plus jamais t'écouter. Il s'éloigna, les mains sur les oreilles, et entra dans la maison où il fouilla dans les tiroirs de la cuisine en quête de boules Quies. Elle en avait en cire, quelque part. Toute l'argenterie, de l'argent véritable, une folie au milieu de cette cuisine. Tout, dans leur vie, n'était que folie. Et ce qu'il faisait en cet instant, c'était de mettre un terme à tout cela. Il était l'antidote. Il reviendrait à sa méditation, ne se laisserait pas déconcentrer par sa mère.

Chaque petit objet du siècle passé avait été conservé dans ces tiroirs. Des élastiques sans âge, des punaises en métal, une règle en bois, des boutons et des morceaux de ficelle, rien n'avait jamais été jeté, tout avait été conservé au cas où. Galen enleva un tiroir, décrochant la sécurité à l'arrière, et l'emporta sur la pelouse où il renversa un petit tas d'objets bruns ou métalliques, des objets qui n'avaient pas vu le soleil depuis plusieurs décennies.

Puis il rentra chercher un autre tiroir, et encore un autre, et il les vida tous. Il prit les tiroirs de la cuisine et également ceux du garde-manger, du couloir et de la salle à manger. Il laissa les choses trop lourdes, la vaisselle et les couverts, mais prit tous les tiroirs remplis de conneries hétéroclites et les vida. Pas de trace de boules Quies, mais de toute façon ce projet était devenu quelque chose de bien différent, une purge, un retour en flammes à l'équilibre mental, brûler tout ce qui était vieux et inutile.

Voilà ton passé, dit-il.

Quoi ? La voix de sa mère étouffée. Le hangar ne facilitait pas vraiment la conversation.

Voilà ton passé, répéta-t-il plus fort, puis il fut pris d'une inspiration. Tes photos, dit-il.

Qu'est-ce que tu fais avec mes photos ?

Rien, pour l'instant. Mais je crois qu'elles s'apprêtent à rejoindre ce tas. Tout peut brûler.

Non. Laisse mes affaires tranquilles, Galen.

Tu es libre de m'en empêcher quand tu veux.

Galen !

Il entra dans la chambre de sa mère et resta là, à regarder autour de lui. Ce serait la dernière fois qu'il verrait toutes ses affaires, la dernière fois que cette chambre serait sa chambre, et cela semblait valoir la peine de s'y attarder un moment. Il essaierait de se souvenir de ce qu'elle avait été.

Maman, dit-il. Maman. Il testait la sonorité de ce mot, l'accumulation qui créait l'illusion. La chambre en faisait partie, cette chambre qui faisait croire à un passé, qui s'étirait dans le passé jusqu'à l'enfance de sa mère. Tout n'était qu'illusion mais avait un poids convaincant. Tout ce qui venait de cette époque : les vieux jouets en bois, les vêtements, même ses dessins d'enfants accrochés au mur, une maison et une famille, les quatre personnages se tenant par la main sous un soleil énorme. Ce soleil difforme aurait dû être un indice.

Les albums photo étaient dans la bibliothèque. Il en attrapa deux parmi les plus anciens, leur couverture blanche pareille à du lino délavé, et il ressortit sur la pelouse.

J'ai pris deux albums, dit-il. Souvenirs, souvenirs.

Laisse ça tranquille.

Des chèvres, dit-il. Plein de chèvres, là au milieu du verger, et toi dans ta robe d'été.

Je n'ai aucun double de ces photos, Galen.

Les chèvres fixaient l'objectif, posant aux côtés de la mère de Galen et de sa tante. Sa tante bien plus âgée, plus grande, sans ruban dans les cheveux. Elle semblait déjà malheureuse. Sa mère affichant le plus mignon des sourires, jouant son rôle, la tête légèrement inclinée sur le côté. Tu ressemblais un peu à Shirley Temple, dit-il.

Va les ranger, Galen.

C'est ce que tu essayais d'être ? C'est ce que tu essaies d'être maintenant, quand tu es bizarre et artificielle ?

Galen attendit mais sa mère ne répondit pas. Peu importe, dit Galen. Je sais que tu ne réponds jamais quand on parle du réel. Les moments mignons sont sacrés et on n'a pas le droit d'y toucher. Il arracha la page de l'album et la chiffonna, les couches de carton, les photos et le film plastique.

Non ! hurla-t-elle. Arrête ça tout de suite.

C'est assez marrant. J'aime bien ce hangar. Ça me permet de faire ce que je veux. J'espère que tu as l'œil collé à un interstice entre les planches pour voir tout ça. Ça m'embêterait que tu en rates un épisode.

Tu es pire que ce qu'on pourrait imaginer de pire, pire que ce qu'on pourrait décrire. Je n'ai même pas de terme pour te qualifier.

Essaie “fils”. Le terme “fils” serait une possibilité. Voilà une photo des noix. Ces putains de noix, et tous les séchoirs alignés par terre.

Range-moi ça.

Mamie et papy ne sont pas si vieux que ça. Je peux presque les imaginer mener une existence véritable, être des gens qui ne seraient pas nés vieux.

Leur existence était véritable.

Je ne sais pas, dit-il, mais ça semble possible, sur cette photo. Le problème, c'est qu'il n'y a aucune réponse. Pourquoi la battait-il ? Pourquoi travaillait-il sans arrêt ? Comment a-t-elle perdu la mémoire ?

Tu parles de vies entières. Personne ne peut expliquer une vie entière.

Ouah. Tu me parles de tes parents, enfin, presque. C'est nouveau, ça.

Je t'ai toujours parlé d'eux.

Non, jamais. Tu ne m'as jamais rien dit de réel, rien d'important.

Galen.

C'est vrai. Pourquoi la battait-il ?

Il ne la battait pas.

Tu vois ?

Rien de tout ça n'était comme tu l'imagines.

Alors éclaire-moi.

On formait une famille.

Non. S'il y a bien une chose que vous n'étiez pas, c'était une famille. Parce que le mot famille a un sens tout particulier à tes yeux, et ta famille n'a jamais correspondu à cela. Tu sais ce qui est bizarre, sur cette photo avec les séchoirs ?

Aucune réponse de sa mère. Ce qui est bizarre, continua-t-il, c'est qu'ils travaillent. Ils ne s'arrêtent même pas pour poser sur la photo. Ils se contentent de lever les yeux un moment. Mais ils sont encore penchés au-dessus des séchoirs. Et les séchoirs s'étalent à l'infini. C'est à ça que ressemblait la vie de ton père. Rien que du boulot à l'infini, dans toutes les directions, du boulot pour le boulot, et rien d'autre. Pas de famille.

J'y étais, je le sais mieux que toi. On formait une famille et on ne faisait pas que travailler. Papa jouait de l'accordéon et maman jouait du piano, on chantait tous ensemble.

Mamie joue du piano ?

Ouais. Tu ne sais rien à rien.

Très bien. Alors disons que je suis disposé à croire en cette famille. Il me faut encore mettre tous les éléments en place. Pourquoi la battait-il ?

Mais bon sang. Il ne la battait pas.

Galen arracha la photo de l'album et la chiffonna.

Arrête ! Sa voix se brisa, rauque et épuisée.

Économise ta voix, dit-il. La photo n'est pas une grande perte. Rien ne s'est produit, après tout. Il ne la battait pas et vous n'étiez pas une famille, et il n'y avait pas de séchoirs, pas de noix.

Galen entendait sa mère sangloter mais il s'en fichait. Il regarda les autres photos et les arracha, une page après l'autre.

Tiens, te voilà avec un vélo tout neuf, dit-il, et il déchira la page. Et te voilà avec un chien. Comment il s'appelait, déjà ?

Schatze, dit-elle, ce qui ne fit qu'amplifier ses sanglots.

Rien qu'un chien, dit-il, et pas franchement un chien. Ses pattes font à peine dix centimètres de haut. C'était quoi, comme chien, déjà ?

Un teckel.

Ouais, c'est vrai. Quelle erreur de la nature.

Je l'aimais, Schatze.

Qu'est-ce que ça veut dire, son nom, déjà ?

Mein Schatz, c'est mon trésor, mon chéri ou mon amour.

Galen arracha la page. Eh bien, il y avait beaucoup de photos de mon amour, mais plus maintenant.

Je te hais.

Ouais, je sais. On a déjà fait le tour du sujet. C'est l'heure de passer à autre chose.

Je suis ta mère.

On a déjà fait le tour de ce sujet-là, aussi.

Tu dois me laisser sortir.

Et encore un sujet abordé. J'espérais en finir avec ces albums avant d'aller chercher les boules Quies, mais je vais sans doute être obligé d'aller les chercher plus tôt que prévu.

Tu es un monstre.

Ouais, ouais.

Tu n'es pas mon fils.

Mh-mh. Il regarda une autre photo de Schatze près du sapin de Noël. Sa mère vêtue d'une robe de fête qui semblait épaisse, en velours peut-être. Et l'immense sapin dans le salon qui montait jusqu'au premier étage. Des guirlandes, des centaines de décorations et une étoile au sommet. Une couverture en feutre en dessous et tous les cadeaux, des piles de cadeaux. Schatze avec sa patte sur sa mère, s'étirant pour lui lécher le visage, et sa mère, les deux bras autour de lui, riait et essayait d'éloigner son visage de sa langue. Cela ressemblait presque à ce qu'elle avait décrit. Il pouvait presque imaginer la famille qu'elle revendiquait. Et peut-être avaient-ils passé de bons moments. Peut-être que ces bons moments s'étaient étirés pour devenir le temps en général. Peut-être que les coups, le favoritisme et l'hypocrisie n'étaient qu'occasionnels, des exceptions dans leur vie quotidienne. Mais il ne le saurait jamais. Il ne pouvait pas se fier à sa mère car elle s'efforçait tellement de protéger et de nier. Il ne pouvait pas se fier à sa tante car elle s'efforçait tellement de tout détruire. Et sa grand-mère ne se souvenait de rien. Ces photos étaient trop brèves, rien que des instants fugaces. Elles ne pouvaient même pas décrire une journée entière, la façon dont s'écoulaient les heures d'une seule journée. Et tout ceci n'était qu'une distraction, de toute façon, l'expression la plus puissante du samsara, la croyance en l'appartenance, la croyance en un lien familial, en un lien à un endroit et à une époque. L'ultime attachement, celui qui constituait les fondements mêmes de l'illusion de l'être.

LES pages chiffonnées ressemblaient presque à des fleurs grandes et brillantes, le blanc et le noir des pétales, d'énormes œillets pâles teints à l'encre. Deux albums qui constituaient un tapis de fleurs bien plus large que les tas du bric-à-brac des tiroirs.

Je suis jardinier, dit-il. Je plante une famille. Et quand toutes les fleurs se seront épanouies, j'y verserai de l'essence et je gratterai une allumette. Et ce sera la liberté, enfin.

Tu es un démon, dit-elle.

Tu n'es même pas croyante.

Je sais. Mais tu es un démon. Tu es une force du mal. Tu n'as pas mal tourné. Tu avais ça en toi depuis le début. C'est dans ta nature.

Tu ne peux pas croire au diable si tu ne crois pas en Dieu.

Je vois la vérité. Je vois ce que tu es.

Le mal n'existe pas. Ce n'est qu'une affaire de progression à travers les opposés.

Tu n'as jamais lu Blake.

C'est qui, Blake ?

Blake, c'est celui que tu plagies avec toutes tes conneries de Khalil Gibran et des autres. Si tu étais allé à l'université, tu le saurais.

Galen marcha jusqu'à la table, souleva une des chaises en fonte et la jeta contre le mur du hangar.

Avec ça, tu résous parfaitement ton problème, dit sa mère. Maintenant, tu n'es plus un pauvre crétin inculte.

Galen entra dans la maison, attrapa le reste des albums photo de sa mère et resta immobile dans la chambre. Il l'avait laissée le déconcentrer. Il avait trouvé sa méditation, enfin, et voilà à quelle vitesse il l'avait abandonnée pour se consacrer à autre chose. C'était bien là l'ennui. Elle avait le pouvoir incroyable de le désorienter, comme un aimant près d'une boussole. Elle pouvait tout détruire en ouvrant simplement la bouche.

Il laissa tomber les albums photo au sol. Il fallait qu'il trouve les boules Quies.

Elles n'étaient pas sur la table de chevet. Il regarda dans la salle de bains, dans le placard à glace au-dessus du lavabo, en trouva une vieille paire, deux petites boules sales. Il se les enfonça dans les oreilles, écoutant désormais l'intérieur de son propre crâne, son propre sang et ses synapses, et c'est là qu'il devait être. Plus de déconcentration. Sans le son, sa mère ne pouvait plus l'atteindre.

Il trouva de la gaze pour bander ses mains à vif, et à coups de pied, il écarta les affaires dans la penderie de sa mère pour y trouver des gants, vida les tiroirs de la commode sur le sol, toutes ses chaussettes, ses sous-vêtements, ses soutiens-gorge, ses chemisiers et le reste, mais toujours pas de gants.

Il sortit à grands pas jusqu'au hangar, le contourna jusqu'à la petite remise à outils et fouilla là. Elle devait sans doute lui parler en cet instant, mais il n'entendait rien d'autre que le vide de l'air dans son propre crâne.

Il fallait que ses yeux s'accoutument à l'obscurité après le soleil étincelant, mais il trouva une petite étagère sur un côté de la remise, c'était là qu'étaient rangés les gants. Il en choisit une paire en coton clair, assombris par la terre et la graisse, et il les écrasa entre ses mains pour tuer les éventuelles veuves noires. Puis il les enfila par-dessus la gaze. Il allait désormais se consacrer à sa méditation.

Il ressortit vers la porte du hangar, se tint aux abords du verger, les arbres dans son dos et regarda la terre qu'il avait entassée le long du mur. C'était un sillon, se rendit-il compte. Il prolongeait le verger, le reliait au hangar, cultivait quelque chose.

Les arbres dans son dos, comme des spectateurs. Ils semblaient pleins d'espoir. Jaillis du sol, lourds, et dressés désormais dans l'air, à attendre.

OK, dit-il. Je vais le faire. Et il marcha jusqu'à l'angle du hangar, où il ne lui restait plus que quelques mètres de mur à combler. Il enfonça la pelle et ses mains le piquèrent. Ses bras et son dos courbaturés lorsqu'il souleva la pelle. Il avait déjà des crampes.

La terre ne ressemblait qu'à de la terre, rien d'autre. Elle avait une apparence, une texture et une odeur de terre. La pelle lourde, le mouvement de balancier trop pesant, pas de balancier du tout, aucune suspension, rien que la gravité brutale.

Allez, dit-il. Il savait que toutes les méditations débutaient ainsi, sans aucune inspiration, aussi denses que l'argile, sans lien. Une transition depuis le monde engourdi vers le monde éveillé, un voyage à travers l'épaisseur des apparences. Une sorte d'inhumation avant d'essayer de s'extraire soi-même, et cela semblait toujours insurmontable. Chaque fois, chaque fois invariablement, il avait le sentiment que l'épaisseur n'en finirait jamais, comme si le monde ne tournerait jamais plus, ne glisserait plus, ne se transformerait pas pour devenir.

Il était brûlant, tout son cou, son dos et ses bras cuits en surface, mais même cela ne constituait pas une transformation. Même cela était inerte et lourd. Rien qu'une douleur. Et il avait le souffle court. Il était fatigué.

Son dos était si douloureux qu'il ne pensait pas pouvoir se pencher davantage, mais il continua pourtant, continua de creuser, retira les boules Quies et essaya d'écouter les flots de terre et de pierres tombant de chaque côté de la pelle, presque un bruit d'eau, puis le lourd *bomp* à chaque pelletée qui s'écrasait. Le son plus aigu des petits cailloux heurtant le bois lorsque Galen les lançait en l'air. Il s'attaquait désormais à un autre mur, plongé dans une ombre partielle, et œuvrait en direction de la pelouse. La fraîcheur de l'ombre, magnifique.

C'était le lancer qu'il aimait le plus, l'instant où toute cette terre flottait dans les airs. Il se souvint que cela avait été son point de concentration lors de sa méditation précédente.

La journée s'écoulait, ce n'était plus une fournaise à l'ombre, et le halo de chaleur autour de sa tête s'était évaporé. Le monde éveillé revenait. Mais Galen atteignit un sol plus dur.

Il ne voulait pas perdre son élan, mais il venait d'atteindre la bordure du verger et du sol labouré, il venait d'atteindre la terre solide, il ne pouvait plus enfoncer sa pelle et puis la balancer. Le bout de la pelle s'enfonça de quelques centimètres à peine, et lorsqu'il la retira, elle était presque vide. Le sol pareil à une armure, mêlé de quelques cailloux, le tout compact

Il marcha donc jusqu'à l'autre côté du hangar vers la remise à outils, cuisant sous le soleil de plomb. Son corps aussitôt moite de sueur, le mur et le sol irradiant la chaleur. Il parvint à enfoncer sa pelle plus profondément dans la terre meuble, la souleva et lança, concentra toute son attention sur les sensations, scruta cet instant à chaque pelletée, sentit son propre corps suivre chaque suspension pour retomber ensuite.

Siddhartha avait enduré des jours, des mois, des années de méditation, il était resté assis au bord de l'eau à attendre, mais Galen avait trouvé une méditation par l'action, une forme bien plus rapide. C'était un don qu'il devait partager avec les autres. Il devrait peut-être écrire son propre livre de méditation, laisser un signe, comme une piste de miettes de pain, ou peut-être devrait-il sauter cette étape et se lancer directement dans la poésie. Il avait vu ce que les autres n'avaient pas encore vu, aussi la plus simple description de son expérience serait-elle un poème en soi.

Il voyait déjà les gens faire la queue pour le rencontrer, pas seulement dans les librairies et dans les bibliothèques, mais ici aussi, à la maison. La file qui s'étirerait jusqu'à la haie, lorsqu'ils auraient découvert son adresse. Ils seraient tous là, à pelleter, et il faudrait un bulldozer pour damer la terre chaque jour.

Putain, dit-il. Arrête de réfléchir. Contente-toi de creuser. Creuse et lance et regarde la terre. C'est tout. C'est tout ce qu'il y a.

Il y a moi, aussi, dit sa mère, et il remit ses boules Quies.

La terre était redevenue de la terre, rien d'autre. Lourde, simplement, et la journée s'était écoulée mais voilà qu'elle stagnait à nouveau.

Très bien, dit-il, et il lâcha la pelle, mais la ramassa aussitôt car il se souvint que tout cela était effectué dans un but précis. Ce n'était pas qu'une simple méditation. Il entassait la terre afin que sa mère ne puisse pas creuser pour s'enfuir.

Sa peau le démangeait. Il avait chaud, il était brûlé, son corps entier le démangeait et il était obligé de s'interrompre pour se gratter les bras, les aisselles, le ventre, le dos et l'entrejambe. Toute cette sueur en couches différentes. Jennifer, elle, ne ferait jamais une chose pareille.

Il jeta la pelle, la balança dans le verger. Impossible de faire en sorte que son esprit se calme et se concentre, impossible d'ignorer ce qui lui passait par la tête. Il pensait désormais à Jennifer et cela continuerait jusqu'à ce qu'il se branle, il le savait. C'était la seule chose qui pouvait interrompre le cours de ses pensées.

Il contourna le hangar d'un pas lourd, traversa la pelouse en passant devant le tas de conneries dont il avait déjà oublié l'existence, quelque chose qu'il devrait brûler plus tard, et il monta dans sa chambre, attrapa un *Hustler* et alla dans la chambre de sa mère. Il était si sale qu'il ne voulait pas s'allonger sur son propre lit, et elle n'aurait pas besoin du sien. Tout allait rejoindre le tas dehors pour y être brûlé, de toute façon. Il sortirait les couvertures et les draps, et l'oreiller, même le matelas. Tout devait brûler jusqu'à ce que la pièce soit nue. Il ne resterait que le bois et le papier peint.

Il retira son short et son caleçon, et son entrejambe semblait si blanc à côté du reste de son corps brûlé par le soleil et couvert de terre. La trique, déjà, rien que de penser à Jennifer et au *Hustler*. L'orifice au bout de sa verge comme un œil qui l'observait, sachant tout de lui, tous ses secrets, tous les endroits où avait erré son esprit.

Il retira les gants de coton, défit la gaze, et sa main le piqua. Elle était vraiment douloureuse à l'air libre, les ampoules percées et exposées. Il essaya d'empoigner sa trique, mais il ne pouvait pas utiliser sa paume. Rien que le pouce et les doigts, et il était difficile de faire quoi que ce soit dans cette position. Ce n'était pas très satisfaisant.

Il fit pourtant de son mieux. L'homme dans le *Hustler* venait d'arriver en ville, assoiffé, avec la trique. Même son cheval avait la trique. Elle faisait de l'œil à l'objectif.

L'homme portait des éperons et il buvait un whisky au bar tandis qu'une femme en jupon rouge lui taillait une pipe. L'homme ne remarquait presque rien. Puis elle était penchée sur une table et c'est ce qui attira l'attention de Galen. Talons hauts et bas résilles, jambes écartées, exposée, dans l'expectative, tournant la tête pour voir ce qui l'attendait.

C'était ce que voulait Galen. Il n'avait jamais pris Jennifer par-derrière. Quelque chose, dans cette position, était bien plus excitant que n'importe quelle autre. Il ferma les yeux et essaya de l'imaginer ainsi, essaya de se la représenter dans cette tenue. Ils s'installeraient dans une petite maison au milieu du désert, laisseraient entrer le vent et la poussière qui recouvrirait le sol, et il porterait des éperons, et il la pencherait ainsi sur une vieille table en bois. Et il boirait du whisky pendant ce temps.

Galen était obligé de s'empoigner à pleine main. Sinon, ça ne fonctionnait pas. Sa main le piquait terriblement et les ressorts du lit de sa mère étaient trop vifs. Il rebondissait de tous côtés, ce qui le déconcentrait. C'était étrange, aussi, de se branler sur le lit de sa mère. Il avait l'impression qu'elle l'observait presque, aussi ouvrit-il les yeux, s'attendant à la voir debout devant lui, mais elle n'y était pas. Il était seul dans la pièce. Il fallait qu'il se concentre et qu'il jouisse, qu'il en finisse avec tout ça pour retourner à sa méditation.

Il était désormais trop déconcentré et il se sentait fatigué, incroyablement fatigué. La journée avait été longue, bien trop longue, commençant à la cabane avec le petit déjeuner, et sa mère qui les avait pressés pour partir. Tout ce qui s'était produit depuis était insensé, absolument insensé.

Il jeta encore un coup d'œil au magazine, à la femme penchée sur la table, à l'homme qui la prenait par-derrière en buvant un autre verre de whisky. L'homme ne la regardait pas vraiment. Il regardait le plafond. L'homme qui n'avait jamais vu aucune des femmes qu'il avait baisées. C'était déconcertant. Galen ferma les yeux encore une fois et essaya de se rappeler ses sensations à l'intérieur de Jennifer, soyeuse, se souvenait-il, chaude et serrée et humide, et il accéléra les mouvements de sa main, à plein régime, il fit de son mieux pour jouir, mais sa main le faisait souffrir, il n'arrivait pas à se concentrer, et il finit par abandonner.

Putain, dit-il. J'arrive pas à jouir et j'arrête pas de penser à ça. C'est l'enfer. Sa main pulsait de douleur.

Il se recroquevilla en position fœtale sur le lit de sa mère et se reposa. Les yeux clos, la respiration haletante, rien que quelques minutes de repos et il irait finir de creuser. Sa poitrine retombant en longues expirations, bien plus épuisé qu'il ne l'avait pensé, et il sombrait. Il essaya de s'extraire de cet état, mais ses efforts le firent s'enfoncer plus profondément encore.

UNE immense prairie, et Galen qui marchait. La terre volcanique, de la pierre ponce foncée couverte de lichen. L'herbe jaune très coupante, poussant en touffes comme des épines, jaillissant de la roche elle-même.

Des vagues de chaleur visibles en jaune, en noir, en rouge, dessinant des mirages. Des arbres solitaires et des cactus toujours dans le lointain, aucune ombre. Ses pieds et ses jambes n'étaient pas de chair et de sang. Ils étaient plutôt comme des gommes au bout d'un crayon de papier, s'effritant. À mesure qu'il marchait, il ne cessait de rapetisser et il fallait qu'il se dépêche. Il fallait qu'il traverse avant d'arriver à court de gomme.

Des ombres d'oiseaux volant au-dessus de lui, des rapaces à l'envergure immense, mais il ne voyait jamais les oiseaux eux-mêmes. Il plissa les yeux dans le soleil et trébucha, lança la jambe et se réveilla, martelant le lit à coups de pieds.

Haa, fit-il. Haa. Il avait du mal à écarter le rêve, se sentait encore en pleine traversée du désert. Il était dans la chambre de sa mère, sur son lit, glacé de sueur et couvert de terre. Haa, fit-il.

Aucune lumière autour des rideaux. L'obscurité. La journée était donc terminée. Il avait dormi, mais combien de temps ? Elle avait peut-être déjà creusé et s'était enfuie.

Il se leva à la hâte, enfila ses chaussures et son short, dévala l'escalier et traversa la cuisine jusqu'à la pelouse à l'arrière de la maison. Le clair de lune, le hangar éclairé, en relief, une masse sombre aux contours blancs, les troncs osseux du verger dressés derrière. L'énorme ciel au-dessus. Il tendit l'oreille mais n'entendit que le sifflement de son propre sang et de sa respiration, se rendit compte qu'il avait encore les boules Quies. Il les arracha et courut vers le hangar, entendit le heurt du bois contre le bois.

Pris de panique, il ne pouvait se concentrer pour déterminer la provenance du bruit mais il vit une planche qui saillait, une longue langue de bois dont l'extrémité inférieure jaillissait de plusieurs centimètres, encore attachée par le haut.

La planche voisine dépassait de quelques centimètres et sa mère la martelait de l'intérieur. Les planches bien assez écartées pour qu'elle parvienne à se glisser dehors si elle arrivait à en déloger deux. Sur le point de s'échapper.

Non, dit-il. Mais elle frappait plus vite, à présent, utilisant sans doute l'un des séchoirs à noix.

Il courut vers la remise à outils, trébuchant dans les trous qu'il avait lui-même creusés, la terre meuble et instable, et lorsqu'il ouvrit la remise, il n'y voyait rien du tout. Il avait besoin d'un marteau mais les outils étaient mélangés. Il tâtonna, sentit des manches en bois mais tout était trop gros. Putain, dit-il.

Il contourna une fois encore le hangar au pas de course, la terre elle-même cherchant à le ralentir, la planète tout entière conspirant contre lui, et il essaya de repousser à l'aide de ses mains la planche que sa mère décrochait, mais il était trop faible. Les soubresauts de son martèlement à l'intérieur. Il asséna plusieurs coups de pied dans la partie inférieure du bois, y enfonça son épaule, heurta le mur de ses poings, en vain.

Il essaya l'autre planche, celle qui était détachée presque jusqu'en haut, il la repoussa vers l'intérieur, attrapa les bords à mains nues, mais les clous refusaient de s'aligner sur leurs trous d'origine et Galen n'y voyait rien. C'est alors qu'elle lui écrasa la main gauche.

Galen hurla. Ses doigts lacérés. Sa mère poussant une sorte de cri de guerre. Il tint sa main blessée et essaya de la regarder dans le clair de lune. Aucun doigt sectionné mais ils avaient été broyés par un objet dur, l'angle du séchoir à noix, et il avait si mal qu'il en eut le souffle coupé. La douleur jaillissant comme une flamme.

Il se retint de courir. Il marcha à grands pas prudents jusque dans la maison, dans la salle de bains près de la cuisine, éclaira et put voir l'os blanc de son majeur. Non, dit-il. Il sanglotait, le visage humide de larmes, et il ne savait que faire. Il ne pouvait appeler personne.

Il essaya de bouger les doigts, ce qui le fit hurler de douleur, mais ils bougeaient. Rien de sectionné, bien qu'il aperçoive l'os et le ligament, et le sang et la peau s'étaient massés sur un côté de la blessure, il eut l'impression qu'il allait s'évanouir. Il s'appuya contre le mur et détourna les yeux de sa main. Ne regarde pas, se dit-il. Tiens bon.

Elle allait s'échapper. S'il ne ressortait pas pour clouer les planches branlantes, elle allait s'échapper. Il n'avait pas le temps de s'occuper de sa main.

Une lampe torche, dit-il. Il me faut une lampe torche, et ensuite, il me faut un marteau.

Il avait vidé tous les tiroirs de la cuisine, du garde-manger et du hall d'entrée, donc s'il y avait une lampe torche, elle se trouvait quelque part sur le tas dans la pelouse. Merde, dit-il.

Il s'y rendit et tout paraissait sans espoir. Un grand tas de photos chiffonnées et plein de conneries en dessous. Il tâtonna de sa main valide, tint sa main gauche en l'air, un cauchemar de douleur, le sang gouttant le long de son bras. Tant de formes différentes dans ce tas. Des objets en plastique, en métal, en caoutchouc, en papier, et le clair de lune qui n'aidait en rien. Agenouillé là dans la pelouse, sa mère qui martelait plus loin, sur le point de s'échapper, sa main détruite, il était condamné. Il allait finir en prison. Il n'y avait aucune échappatoire. Puis il se souvint qu'elle rangeait des lampes torches dans le coffre de la voiture.

Il courut à la cuisine où étaient pendues les clés, atteignit la voiture, ouvrit le coffre et tâtonna dans la boîte de secours. Le bidon d'eau, les barres de céréales, la couverture de sécurité et deux lampes torches. Il en attrapa une, l'alluma et contourna la maison en courant, passa devant le figuier. Le faisceau tressautait, révélant le monde en images saccadées.

La terre en relief, le hangar un tourbillon qu'il contournait, attiré vers le vieux bois, aspiré vers le centre, vers sa mère, la planète s'inclinant.

Il échoua près de la remise à outils, s'ancra à la porte, dirigea le faisceau alentour et trouva les marteaux pendus au mur, en ordre. Il en attrapa un, laissa tomber la lampe au sol, remonta le courant avec difficulté, brandissant le marteau comme une arme de guerre. Aaah, hurla-t-il, frappant le mur de toutes ses forces jusqu'à pouvoir s'attaquer à la planche qu'elle essayait de détacher.

Galen asséna un coup de pied dans la partie inférieure, se courba au beau milieu de cette inondation et enfonça son épaule contre le bois, martelant aux endroits où les clous touchaient les poutres transversales. Ils n'étaient pas en face des trous. Enfonçant les clous dans le bois vierge, ils seraient ainsi plus solides, de toute façon. Du bois noir, vieux, mais encore assez épais et solide, une planche sciée à la main. Sa surface cabossée et rainurée.

Sa mère frappant de l'autre côté en poussant des cris. Il sentait les impacts. Mais il continua à marteler, enfonça deux grands clous jusqu'à la tête, puis il se pencha et s'attaqua aux clous du bas qui touchaient une autre poutre transversale à quelques centimètres du sol. Il sentait l'odeur de la terre et se rendit compte qu'il n'y avait pas d'inondation. Qu'il était coincé dans le désert. La terre en mouvement, cependant, rendant l'équilibre de Galen incertain. Tout ce bruit au milieu de la nuit, mais ils étaient seuls. Personne d'autre dans ce monde.

Il martela la planche et la fixa, se pencha en arrière et rugit dans le néant, son cri de guerre, son triomphe, puis il courut dans le verger, agitant son marteau et sa main déchiquetée, deux appendices terribles, des serres capables de déchirer le plafond du monde et de le faire chuter, la terre se soulevant sous ses pieds, les sillons peints par le clair de lune, et il se remit à courir, sautant de sillon en sillon. La douleur comme un pouls dans ce motif, la rage s'élevant en lui, et il fut pris d'une envie de tuer.

Il courut parmi les sillons jusqu'à s'écraser contre la planche encore branlante, s'y aplatit de tout son corps, tomba en arrière, se releva encore pour l'attaquer furieusement avec son marteau. Sa mère poussait de l'autre côté mais elle ne représentait rien. Les clous s'enfonçaient, elle ne pouvait pas l'arrêter.

Le chant des clous de plus en plus aigu tandis qu'ils disparaissaient dans le bois, jusqu'à ce qu'il assène ses coups à plat, jusqu'à ce que la planche soit droite et que sa mère n'ait plus d'issue.

Tu restes où tu es, hurla-t-il. Tu restes où tu es, putain. Puis il courut jusqu'à la pile de vieux bois fendu entassé près de la haie. Du bois abandonné dix ans, cinquante ans plus tôt, refuge des crotales et des lézards.

Aaah, rugit-il à l'attention du bois, et il y abaissa son marteau, frappa les bûches pour faire fuir les bêtes, serpents, lézards, araignées et tous les autres. Barrez-vous de là, hurla-t-il.

La pile dessinant un millier de formes dans le clair de lune, un terrier d'ombre. Il en tira une longue bûche, une vieille planche d'où jaillissaient encore des clous, la traîna jusqu'au hangar en la tenant sous le bras. Sa main gauche blessée et invalide, il essaya de maintenir la planche contre le mur à l'aide de son genou. Il la voulait parallèle au sol, à environ un mètre de haut afin qu'elle passe sur toutes les planches verticales à l'endroit où elles touchaient la poutre transversale. Il allait fabriquer une ceinture de sécurité géante. Afin de détacher les planches, sa mère serait obligée d'en détacher une douzaine en même temps. Elle n'en serait jamais capable.

Il ne parvenait pas à maintenir la planche et essaya donc d'en soulever une extrémité à la bonne hauteur, la plaqua contre le mur avec sa cuisse et entreprit de marteler mais les clous qui dépassaient étaient rongés par la rouille, des antiquités, et ils partaient tous dans différentes directions. Ils ne firent qu'érafler la surface et se plier, faisant rebondir la planche.

Putain, dit-il et il la laissa tomber à terre. Il empoigna la lampe torche dans la remise à outils et retourna à la pile de bois. La furie l'avait quitté. Elle l'avait quitté subitement et il se lamentait désormais sur son sort, sur sa main déchiquetée. Il faudrait qu'il la désinfecte et qu'il la bande, mais il ne pouvait même pas envisager d'y toucher.

La lampe torche semblait aplatir la pile de bois, révélant le gris poussiéreux, l'orange des clous. Pas un seul morceau de bois correct, rien de facile.

Galen éteignit la lampe, marcha vers les arbres et s'étendit dans un sillon. Il posa sa main gauche sur son torse, prudemment. Il ignorait pourquoi il se sentait soudain si perdu. Comme s'il n'y avait plus aucune raison de vivre.

Les étoiles pâlissant, le ciel d'un bleu nuit profond, les premiers signes de l'aube. La terre contre son dos encore tiède de la journée passée, le chiendent sec immobile autour de lui, et il se préparait une nouvelle canicule, une journée sans vent, une journée dans un four. L'air déjà chaud, à l'affût.

Il ne voulait pas voir le soleil. Il ne voulait pas qu'il se lève aujourd'hui et il était prêt à passer le restant de sa vie à cette période de la journée, le ciel d'un bleu foncé si beau, l'air tiède et la lune descendante. Presque l'obscurité, toute chose déjà présente sans être encore entièrement formée, le monde en devenir sans être encore abouti. Ce serait la meilleure période, le meilleur moment auquel s'accrocher à jamais. Cela lui plairait.

Au lieu de cela, le pire s'annonçait, il le savait. Le ciel se délaverait, cuirait, et la planète s'enflammerait sans aucun air pour respirer, et Galen martèlerait des morceaux de bois informes tandis que sa mère hurlerait dans sa cage. C'était exactement ce qui l'attendait.

Lorsque le ciel commença à blêmir, que le bleu foncé devint bleu clair et vira vers le blanc, il se releva, retira ses chaussures et son short, se tint nu, prêt à l'immolation, prêt à être englouti par les flammes, et il avança sur le terrain irrégulier jusqu'à la remise à outils. Il fouilla sur les petites étagères, capable désormais de voir autour de lui sans la lampe, jusqu'à trouver les clous, des clous en acier solides longs de dix centimètres. Il les empoigna de sa main valide et marcha jusqu'au mur.

La vieille planche reposait au sol avec ses clous tordus vers le ciel et il se rendit soudain compte que l'autre côté était plat. Il s'était escrimé en pure perte. Il posa le marteau et les clous près du mur, puis souleva une extrémité de la planche, installa le côté plat contre le hangar et se baissa pour attraper un clou.

Il devrait maintenir le clou en place à l'aide de sa main gauche. Il n'y avait pas d'autre solution. Il essaya de n'utiliser que son pouce et son auriculaire, et il tapota le clou avec la plus grande prudence du bout du marteau. S'il manquait sa cible, la douleur risquait d'être insoutenable.

Il entendait pleurer sa mère. Il lui fallait remettre ses boules Quies. Mais il tapota le clou, puis le lâcha et frappa prudemment, en coups mesurés, et enfonça le premier clou.

Tu ne sortiras pas d'ici, dit-il. Je suis en train de clouer une bordure tout autour du hangar, les planches seront reliées entre elles.

Je suis ta mère.

C'est toi qui m'as obligé à faire ça. Et c'est tant mieux. Tu es le dernier attachement, alors c'est logique que tout cela soit un enfer.

Je suis ta mère.

Galen souleva l'autre extrémité de la planche et s'assura qu'elle était bien alignée avec la poutre transversale de l'autre côté du mur. Il fallait qu'il enfonce le clou dans cette poutre.

Les gens sont réels, Galen.

Il tint un autre clou entre son pouce et son auriculaire, tapota doucement. Le son du métal contre le métal, le son de ce qu'étaient les gens, des créateurs de métal. Il pourrait frapper des pièces de monnaie, forger de l'argent ici, dans le hangar. Y graver son portrait, pourquoi pas ? Le monde était ce que chacun en faisait. Sa monnaie serait connue sous le nom de La Galen. Une tâche parfaite pour l'aider à devenir. Les pièces étaient comme ce ciel bleu foncé, une journée en devenir.

La lumière se levait rapidement à présent, les cieux pâlissaient, tout était arraché trop tôt, tout ce confort, une mise à l'épreuve. Il serait mis à l'épreuve, aujourd'hui, il le savait.

Il retourna chercher la planche suivante sur la pile de bois. Inutile de choisir car il allait toutes les utiliser. Une lambourde d'environ quatre centimètres sur quatre, cette fois, très longue, légère et parfaite. Il la traîna jusqu'à l'endroit voulu, souleva une extrémité contre le mur, posa son clou et tapota. Pas de moule pour le dessin de son portrait, chaque pièce de monnaie frappée individuellement, chacune une sculpture originale, la civilisation tournant au ralenti. L'affirmation ultime que les hordes humaines n'existaient pas. Ces pièces n'étaient destinées à personne. Au-delà de ce hangar, de cette terre, de cette haie longeant l'allée, au-delà du verger et de la haute clôture, il n'y avait personne. Galen ralentit le rythme de sa respiration, une longue expiration. Il n'y avait personne. Il pouvait se détendre, lâcher ce dernier attachement. La douleur dans sa main, une illusion, elle aussi. S'il se concentrait sur son expiration, la douleur faiblissait. Elle s'éloignait et se lovait en lui, comme le serpent qu'elle était.

Il me faut de l'eau, dit-elle, sa voix un souffle rauque. Il entendait à présent à quel point elle avait la gorge sèche. Mais il devait se concentrer sur cette nouvelle méditation, le martèlement.

Chaque clou, unique, métal travaillé par une machine mais imparfait, avec des variations dans l'aiguisage de la pointe ou dans la formation de la tête. Des stries dans la tige, aussi, et dans cette lumière, il n'y avait aucune ombre. La lumière comme une présence, sans source ni direction, ni chaleur, une illumination froide, générale, et c'était seulement dans cette lumière qu'on voyait la forme véritable d'un objet, l'essence d'un clou. La présence robuste d'un clou. Il aurait tout aussi bien pu faire vingt mètres de haut. En le regardant de près, il devenait énorme. Un métamorphe.

Galen tint le clou entre son pouce et son auriculaire. Son sang ne coulait plus, coagulé, une croûte se formant déjà, d'une teinte rouge acier dans cette lumière. La peau qui avait été déchirée et abîmée ne semblait plus faire partie de Galen. Elle sécherait, s'effriterait et tomberait. Ce qui était à nu en cet instant serait recouvert, et bientôt, ce serait presque comme si rien de tout cela ne s'était jamais produit.

Il était tentant d'imaginer ces premiers rais de lumière comme des doigts passant à travers le feuillage des noyers. Mais c'était un second lever. Il était capital de ne pas l'oublier. Le premier, la lumière, l'illumination, était un cadeau. Le deuxième, la présence véritable, était tout autre chose. Le deuxième lever, c'était samsara. Quand nous atteignions l'âge des rapports sexuels, c'était notre deuxième naissance, et cette naissance était une déformation, un nouveau modelage de l'argile de notre première naissance, et ce que nous devenions alors était quelque chose qu'il nous fallait fuir pour le restant de notre vie.

Galen s'appuya contre le mur du hangar, debout les bras écartés, les yeux clos, et il attendit l'instant où le soleil le ferait exploser. Cloué à la croix. Nous étions tous sacrifiés, chaque jour, et personne ne pouvait l'être à notre place. C'était la vérité.

De l'eau, dit sa mère.

Chuuut, dit-il. Je me concentre.

Je vais mourir. Si tu ne me laisses pas sortir, si je ne bois pas d'eau, je vais mourir.

Chuuut, dit-il.

Ta mère va mourir. Ta propre mère.

Galen essaya de se concentrer sur le soleil. Il sentait sa présence, plus haut sur le mur du hangar, il sentait l'irradiation de cette chaleur soudaine. D'ici quelques instants, il descendrait lentement et enflammerait Galen.

Ton prénom vient de celui d'un docteur, Galen. Un médecin de la Grèce antique. Tu étais censé aider les gens. Tu étais censé être différent.

Il repensa aux boules Quies. Elles étaient sur la pelouse, ou bien il pouvait en chercher d'autres. Galen craignait cependant de ne pouvoir revenir à temps pour sentir sur lui les premiers rayons. Le soleil se levait vite, mais mieux valait dire qu'il descendait, les rais de lumière s'abaissant vers nous, une scie géante en équilibre aux confins du globe. Il sentait le bois brûler au-dessus de lui. Il tint bon, essaya simplement d'ignorer sa mère.

Galen.

Ses épaules engourdies à force de tenir ses bras écartés. Il ne pensait pas pouvoir les tenir ainsi encore longtemps. Allez, dit-il. Allez. Il voulait sentir son sacrifice. Il voulait sentir la forme de la croix lorsque le soleil l'atteindrait.

Je ne te dénoncerai pas.

Chuuut, dit-il. Il le sentit enfin dans ses cheveux, sur son front, la chaleur, la brûlure, mais pas aussi torride qu'il l'avait imaginée. La puissance qu'il avait attendue n'y était pas. Il ne prendrait pas feu, il se contenterait d'être réchauffé, décevant, comme d'habitude. Le soleil, un cataclysme, des milliards de bombes atomiques explosant à chaque instant, mais il était trop loin, comme tout le reste. Tout ce qu'il voulait atteindre était juste hors de sa portée, invariablement. Le monde, un vide minuscule, comme observé à travers le mauvais côté d'un télescope.

Galen baissa les bras, ses épaules plus brûlantes que le soleil, bêtement. Le soleil descendant sur son visage et son cou, et sur son torse nu.

Je ne te dénoncerai pas à la police. Je ne dirai rien. Et tu ne seras pas obligé de partir. On recommencera juste à vivre comme avant.

Ouais, c'est ça, dit Galen. À peine tu seras sortie que les flics débarqueront et m'enchaîneront, ou je ne sais plus ce que tu as dit.

Je signerai un truc. On peut rédiger quelque chose.

Il y a mes empreintes digitales sur le cadenas, comme tu l'as dit. Et tu vas leur montrer que tu n'as pas eu à boire. Tu leur diras que tu as signé sous la contrainte. Tu as rendu cette situation inextricable.

Le soleil descendant sur son torse, l'air déjà plus chaud. Pas le feu soudain qu'il aurait voulu mais une lente cuisson dans un four. Il allait être rôti et cela n'avait rien de glorieux ni d'intéressant.

On peut trouver une solution, dit sa mère. Il faut juste qu'on œuvre ensemble.

L'œuvre que je dois terminer, c'est de clouer ces planches, dit-il. Pour que tu ne risques pas de me refaire ton petit numéro. Et il faut que je le fasse avant que la journée ne soit trop chaude.

Galen, dit-elle, mais il s'éloigna dans le verger, s'allongea dans la terre et s'y roula, se recouvrit entièrement de terre à l'aide de sa main valide, s'en frotta pour la faire pénétrer dans sa peau, dans ses cheveux, se fabriqua une couche protectrice contre le soleil. Il ne porterait plus jamais de vêtements. C'était sa décision. Il ne porterait que de la terre, parce que la terre était sa méditation, et il ne devait jamais oublier la terre.

La bonne odeur de terre, et celle du chiendent. Il rampa sur le sol, prenant garde de n'apposer aucune pression sur ses doigts blessés, n'utilisant que sa paume, et il respira l'odeur, et il y avait un parfum plus fort que les autres, âcre, pas une odeur sucrée, et il en trouva la source, enfin, le long d'une rangée irriguée près d'un tronc de noyer, un endroit plus humide et plus ombragé. Un vert pâle et bleuté, presque, la brillance veloutée des feuilles. Une plante qu'il n'avait encore jamais remarquée et dont il ne connaissait pas le nom. Elle semblait si improbable, ici, apparue seulement grâce à l'irrigation. Une plante presque plate, ses feuilles se dressant au-dessus du sol comme les branches d'une étoile de mer. Une vagabonde venue d'un autre monde. Le verger soudain neuf, un endroit qu'il n'avait encore jamais vu.

C'était la clé, trouver le nouveau monde au cœur de l'ancien. La plante amère et puante, un rappel parfait de cela. Pour une raison qu'il ignorait, il n'avait jamais remarqué cette odeur puissante, n'avait jamais vu la plante improbable, luxuriante et veloutée au milieu de tout ce chiendent desséché. Et c'était exactement ce qu'il lui fallait trouver parmi les touffes sèches des illusions de l'être. Quelque chose de plus odorant que l'être, quelque chose de plus improbable, venu de bien plus loin.

Galen s'étendit près de la plante car il savait que le système d'arrosage se mettrait bientôt en marche, et il voulait être présent lorsque l'eau jaillirait. Il voulait sentir cette plante étendre ses feuilles vers l'eau. Sœur plante, dit-il. L'heure est presque venue de boire. Et il se rendit compte qu'il était lui-même incroyablement assoiffé. Et affamé. Mais il pouvait l'ignorer. Ce n'était que son corps.

Il était épuisé et il ferma les yeux. L'odeur de cette plante, un médicament puissant, écrasant, et il s'étendit, voyagea à travers cette odeur, étiré comme les sillons, et il ne parvint pas à se souvenir de ses rêves, se perdit dans l'obscurité, dans l'oubli, dans le néant auquel nous retournons tous, refit surface, se perdit à nouveau, refit surface une fois encore et il entendit enfin l'eau.

L'air désormais brûlant. L'eau gouttant dans les sillons. Il savait qu'il aurait dû paniquer, qu'il aurait dû vérifier que sa mère ne s'était pas échappée, mais il ne ressentait pas la moindre panique. Il se pencha au-dessus du tuyau d'irrigation et y posa ses lèvres, aspira l'eau fraîche. Incroyable, cette eau. La sentir sur ses lèvres, dans sa bouche, lui apportait une sorte de paix. Un allégement du corps, un allégement du besoin, du désespoir. C'était ce qui manquait à sa mère. Un élément aussi simple, aussi élémentaire, et combien de temps pouvait-on survivre sans eau ? Galen l'ignorait mais pas longtemps, sans doute. L'air nous était plus désespérément vital. On ne pouvait pas survivre plus de deux ou trois minutes sans lui, mais l'eau venait ensuite. L'eau n'était pas un luxe.

Il devrait avoir envie d'apporter de l'eau à sa mère. Cela devrait être un besoin élémentaire en lui, comme le besoin de boire ou de respirer. Et pourtant, il était absent de son être. Galen ne ressentait rien. Et cela valait la peine d'y réfléchir. Comment pouvait-il ne rien ressentir ?

Galen aspira le tuyau, téta comme à une sorte de sein, fermant les yeux et fredonnant au contact de l'eau. La philosophie était censée remplir ce rôle. La philosophie était censée expliquer le fait que l'on refuse d'abreuver sa propre mère qui mourait de soif. Quant à la religion, elle était censée vous faire croire que vos agissements, ou votre absence d'agissements, étaient justes, étaient bons, ce qui les rendait d'autant plus percutants. Mais ce que Galen ressentait, ou ne ressentait pas, allait bien au-delà de la philosophie ou de la religion, car ces deux éléments n'étaient que des systèmes d'attachement au monde. Ce qu'il ressentait, c'était la paix, la paix tout simplement, et c'était la manifestation du détachement. On ne pouvait jamais voir ni sentir le détachement lui-même, rien que son expression, ce déferlement de paix intérieure. Peut-être que le terme déferlement était une pensée trop active. Ce qui importait, c'était la connaissance, ou la conscience qu'il n'existait pas de mère à laquelle s'attacher. Ainsi, il n'y avait personne à qui apporter de l'eau. C'était la vérité.

Galen se leva et se sentit prêt à terminer sa tâche, à clouer les planches. Il regarda sa main blessée, sale et foncée, d'un brun rougeâtre, et envisagea de ne jamais la désinfecter. De la laisser devenir ce qu'elle devait être. La douleur était encore aiguë, mais pas autant qu'avant. Elle lui paraissait raidie.

Il marcha à grands pas jusqu'à la pile de bois pour y récupérer une autre planche, le soleil pesant, et il plissait tant les yeux dans la lumière éclatante que ses paupières étaient à peine ouvertes. Le sol lui brûlait les pieds. Ses pieds posaient un problème. Il ne savait pas comment il pourrait finir la journée en restant pieds nus. Il essaya d'ignorer la douleur, essaya de faire en sorte que ses pieds ne fassent plus partie de son corps.

Il était pris de vertiges, aussi, dus au manque de nourriture, mais il aimait ces vertiges. Il pouvait utiliser cette sensation pour surmonter tout le reste. Il traîna une planche de deux mètres de long jusqu'au mur du hangar et l'aligna, tapota un clou avec prudence, l'enfonça jusqu'au bout puis souleva l'autre extrémité, tapota et enfonça un autre clou.

J'ai une nouvelle idée, dit sa mère.

Je ne veux pas l'entendre.

Mais elle est bonne. Elle va te plaire. Sa voix n'était plus qu'un murmure, quelque part dans l'obscurité du hangar.

Galen devait enfoncer un clou dans chaque planche verticale afin qu'elles soient toutes reliées entre elles. Chaque planche horizontale pareille à une ceinture de sécurité fixée par une douzaine de clous. Cela prendrait du temps.

J'ai un autre chéquier, dit-elle. En tant qu'exécuteur testamentaire pour les fonds en fidéicommis.

Ça ne m'intéresse pas.

Il n'y a aucun plafond de retrait.

Ferme-la, s'il te plaît.

Galen, tu pourrais avoir un million de dollars, plus d'un million. Tu pourrais tout retirer, ou peut-être m'en laisser juste un peu, et tu pourrais partir, et une fois à l'abri, tu pourrais appeler la police et les pompiers qui viendraient me sauver.

Galen essaya de se concentrer sur son martèlement. Le soleil impitoyable, un feu sur son dos, et ses pieds endommagés. Putain, dit-il. Je ne peux pas me concentrer. Mais pourquoi est-ce qu'on n'a jamais utilisé cet argent, putain ? J'arrive pas à y croire.

Je ne voulais pas que tu partes.

Quoi ?

Je ne voulais pas que tu me quittes. Je ne voulais pas que tu ailles à l'université. C'est tout. Je n'essayais pas de garder l'argent pour moi. Je ne voulais pas te perdre, Galen, rien d'autre.

Tu es malade.

Je t'aime, Galen.

Tu es cinglée. Arrête de me parler.

Je voulais juste ce qu'il y avait de mieux pour toi, Galen. Je t'ai toujours aimé.

La ferme.

Et tu peux tout prendre. Tu peux mener la vie que tu veux.

Galen détestait tout cela. Et ses pieds le brûlaient. Il ne pouvait pas rester debout là. Il sautilla jusqu'au côté du hangar. Aïe, dit-il, et il s'assit sur la terre, se toucha le pied de sa main valide, sentit à quel point sa peau était devenue chaude et sensible.

Tu auras tant d'argent que tu seras libre de faire ce que tu voudras, murmura-t-elle. Elle l'avait suivi sur le côté de la structure. Tu ne seras jamais obligé de travailler. Tu pourras t'acheter une maison quelque part.

La ferme ! cria-t-il. Sa gorge explosée, les vertiges, perdu une fois encore. Elle l'avait empêché de mener sa vie. Elle avait fait pareil à Helen et à Jennifer. Elle leur avait menti à tous pendant des années. Il avait envie de lui abattre son marteau sur la tête.

Tu pourrais aller au Mexique.

Putain ! hurla-t-il. Mais ferme ta gueule ! Tu essaies de me détruire.

J'essaie de survivre. J'essaie de ne pas mourir dans ce hangar.

Galen lutta pour retrouver ce sentiment de paix qu'il avait éprouvé, étendu près du tuyau d'arrosage, à boire l'eau. Comment cela pouvait-il disparaître aussi vite ? Il était pareil à une balle de ping-pong, rebondissant çà et là.

Il lui fallait des chaussures. Sans chaussures, il ne parviendrait pas à se concentrer ni à en terminer avec les planches. Il sautilla donc dans le verger, essayant d'éviter le contact avec la terre brûlante, et il trouva ses chaussures dans un sillon, à côté de son short. Il s'assit et laça ses chaussures aussi vite que possible, la peau tendre de ses fesses brûlant déjà.

OK, dit-il en se levant. Je suis prêt. Plus de distraction. La plante de ses pieds encore douloureuse dans ses chaussures. La peau brûlée, écorchée. Il lui semblait incroyable que les humains aient pu survivre jusque-là. Il nous faut des pieds plus épais, plus de poils, ou même des coquilles solides, une sorte de protection.

Il traîna une autre planche, plissant les yeux dans la lumière éclatante, la souleva et la cloua contre le hangar tandis que le soleil lui rôtissait le dos. La sueur apparaissant presque aussitôt sur tout son corps, l'air pareil à un cercueil, dense, épais et irrespirable. Il prit une autre planche, puis une autre, et trouva un bon rythme, enfin. Les clous, brûlants entre ses doigts, sa main blessée réveillée par la douleur.

La faim lui donnait des vertiges, il n'essaya pas de retrouver sa méditation. Il essayait simplement de tenir le coup et de garder l'équilibre. Se contentant de soulever une planche après l'autre, de positionner le clou, de le tapoter d'un geste prudent avant de l'enfoncer. Chaque fois que la brûlure de son dos, de ses épaules et de sa nuque, devenait trop mordante, il plongeait la main dans la terre fraîchement retournée par ses pelletées et s'en recouvrait, la sueur créant une sorte de pâte boueuse protectrice.

Sa mère qui le détruisait, qui prétendait l'aimer, tout comme Helen avec Jennifer. Et encore, Helen, elle, se battait pour Jennifer. Helen était crédible. Elle semblait pouvoir exister. Sa mère ne semblait pas pouvoir exister.

Galen progressait bien. Le soleil, haut au-dessus de lui, aucune ombre nulle part, aucune zone ombragée, ses yeux brûlants, le monde devenu blanc, et enfin il marcha jusqu'au robinet extérieur près du figuier, l'ouvrit en grand, but en longues gorgées désespérées, l'eau d'abord chaude, puis fraîche, et il s'agenouilla devant le jet, se mouilla et se roula dans l'herbe devant, la laissa le rafraîchir, le nettoyer, ce flot transparent d'une teinte identique à l'herbe, la couleur de la lumière elle-même, doté du pouvoir de soulager les brûlures. Il était de nouveau alerte, revivifié, et il resta étendu à quelques centimètres du hangar, le ventre dans l'eau qui tombait en cascade sur son dos et sa main qui le piquait, pensant à sa mère qui ne pouvait pas atteindre l'eau. Toute cette eau, si près d'elle. Il la laissa couler et couler, ferma les yeux et envisagea de faire une sieste, là, sous l'eau, mais il était en plein soleil et il savait que ses brûlures empiraient à chaque instant, bien qu'il ne le sente pas.

Il se releva, ferma le robinet et retourna aux sillons les plus proches, la terre meuble, pour en soulever des poignées entières au-dessus de sa tête, se doucher de terre pendant que sa peau était encore humide, pendant que la terre collait encore, qu'elle le recouvrait, qu'elle le protégeait.

De l'eau, entendit-il murmurer sa mère. Elle était près de lui, à quelques mètres derrière le mur. Le regardant par l'interstice entre les planches, sans doute, mais lui ne la voyait pas.

Pas d'eau, dit-il. Pas d'eau. Tu crois qu'Helen bat Jennifer ? Tu crois qu'elle lui met des coups de poing, ou de pied, ou je ne sais quoi ?

Elle ne ferait jamais ça.

Peu importe. J'avais oublié à qui je m'adressais, celle qui nie tout. Il ne s'est jamais rien passé.

Ma sœur ne battrait jamais sa fille.

Ouais, ouais, dit-il. Tu as la voix un peu sèche, on dirait. Il s'éloigna à grandes enjambées, contourna la structure pour récupérer son marteau et une autre planche. Il terminerait cette tâche. Il avait si faim qu'il se sentait plié en deux, même ses côtes et sa colonne vertébrale criaient famine, mais on pouvait rester longtemps sans manger. Il le savait d'expérience. Sa propre forme de négation. La nourriture n'était absolument pas nécessaire. Il pouvait passer des semaines entières sans en avaler s'il le voulait. Seuls les premiers jours étaient difficiles. La faim n'était pas réelle. C'était un signe trompeur.

Galen ne savait pas pourquoi il avait arrêté de manger. Il ne comprenait pas comment tout avait commencé. Une hésitation à boire un verre de jus d'orange. C'était peut-être ainsi que tout avait commencé. Mais qui pouvait définir le début de quelque chose, car tout commençait avant, dans nos existences précédentes. Refuser de s'alimenter était une manière de passer en force à travers cette existence.

Le piano, murmura sa mère derrière le mur.

Galen bloqua une nouvelle planche et tapota sur le clou.

Le piano, murmura-t-elle encore.

Il enfonça le clou avec force, le plia, jura, en plaça un autre, le tapota d'un geste prudent. Sa main blessée lui paraissait deux fois plus enflée que l'autre. Presque impossible de l'utiliser pour tenir un objet aussi petit qu'un clou. C'était l'une des difficultés de l'existence physique. Le corps ne cessait de grandir et de rapetisser, toujours excentrique, et il n'y avait aucun moyen de le contrôler.

Le piano, murmura-t-elle.

Quoi encore ? C'est franchement chiant. Qu'est-ce qu'il a, le piano ?

Le chéquier est dans le piano.

Mais putain ! À qui est-ce que tu le cachais ? Je n'étais même pas au courant de son existence.

Apporte-le-moi tout de suite. Je ne pourrai bientôt plus parler. Il faut que je signe maintenant.

Non. Je suis occupé. Il martela et continua à disposer les clous sur la planche. Cuisant et suant, la douleur partout, dans sa main, dans son ventre, sur la plante de ses pieds, la peau de son dos et de sa nuque, les vertiges dans sa tête. Tout, dans cette existence, avait un lien avec la douleur. Il en avait plus qu'assez.

Galen laissa tomber le marteau dans la terre et s'éloigna, traversa la pelouse et entra dans la maison. Il avait pensé ne plus jamais y revenir, il avait pensé qu'il continuerait à vivre dans le verger, mais il s'y trouvait à nouveau. Aucune de ses résolutions ne durait jamais.

L'intérieur de la maison trop réconfortant, frais, sombre, appelant au sommeil. Il était épuisé. Il voulait s'étendre et tout oublier. C'était le pouvoir de cette maison, c'était le danger qu'elle représentait. Il fallait résister à cette maison.

Il marcha jusqu'au piano et resta devant à attendre que ses yeux s'accoutument à l'obscurité. Les extrémités flottantes et changeantes, les contours du bois blanchissant lorsque Galen cillait. Rien qu'une forme noire dans l'ombre, mais il commença peu à peu à distinguer les couleurs, les rouges profonds et les grains du bois sombre, et le piano prit sa place, cessa de changer et d'onduler.

Sa grand-mère jouant du piano. Pourquoi n'en avait-il aucun souvenir ? S'ils avaient vraiment chanté tous ensemble en famille, si elle avait vraiment joué sur ce piano, alors pourquoi avait-elle cessé de le faire ? Pourquoi tous les détails de cette vie se terminaient-ils avant que les souvenirs de Galen ne débutent ? S'il était censé avoir des liens avec cette époque, pourquoi ces liens avaient-ils été rompus ?

Il souleva le couvercle du piano, une grande planche de bois vernis et plate montée sur gonds, et, sans trop savoir comment, il devina qu'il lui fallait débloquer la cale en bois pour le maintenir en place. Il ne savait pas comment il pouvait être au courant, une empreinte physique sans lien avec sa mémoire. Peut-être que la plupart de nos souvenirs étaient ainsi, devenus inaccessibles mais présents, à leur manière, et il en allait peut-être de même avec nos existences passées. Rien que leur ombre et leur enseignement, mais plus rien de visible pour nous. Les souvenirs attendaient, se rassemblaient et manifestaient leur présence d'une autre manière, ainsi chacun de nos choix avait déjà été fait pour nous, chacune de nos actions fortuites était guidée, et le soi n'était pas une illusion mais une entité qui ne pouvait jamais mourir.

Le chéquier si petit, si simple. L'idée qu'il puisse contenir plus d'un million de dollars semblait impossible. Pendant des années, il avait eu envie d'un Walkman. Un Walkman coûtait environ soixante dollars. Il avait eu envie d'aller à l'université, ce qui aurait peut-être coûté dans les dix mille dollars par an. Il avait eu envie de passer une année à l'étranger, et il ne savait pas combien cela pouvait coûter, mais sans doute pas davantage qu'une année d'université. Tout avait été possible, à portée de main, mais sa mère avait dit non.

Il ne comprenait rien à sa mère, rien de rien. Vouloir le garder là comme un époux de remplacement. Il n'avait aucune idée de qui elle était, ni de la logique de son existence.

Il sortit sur la pelouse pour attraper un stylo dans la pile de conneries. Il fallait qu'il brûle tout aujourd'hui. Toutes ces tâches qui s'additionnaient. Il fallait encore qu'il termine de clouer les planches, qu'il termine le sillon de terre autour du hangar, et l'après-midi était déjà bien avancé.

Il s'assit sous le figuier, dans son ombre agréable, s'assit à la table en fonte et regarda les chèques.

Tu as pris le chéquier, dit sa mère d'une voix râpeuse.

Ouais.

Laisse-moi le signer.

OK. Il s'agenouilla devant le mur et glissa le chéquier sous le bois, dans l'interstice entre la terre et le hangar, puis il glissa le stylo.

Je laisse le montant en blanc. Tu pourras y inscrire la somme de ton choix.

Signe-les tous. Mais remplis-en certains en totalité. Commence par un chèque de 4300 dollars.

Pourquoi 4300 ?

Parce que c'est une somme facile. C'est rien du tout.

OK.

Puis passons à 47500 dollars. Galen avait envie de grimper dans le figuier en attendant, mais il ne pouvait pas, avec sa main blessée, aussi s'assit-il sur une chaise en fonte à la table et il regarda la parcelle de leur propriété qu'il ne parcourait jamais. Derrière la maison et la pelouse poussait une jungle d'autres arbres et de buissons, un endroit distinct du verger.

Pourquoi est-ce que le verger ne s'étend pas jusqu'au bout du terrain ? demanda-t-il.

Quoi ?

Le fouillis de l'autre côté de la pelouse. C'est un grand terrain et on n'en fait rien. Pas de noyers. Pourquoi ?

C'était le terrain de maman. Elle devait y faire un jardin mais elle n'avait jamais le temps.

Comment ça se fait que je n'ai jamais entendu cette histoire ?

Je ne peux pas parler. Vraiment pas. Il me faut de l'eau.

Pas d'eau.

Alors tu n'auras pas tes chèques.

Très bien. J'en ai rien à foutre. Il faut que je retourne au travail avec les planches, de toute façon. Il contourna le hangar vers le côté le plus chaud, près de la remise à outils exposée en plein soleil d'après-midi. Il voulait une chaleur totale, il voulait ressentir autant de vertiges que possible. Il traîna une planche hérissée d'échardes qui avait été arrachée, puis reclouée et refixée quelque part, et il la maintint contre le mur.

Il tapota un clou, l'enfonça et entendit sa mère pousser un cri perçant, une voix rauque qu'il n'avait encore jamais entendue, un cri final, la fin d'une voix. Comme si sa gorge se déchirait. Et cela lui convenait parfaitement. Il n'en avait rien à foutre. Je n'ai pas entendu, hurla-t-il. Qu'est-ce que tu as dit ?

Pas de réponse, bien sûr. Il martela les clous brûlants et décida qu'il n'avait pas besoin d'en placer un dans chaque planche verticale. C'était trop. Les planches seraient maintenues par la ceinture de sécurité sans avoir besoin chacune d'un clou.

Il traîna un autre morceau de bois difforme de la pile, puis un autre, le travail devenant routine, et l'éclat de la terre délavée diminua peu à peu. Des ombres se formant entre les mottes, s'allongeant, et il installait une nouvelle ceinture sur un côté du hangar, le long de la porte coulissante, les rayons du soleil qui s'inclinaient à sa gauche, le temps qui passait, une clémence.

Le soleil lui-même pareil à un témoin, sans cesse aux aguets. Il comprenait pourquoi les Aztèques et les Mayas, ou qui que ce soit d'autre, vénéraient le soleil. Après qu'il vous avait brûlé et rôti toute la journée, son coucher ressemblait à une offrande. On pouvait vénérer ce qui avait failli nous détruire. Et si vous étiez seul, le soleil pouvait même faire office de compagnon, évoluant avec constance, toujours présent.

Galen entendit un bruit qu'il n'avait pas entendu depuis des années. Il le reconnut aussitôt. La manivelle du tracteur. Sa mère tournant la manivelle, essayant de démarrer le moteur.

Non, dit-il. Il resta là, le marteau à la main, ne sachant que faire. Il ne pouvait pas entrer dans le hangar, et s'il ne pouvait pas entrer, il ne pouvait pas arrêter sa mère. Elle allait démarrer le tracteur et l'écraserait contre le mur. Le tracteur était bien assez solide pour cela.

Arrête, dit-il. Elle était lente avec la manivelle, mais elle parviendrait peut-être à l'actionner. Il était appuyé à la porte coulissante, pressé contre elle, essayant de jeter un coup d'œil à travers l'interstice, mais l'espace n'était pas assez large et il faisait trop sombre à l'intérieur, trop lumineux à l'extérieur.

Il courut jusqu'à la remise et jeta tous les outils à terre : pelles, pioches et râteaux, sécateurs et binettes. Il fallait qu'il déblaie un espace le long du mur près du tracteur. Il pourrait alors y voir quelque chose. La manivelle qui tournait et sa mère qui accélérait maintenant la cadence.

Attends, dit-il. Discutons de tout ça.

Pas de réponse. Il s'appuya contre le bois, posa les mains de chaque côté pour bloquer la lumière, et il entrapercevait à peine la grande ombre du tracteur, flottant dans son champ de vision. Mais il ne pouvait toujours pas empêcher sa mère d'actionner la manivelle. Elle allait exploser le mur et sortir dans le verger, et il y avait une vitesse qu'elle pouvait enclencher pour prendre de l'allure, une vitesse permettant de rouler sur la route.

Galen s'éloigna du mur et regarda tous les outils qu'il avait jetés dans la terre. Il lui fallait une sorte de lance. Quelque chose qu'il pourrait projeter. Ce serait son unique chance. La fourche. Elle ferait l'affaire. Elle n'était pas grande, quatre branches de quinze centimètres de long, d'une largeur totale de quinze centimètres. Il la soupesa dans sa main valide, trouva un bon équilibre et la lança en direction des noyers. Elle parcourut dix mètres, tombant moins loin qu'il ne l'aurait imaginé, mais sa trajectoire avait été droite et cela suffirait peut-être.

Mais qu'imaginait-il ? Qu'il allait transpercer sa propre mère avec une fourche ? C'était impossible. Il en était incapable.

Galen se tint sous le soleil, ferma les yeux et essaya de trouver ce qu'il devait faire. Il ne parvenait à penser qu'à la prison. Traîné loin d'ici et enfermé dans une cellule, et il ne verrait plus jamais la lumière du jour. Il ne verrait plus jamais les arbres, il ne verrait plus jamais la terre, il ne contemplerait plus jamais la lune. Il ne courrait plus jamais librement. Il ne verrait plus jamais Jennifer, il n'irait jamais en Europe, il ne s'allongerait plus jamais dans un sillon pour dormir. Il ne reverrait plus jamais les montagnes, ni la cabane, il n'écouterait plus jamais Kitaro, ne lirait plus *Siddhartha*. Il serait mis en boîte, la boîte scellée et placée sur une étagère quelque part, à attendre. Et on l'oublierait peut-être, tout simplement.

Galen écarta les bras et essaya de suivre son soi supérieur. Il essaya de maintenir ouvert son chakra couronne.

Il entendait le bruit de la manivelle qui tournait, encore et encore, et sa mère œuvrait de toutes ses forces, tournant aussi vite que possible, mais le moteur ne démarrait pas. Il ne savait pas pourquoi. Peut-être parce qu'il avait besoin de chauffer, bien que cela semble difficile à croire par une telle journée caniculaire. Il faisait bien plus de 38 °C.

La pensée la plus effrayante était que la prison puisse être une aile psychiatrique, une maison de fous. C'est la menace que sa mère avait proférée et, pour l'avoir enfermée dans le hangar, c'est sans doute là qu'ils le mettraient. Bien pire que de se retrouver seul dans une boîte, c'était d'être mis en boîte avec des fous. Avec des médicaments. Ils le gaveraient tellement de médicaments qu'il n'aurait plus toute sa tête. Une fois qu'il aurait atteint ce stade, ils pourraient disposer de lui comme bon leur semblerait, et personne, dans le monde extérieur, n'en saurait rien, ni ne s'en préoccuperait.

Galen fut agité d'un frisson à la tête, aux mains et tout le long de son échine, la frousse. Il n'irait jamais dans une maison de fous. Il n'était pas disposé à y aller.

Il avança jusqu'à la fourche et la ramassa. Si sa mère s'échappait par ce mur, il était prêt.

Il se positionna à l'angle du hangar d'où il pouvait couvrir deux murs, et il écouta le bruit de la manivelle. Elle devait être exténuée. Actionner la manivelle était difficile et elle le faisait déjà depuis un certain temps. Elle ralentissait légèrement.

Le soleil encore brûlant contre son dos, son cou, ses fesses et ses jambes. Et si quelqu'un passait par la haie et entrait dans le verger, que penserait-il en le voyant ? Galen imaginait mal que quelqu'un puisse trouver son allure normale. Il était nu, à l'exception de ses chaussures, brûlé et couvert de terre, tenant une fourche comme on brandit une lance, à attendre, un gardien. Des planches irrégulières clouées autour du hangar en une bande inégale, un fossé creusé le long du périmètre. Tout cela semblerait dément, il s'en rendait compte. Si vous n'aviez pas été présent, si vous n'aviez pas vu se dérouler chaque étape, rien de tout cela ne pouvait paraître cohérent.

Pour le restant de son incarnation, Galen devait rester seul. Il le comprenait désormais. C'étaient les autres qui posaient problème. Ils n'étaient que distractions et attachements. Ils n'étaient que bruit. Il avait besoin de calme. Il avait besoin d'entendre à travers ses existences passées, et cela requérait une quiétude qui n'était pas concevable avec quelqu'un dans les parages. L'ultime incarnation était censée se dérouler dans une grotte, et ce verger était sa grotte, protégée du monde extérieur. Personne n'aurait l'idée de venir voir par ici. Il y serait en sécurité une fois qu'il aurait éliminé son dernier attachement, sous la forme de sa mère. Il était contraint de marteler, de creuser et de lutter dans cette dernière bataille car la bataille intérieure prenait la forme d'un combat physique dans le monde extérieur. C'était le cadeau qu'il venait de recevoir, une possibilité de mettre en scène et de compléter à l'extérieur son périple intérieur, le dernier périple avant le repos final. Il bâtissait une forteresse contre tout ce qui menaçait de le distraire. Une fois que sa mère aurait disparu, il s'assiérait dans la terre et tendrait l'oreille à travers toutes les formes changeantes du soi et de l'être, et bien qu'il ne sache pas ce qui l'attendait après, pour la bonne raison qu'il n'y était encore jamais allé, il savait tout de même que tout cela le mettrait sur la bonne voie.

SA mère actionna la manivelle du tracteur pendant bien plus longtemps que Galen n'aurait pu l'imaginer. Et il sut alors que c'était là son acte ultime. Elle n'économisait rien. Il n'y aurait plus de tentative de creuser pour s'échapper ou de frapper le mur pour en détacher les planches. Si elle ne parvenait pas à démarrer le tracteur, ce serait la fin. Il ne lui resterait plus rien.

Galen écoutait attentivement le bruit de la manivelle car il savait qu'il s'agissait d'une méditation, un cadeau que lui faisait sa mère en partant. Un son étrange, et puissant aussi, car il le reliait à son enfance et à l'enfance de sa mère. C'était un son pour commencer son périple à travers les existences passées, un câble qu'il pouvait empoigner et qui s'enroulait vers l'obscurité.

Merci, dit-il. J'honore ton cadeau.

Avec sa fourche, couvert de terre, il était paré pour un périple symbolique dont sa mère était le commencement.

Le bruit plus faible chaque fois qu'elle remontait la manivelle, et puissant quand elle la rabaissait, et il y eut un toussotement, la compression du moteur. Galen fit un pas en avant, avança le pied gauche dans un sillon. Puis il recula lors de la remontée et fit un nouveau pas en avant quand elle baissa. Une danse.

Galen s'accroupit presque, fit un pas plus puissant, un autre plus puissant encore, brandit la lance haut dans sa main droite. Il abattit son pied en avant en suivant ce rythme, agita sa lance, sentit la chaleur monter en lui, son corps tout entier moite de sueur. Il lui fallait trouver le bruit approprié, la voix appropriée pour accompagner ses pas, et il avait peur d'essayer, peur d'émettre un mauvais bruit et de gâcher l'instant. Il était en train d'édifier quelque chose. C'était l'ultime cadeau que lui faisait sa mère. Il ne savait pas s'il devait lâcher un grognement ou une sorte de *ho*. Le *ho*, plus cérémonieux, mais le grognement, plus authentique. Ou un *aah* qui ressemblerait davantage à un hurlement. Il essaya de laisser s'échapper ce qui était censé s'échapper.

Et ce fut un grognement qui s'échappa, un grognement rauque pareil à un *hin*. Et cela lui sembla bien. Cela lui sembla correct. C'était réel, rien qu'un grognement rauque, le premier son jamais émis par un être humain, un son primitif. Il agita sa lance et poussa un grognement du plus profond de son ventre, de son chakra racine, sa base, son chi.

Le grognement faisant trembler toutes les parois de son esprit, la longue corde vocale reliant sa voix à son chi, même les parois de ses poumons tremblaient, et la bonne odeur de terre, son guide, avec lui en cet instant, avec lui pour toujours, la terre, et il baissa sa main blessée, ramassa de la terre qu'il jeta dans sa bouche, hurla de douleur, sa main mutilée reprenant vie, et il hurla et grogna et mâcha la terre, et la douleur jaillit dans sa tête en ondes indécises, sa main devenue une masse pulsatile, et il la tint devant lui, la tint afin qu'elle le guide dans le monde de l'esprit.

Nous ne le voyions jamais et pourtant, nous y voyagions à chaque instant de chacune de nos journées. L'astuce était de se réveiller au beau milieu d'un rêve mais de rêver encore, c'est alors que nous étions en mesure de livrer bataille. Pour se réveiller, il fallait déchirer l'illusion, et sa main le lui permettait. Le bruit de la manivelle le lui permettait.

Le bruit, le *womp* tandis que la manivelle tournait et tournait, le toussotement et la compression, sa mère comme une sorte de chaman le guidant en avant, et il dansait, il frappait du pied aussi fort qu'il le pouvait, il tremblait de l'intérieur et il essayait de traverser le temps grâce à sa danse. C'était une manière de déchirer le rêve, de faire glisser le temps, de danser dans un verger ancien. Un mur ancien, une terre ancienne, danser vers le passé.

La lance, une arme sans âge issue de la toute première danse. Le long bras articulé du lanceur, formé à la brandir. Le premier homme agitant une sagaie, hurlant à l'attention de la nature sauvage, du néant, s'appropriant le monde. Galen essayait de danser pour remonter le temps, essayait de renouer les liens. Essayait de devenir ce premier homme, martelant la terre de ses pieds, alimenté par la respiration, un feu tout autour de lui, et il écrasa ses pieds assez fort pour creuser un sillon dans la croûte terrestre, il sentit le pouvoir de la lance, puis il fonça. Il fonça contre le mur, fonça à travers l'air, tête la première en poussant un cri, et ficha la lance dans le mur, dans la forteresse de l'esprit, et la lance heurta la paroi de toutes ses forces, rebondit, et il vola et cogna le mur de son épaule, de sa tête, tomba au sol et se releva. Aaaah ! hurla-t-il. Aaah ! Sa main devenue vivante, une ruche de douleur.

Il empoigna sa lance et recula pour se remettre en place et reprendre sa danse. La même parcelle de sol, ses coups traversant la croûte terrestre, se propageant vers le bas, envoyant des ondes de choc. Il se concentra de nouveau, les pas, le balancement et les grognements rauques, sentant sa source, l'énergie qui s'élevait du plus profond de son être. Il emploierait tous les moyens pour traverser le mur de l'esprit. Il marcherait en cercles et remonterait le temps.

Galen marchait en cercle, se balançant et agitant sa lance. Les ombres désormais étirées, les noyers pareils à des sentinelles, projetant leur âme véritable sur les sillons. Ils avaient attendu cet instant à travers tant d'existences, ils l'avaient attendu, lui, attendu sa venue. Ils s'élèveraient au-dessus de leurs ombres, dans la terre, et ce serait là leur forme. Pas la forme d'un arbre, pas ce que l'on imaginait, mais une forme plus profonde. Galen cria et agita sa lance, triomphant. Il avait entrevu le monde de l'esprit. C'était sa première vision véritable, de voir que les arbres se formeraient à partir de leurs ombres, qu'ils étaient faits de terre et non de bois. Il était peut-être même le premier homme à avoir vu cela, le premier à connaître les arbres. Ho ! hurla-t-il, reconnaissant d'un tel cadeau. Il marcha en cercles, écrasa la terre et regarda les ombres qui s'étiraient tout autour de lui, et il comprit que le martèlement de ses pieds permettrait de libérer le soi spirituel des arbres. Il était le sauveur, celui qui réussissait à traverser. Il enfonça sa lance dans la terre, en agita le manche, dansant pour dénouer tout ce qui pourrait les retenir en arrière.

Ils grandissaient à mesure que tombait la nuit et ils se dresseraient d'une hauteur incroyable, d'immenses présences de terre sombre s'étirant vers le ciel. Ils parcourraient des kilomètres à chacun de leur pas, traverseraient des continents. Ils le porteraient, le soulèveraient et le lanceraient dans l'air.

À demi éveillé, Galen vivait dans le double monde, voyait les présences, était encore enchaîné aux apparences. Il ne fallait pas qu'il scrute une ombre trop longuement car s'il le faisait, elle ne devenait plus qu'une ombre, la terre ne devenait plus que de la terre. Il fallait qu'il garde ses yeux sans cesse en mouvement, qu'il continue à marcher en cercle, à tourner. Avalé par les flammes, incapable de respirer, son corps déclinant mais son esprit s'affûtant.

Galen se rendit compte qu'il chantait, un chant rauque et guttural, un chant du devenir. Rassemblant autour de lui ses vies passées, il comprit qu'elles représentaient le temps lui-même. Il convoquait le temps et l'être dans cette dernière poussée du devenir.

Galen commença à avoir peur de ce qui se déroulait devant lui. Le chamanisme était différent du méditatif. En creusant la terre, il s'était concentré sur le lancer, sur la chute, sur le néant. C'était une dispersion. Mais en cet instant, quelque chose se développait, quelque chose de très différent, quelque chose d'effrayant car il s'agissait peut-être du mauvais chemin, un piège. Pourquoi le but était-il soudain le devenir ? Le détachement était censé être le but, et le détachement n'était pas la même chose que le devenir.

Galen tournait et martelait le sol mais il était épuisé et troublé. Il ne comprenait pas comment tout cela pouvait s'assembler et, dans sa confusion, le monde de l'esprit s'était éloigné. Il avait chaud, il était fatigué et trempé et boueux, et les ombres des arbres n'étaient que des ombres, et tout s'était écroulé si vite et si fatalement. Il sentait les os de ses jambes maigres, ses muscles contractés et raides. Désormais vides, tous ses mouvements.

Galen cessa de danser, resta debout, pris de vertige, affamé et assoiffé. Il était seul. L'air immobile, pas de vent. Le bourdonnement incessant des climatiseurs le long de la clôture. Il se rendit compte qu'il n'y avait plus de bruit de manivelle. Il s'était interrompu. Il se demanda depuis combien de temps. Il avait dansé longtemps.

Il laissa tomber sa fourche. Le soleil ne brûlait plus, la majeure partie du verger dans l'ombre, et il s'étendit dans un sillon, sur la terre irradiant la chaleur, décida qu'il resterait étendu là jusqu'à ce qu'il comprenne, mais il était affamé et assoiffé et il ne parvenait pas à se concentrer. Sa tête et son épaule, douloureuses après s'être cognées contre le hangar. Il se remit sur ses jambes courbaturées et avança d'un pas lent jusqu'à la maison.

Le tas sur la pelouse attendant encore d'être brûlé. L'herbe attendant encore d'être tondue. La maison attendant toujours, à travers les existences. Incroyablement grande, et ornementée, et blanche. Une solidité qui n'était pas réelle. L'immense cheminée au centre, et les arbres géants. Une maison qui avait promis des vies paisibles, des gens raisonnables, mais qui n'avait vu que des fous. Une maison qui permettait de se cacher.

Galen entra dans la cuisine et prit un verre d'eau, l'avala d'une traite, puis en avala un autre. Il ne se sentait pas désaltéré.

Il ne savait pas quoi manger. Toujours un problème. Il ouvrit la porte du frigo et scruta d'un œil vague les produits trop nombreux qui n'avaient aucun sens. Des cornichons confits. Pas facile de faire un repas à base de cornichons confits. De la choucroute. Il pouvait peut-être manger cela. Dans un plat couvert de cellophane. Il le porta à la table de la cuisine, prit une fourchette dans un tiroir. De l'argent véritable, non poli.

Il lui semblait que le chou devait avoir un accompagnement. Il chercha dans le garde-manger parmi les boîtes de conserve, y trouva des haricots verts, les apporta sur le plan de travail, l'ouvre-boîtes électrique.

Il s'assit et piocha les haricots à même la boîte, froids et salés, sans aucun autre goût. Il mâcha et avala, et il eut l'impression que l'intérieur de son estomac s'était recroquevillé, que la nourriture était obligée d'en repousser les parois. Il attrapa le chou avec sa fourchette, en apprécia le goût vinaigré. Le vinaigre convenait bien.

La maison s'assombrit tandis qu'il mangeait. Le bleu du ciel dehors déjà plus foncé. Il termina les haricots verts et presque tout le chou, puis il but un autre verre d'eau, s'approcha de l'évier où se tenait habituellement sa mère, regarda le hangar, le verger et le ciel. Tous, bien plus éloignés dans la lumière ternie, toutes les distances augmentées.

Il comptait rester à l'évier un bon moment mais se surprit à gravir les marches vers la chambre de sa mère, se tint sur le pas de la porte et oscilla sur place, l'esprit vide, puis il alla jusqu'à son lit. La maison pas aussi brûlante que l'air extérieur, les plafonds hauts et les lourds rideaux, un sanctuaire.

Il s'étendit sur le lit et ferma les yeux, sentit l'intérieur de son être tournoyer et s'incliner, tout s'effondrer. La terre sur sa peau, sa couverture, sa main pulsant d'une manière régulière et rassurante, et tout était si paisible. Sa mère se reposant désormais, elle aussi, dans le lieu de tous ses souvenirs, son propre sanctuaire. La terre tout autour d'eux respirant naturellement, le verger au repos, les haies, le figuier, le chêne. Tout au repos, enfin, et la chaleur s'amenuisant. Elle avait voulu le garder là, et c'était là qu'il resterait.

La roche noire. Volcanique. Une roche en fusion projetée dans les airs. Brisée, à présent, cassée et aiguisée et coupante comme du verre. Des pores et des creux. Les noyers poussant sur cette roche, leurs racines s'enfonçant entre cheminées et chaudrons, serpentant le long des fissures. Leur chair de bois malléable, enveloppée.

Depuis la surface, impossible de dire jusqu'où ils plongeaient. Les racines et les troncs, blancs contre le noir.

Des kilomètres entre les troncs, le verger agrandi. Et Galen portant une petite poche d'eau, une poche faite de chair, et il devait verser quelques gouttes sur les racines de chaque arbre. Il était rare qu'il voie un arbre. Il errait surtout, à la recherche de l'arbre suivant, et le sol se soulevait à mesure qu'il marchait, craquant et s'étirant, ouvrant d'immenses fissures qui se remplissaient de lave et se solidifiaient, et il continuait.

Ses pieds déchiquetés, nus, cliquetant sur la roche. Ses articulations cliquetant, elles aussi, à chaque mouvement de genou, de hanche ou de cheville, même à chaque clignement de paupières. La lourde poche de chair ne contenait pas beaucoup d'eau et elle devait être tenue avec prudence. Il ne devait pas la laisser tomber. S'il la laissait tomber, tout serait perdu. Il gardait donc les yeux rivés sur la roche, plaçant prudemment chacun de ses pas, chacun de ses cliquetis.

Galen savait que les années passaient, qu'il n'aurait aucun espoir d'atteindre les arbres à temps. Il n'atteindrait peut-être même pas le suivant. L'eau s'évaporant au fil de ses pas, ne devenant qu'un reflet brillant contre les parois graisseuses.

La surface de la planète se courbait. Mais la lave posait un autre problème. La lave le retardait parce qu'il ne pouvait s'empêcher d'y plonger son regard. Un rouge profond, la roche transformée, tous les motifs arrondis et cernés de noir, une lente ébullition et une remontée en surface, puis l'altération lorsque la roche se refroidissait et ternissait.

Il continua de marcher même à son réveil, s'accrocha au rêve, essaya de s'étendre, de comprendre. Marcher vers l'arbre suivant. Un rêve étrange. Il essaya de ne pas réfléchir, essaya de faire en sorte que son esprit éveillé ne prenne pas le dessus, essaya de se replonger dans l'esprit supérieur. Mais l'esprit inférieur s'y refusait. Galen avait envie d'uriner et son esprit inférieur était très concentré là-dessus.

Très bien, dit-il et il se leva pour uriner dans les toilettes de sa mère, et rien ne semblait réel. Debout dans la salle de bains de sa mère, couvert de terre. À dormir sur le lit de sa mère. Sa mère encore là-bas, dehors. Rien de tout cela n'avait de sens et il ne voulait plus y prendre part. Il voulait se rendormir et rêver.

Galen s'étendit et refusa de se réveiller. Il se sentait encore épuisé, une fatigue considérable, et il parvint à s'évader de son esprit jusqu'à ce qu'il se réveille à nouveau, sans rêve cette fois, la bouche sèche et l'estomac réclamant à manger.

Il se leva, urina encore et se pencha pour boire au robinet du lavabo, gorgée après gorgée, la bouche tellement sèche. La brosse à dents de sa mère, blanche et violette, un objet d'une autre vie, une vie déjà bien difficile à se remémorer, ou à croire, même. Ce que nous sommes désormais, dit-il.

Il descendit à la cuisine, les jambes tendues et courbaturées, ses articulations cliquetant comme dans son rêve, les extrémités de ses os s'entrechoquant lorsqu'il bougeait. Ses hanches n'étaient plus disposées correctement.

Le problème, à nouveau, de savoir quoi manger. Un rappel permanent que cette incarnation n'était qu'asservissement. Il voulait en finir avec la nourriture, voulait s'arracher l'estomac et passer à autre chose. Mais son estomac refusait d'être ignoré. Exigeant et désespéré, et tant qu'il ne lui aurait pas donné ce qu'il demandait, Galen n'aurait pas la paix.

Que désire Son Altesse ? demanda-t-il. Le garde-manger, un amoncellement de couleurs, mais la plus colorée de toutes, une grande boîte de fruits en conserve. Le rouge éclatant des cerises, le blanc, le jaune et le vert des raisins. Tous dans un sirop bien trop sucré.

La conserve lourde. Il la tint sous l'ouvre-boîtes tandis qu'il en faisait le tour. Des sandwichs au cocktail de fruits, dit-il.

Galen entassa les fruits dans un hamac de pain et prit une bouchée, le pain ramolli par le jus. Il mangea une cerise toute seule, sentit le goût du colorant. À part les cerises, tous les autres fruits étaient semblables, un seul et même goût. Ce n'était que des "fruits", pas de pêche, de poire, de raisin ni autre chose. Et c'était la même chose pour la vie des gens, qui avaient les mêmes emplois, vivaient dans les mêmes maisons, ces maisons de l'autre côté de la haute clôture. Mais pas la vie de Galen. La vie de Galen n'était pas comme la leur. Il était vêtu de terre et c'était la véritable différence. On pouvait connaître un homme rien qu'à ses habits.

Galen arroserait les arbres aujourd'hui. Il lui faudrait porter sa poche de chair et le peu d'eau qu'elle contenait, et déposer quelques gouttes d'eau à chaque pied d'arbre dans un paysage de roches noires et de lave. Sauf que dans ce verger, il n'y avait que de la terre, pas de roche, et les troncs n'étaient pas séparés de plusieurs kilomètres, pas d'espace s'ouvrant et s'étirant. La façon dont le monde rêvé s'intégrait au monde éveillé n'était jamais claire.

Galen laissa tomber le pain, enfourna d'énormes fourchetées de fruits dans sa bouche et mâcha rapidement. Il avait peur de penser à sa mère, il le savait. La nourriture, toujours un substitut, jamais ce qu'elle était réellement. Il laça ses chaussures et sortit dans la fournaise.

L'après-midi, déjà, un four à briques sec et lui piquant les poumons. Chaque jour plus chaud que le précédent, mais tous un seul et même enfer. Le hangar comme blanchi dans la lumière éblouissante, des vagues de chaleur dans le verger, de véritables vagues de chaleur comme du verre fondu à quelques centimètres du sol, déformant les troncs, le chiendent et les sillons. Le verger semblait faire à peine trois mètres de profondeur, un espace qu'il était possible de traverser en une seule longue enjambée. Ou bien plusieurs kilomètres de long. La distance, impossible à évaluer.

Il ne voulait pas s'approcher du hangar. Sa ceinture de bois irrégulière, le fossé partiel le long du mur face au verger, sa mère quelque part à l'intérieur. Que sa vie en ait été réduite à cela, c'était injuste.

Il sortit de l'ombre dans l'éclat puissant du soleil. Les rayons de lumière voyageant à une vitesse indicible et vibrant lorsqu'ils touchaient le sol, déchirant tout. Le moindre abri était temporaire. Au final, le soleil emporterait tout.

Galen fut presque aveuglé tandis qu'il cheminait. Son corps et le paysage évoluant sans cesse autour de lui, mais la lumière constante. Il ne pourrait pas rester ici bien longtemps.

Dans l'éclat éblouissant, tout paraissait rapetisser. Le toit du hangar trente ou quarante centimètres plus bas qu'à la normale, les planches plus étroites d'un centimètre. Le figuier plus trapu, plus près du sol, pas aussi haut qu'avant. Les sillons peu profonds. Galen ne comprenait pas le sens de tout cela, que les choses grandissent lorsque baissait la lumière mais qu'elles rapetissent à nouveau dans la journée. C'était également le cas avec la présence : l'ombre et la nuit semblaient peuplées, mais jamais les journées ensoleillées. Toute forme de vie disparue à midi, pourtant Galen devait y errer pendant d'innombrables heures, errant toujours dans un désert.

Le sentier menant de la pelouse au verger toujours du côté gauche, le mur du soleil levant orienté à l'est. C'était là que sa mère avait presque descellé les planches. C'était là que Galen s'était dressé en forme de croix. Et c'était là qu'en cet instant il trouva le chéquier, glissé dans la fente entre le bâtiment humain et la terre inattaquable protégée par la roche, où il n'avait pas réussi à creuser son sillon.

Il le ramassa et le feuilleta, les yeux plissés. Elle avait signé tous les chèques et sur une douzaine d'entre eux figurait une somme précise. Le dernier affichait 430 000 dollars. Tant d'argent.

Il détourna le regard vers les noyers, blanchis. Reposa le regard sur le chéquier, le tint à deux mains, le retourna et y trouva un mot. *Je t'en prie, mon fils. Je t'aime.*

Et pourtant, elle avait été prête à le jeter comme un déchet. Elle l'avait traité d'animal, avait voulu qu'il passe le restant de ses jours en cage, comme un animal.

Je t'en prie, mon fils. Je t'aime. Il était perplexe car c'était bien là le problème : il la croyait. Il savait qu'il devait tout à sa mère, qu'un fils doit tout à sa mère. Et il savait qu'elle l'aimait, et qu'il l'aimait en retour. Mais il savait aussi qu'elle avait été prête à le jeter comme un déchet. Et il était impossible de faire coïncider ces éléments.

Maman ? appela-t-il.

Il ne pourrait pas rester ici bien longtemps. Le soleil ne le lui permettrait pas. Maman, répéta-t-il.

Mais il ne reçut aucune réponse. Il s'approcha, posa l'oreille contre un interstice entre deux planches et essaya d'entendre un mouvement, une voix rauque, n'importe quoi.

L'atterrissage des sauterelles, un bruit jaune, sans profondeur. Le bourdonnement lointain et incessant des climatiseurs. Une voiture passant sur la route, son grondement étouffé par la haie. Mais rien d'autre. Rien que le bruit de son propre sang et de sa respiration.

Il marcha jusqu'au mur adjacent, avec la porte coulissante et son vieux cadenas rouillé. Maman ? essaya-t-il encore, mais sans réponse. Il avança donc vers le troisième mur, accolé à la remise à outils où il cuirait tout l'après-midi, et il resta là à plisser les yeux devant le vieux bois. Je n'arrive pas à te comprendre, dit-il.

Elle avait été excitée, enivrée et excitée à l'idée qu'on le traîne en prison. Elle lui avait dit avoir peur de lui, mais pourquoi ? Il n'avait rien fait. Elle l'avait accusé de la maltraiter, l'avait traité de violeur, son propre fils qui n'avait rien fait. Ce qu'il avait partagé avec Jennifer n'était pas un crime.

C'est toi, dit-il. C'est toi la responsable. Tu m'as forcé à le faire.

Elle ne répondait toujours pas. Il voulait parler avec elle. Il voulait comprendre pourquoi.

C'est injuste, dit-il, je n'ai qu'un seul parent et elle est folle. C'est injuste. Et voilà que je parle à un mur, je suis aussi fou que toi. Merci, maman.

Il ne trouverait jamais la paix, jamais. Il le voyait bien. Son esprit enchaîné pour toujours au souvenir de sa mère. La culpabilité, la colère, la honte et tout ce qui rendait une existence inintéressante. Sa mère avait tout détruit. Il avait voulu se concentrer sur sa méditation. Rien d'autre. Il avait voulu qu'on le laisse tranquille.

Il ne pouvait pas rester là sans rien faire. Il s'approcha du cadenas, le prit dans sa main, le tira pour voir s'il s'ouvrirait. Il n'avait aucune idée de l'endroit où se trouvait la clé. Un vieux cadenas rouillé, bien plus gros que nécessaire, en acier épais.

Galen chercha la clé dans la remise à outils. Sur les petites étagères et les supports fixés aux murs, ajoutés au fil des ans. Son grand-père, une sorte d'accumulateur compulsif. Et le problème n'était pas de trouver une clé. Le problème, c'était qu'il y avait trop de clés, des douzaines, accrochées ensemble au bout de chaînes ou posées seules dans la poussière. Il les rassembla toutes et les porta jusqu'à la porte coulissante, les déposa avec prudence au fond du sillon.

Des clés rouillées, sales, et un cadenas rouillé, sale. Même s'il trouvait la bonne clé, il n'en saurait peut-être rien car elle serait difficile à insérer. Le cadenas si chaud dans le soleil qu'il lui brûlait les mains, mais il essaya clé après clé, alla finalement chercher des gants en coton dans la remise, puis essaya encore d'autres clés.

Je n'ai encore rien décidé, lui dit-il. Ne te fais pas de fausse joie. Je regarde juste si je trouve la clé.

Puis il pensa au WD-40. Il serait bien utile. Galen passa devant les conneries entassées dans la terre, tout ce qu'il avait jeté hors de la remise, mais il n'y aperçut pas d'aérosol bleu et jaune. Il entra dans la remise et laissa ses yeux s'accoutumer à l'obscurité, s'agenouilla et fouilla le long du mur contre la soupente du toit où il trouva des bidons de peinture à moitié utilisés, du lubrifiant et de l'huile pour moteur et, enfin, le WD-40.

Galen vaporisa le trou de la serrure du cadenas, s'écarta du nuage nauséabond, vaporisa le tas de clés dans la terre. Il lui fallait un chiffon ou quelque chose, afin de les nettoyer, mais il n'avait que les gants en coton. Avant d'essayer chaque clé dans la serrure, il l'essuya donc d'un côté puis de l'autre sur le gant de sa main gauche, sur la paume, ses doigts encore recourbés de douleur, cette main ressemblant de plus en plus à un gourdin.

Quelques clés avaient la bonne taille et glissaient à mi-chemin, mais aucune ne s'enfonçait jusqu'au bout.

Comment est-ce possible ? demanda-t-il. Un million de clés et un seul cadenas. Comment est-ce possible que je n'aie pas la clé ici ? Où est la clé, maman ?

Aucune d'elles ne convenait. Il contourna le hangar vers la pelouse, vers le tas de photos chiffonnées et de conneries sorties des tiroirs. Il retira le gant de sa main droite et fouilla en quête de clés, en trouva des douzaines d'autres. Cela n'avait aucun sens qu'ils aient tant de clés, comme si sa famille avait possédé le monde entier. Qu'ouvraient-elles toutes ? Que restait-il ? Toutes ces illusions, partout dans nos vies, et l'on se retrouvait à la fin avec dans la main un tas de clés qui n'ouvraient rien. C'est parfait, dit Galen. C'est exactement ainsi que vont les choses.

Il les porta toutes jusqu'au cadenas et il savait qu'aucune ne conviendrait mais il les essaya pourtant, une à une, en ce qui ressemblait à un rituel, un acte résolument sacré. Je suis reconnaissant d'un tel cadeau, dit-il. Si une de ces clés fonctionne, tu seras libre.

Étourdi par les vapeurs du WD-40. Étourdi par le soleil, étourdi de vivre dans cet incinérateur. Une sauterelle atterrit sur le cadenas et il l'y laissa afin de l'observer. Une coquille pour tout corps, quelque chose qui pouvait être battu comme du blé. Du bon pain de sauterelle, un aliment que Galen serait prêt à goûter.

Quand il eut testé en vain la dernière clé, il laissa retomber le cadenas contre le bois et la sauterelle s'élança. Galen, à genoux dans la terre, brûlant. Il ne savait que faire ensuite.

Sa mère agonisait de l'autre côté de cette porte. Inutile de s'en cacher. Il n'avait pas pris cette décision. Il n'avait jamais décidé de la laisser mourir, mais elle était pourtant en train de mourir. C'était de sa propre faute, quelque chose qu'elle s'était infligé à elle-même, mais il était également responsable. Elle l'avait rendu responsable. Putain, dit-il.

Nos actions dirigées bien au-delà de notre conscience. Galen n'aurait jamais pu envisager tout cela, et pourtant c'était ce qu'on lui avait assigné.

Il avait la sensation qu'il mourrait aussi s'il restait agenouillé dans la terre, au soleil, aussi se leva-t-il, les jambes raides, et il marcha jusqu'au figuier, au robinet, fit couler l'eau à fond et but gorgée après gorgée. Il pourrait essayer d'apporter un peu d'eau à sa mère, de placer le tuyau dans un interstice du mur et de le laisser couler. Il devrait peut-être le faire. Ou la libérer. Mais il ne voyait pas comment la libérer. Elle ne lui avait laissé aucun choix. Merci beaucoup, dit-il.

Galen avança dans la parcelle à l'abandon de l'autre côté de la pelouse, dans ce qui aurait dû être le jardin de sa grand-mère. Chardons et herbe jaune desséchée qui lui montaient jusqu'aux épaules, ses pieds engloutis, crotales et lézards. Il se fichait de ce qui risquait d'arriver. Des chênes verts, leurs feuilles enroulées en minuscules pointes piquantes, écorchant sa peau nue à travers la carapace de terre. Un fourré entier, et Galen se fraya un chemin au travers, apprécia la conscience de soi que suscitaient toutes ces égratignures. Une forêt pour l'écorchement. Les feuilles à moitié vivantes, à moitié vertes, les troncs fins, nombreux et dissimulés dans l'ombre. Sa tête encore exposée en plein soleil tandis qu'il avançait entre les chênes, des arbres rachitiques sans ombre véritable.

Cette parcelle sauvage s'étendait, s'étirait encore et encore, chardons, herbe et chênes verts. Ses cuisses et son estomac déchirés par les chardons, ses pieds transpercés par les épines, les branches et les pierres. Il écartait les bras lorsqu'il le pouvait, afin de toucher davantage de chardons et de chênes. Une mer asséchée et peu profonde dans laquelle il pataugeait, une mer impitoyable, ses yeux brûlants, le goût du sel, et lui, le seul homme à y patauger.

UN manzanita. C'est ce que Galen trouva dans cette nature sauvage. Il ne s'y attendait pas, ne savait pas qu'une telle plante pouvait pousser là, croyait qu'elle ne poussait qu'à flanc de colline. Et soudain il se tenait devant elle, son écorce rouge fine comme du papier. Un tronc lisse presque irisé, les zones ombragées lui donnant une couleur presque turquoise, la brillance d'un œil. Les troncs enflés, les branches d'un rouge obscène, rondes et pleines, éclatant l'écorce qui se détachait en torsades. Il se baissa pour arracher une torsade, laissa une déchirure qui faisait apparaître un blanc verdâtre plus pâle, sa chair n'était pas rouge.

Si peu à tenir dans sa main, cette boucle. Rien du tout une fois séparée de la plante, de son devenir. Il la laissa tomber et n'entendit aucun son. Les feuilles d'un vert éclatant et rigides, des larmes solides, larges d'à peine trois centimètres, veloutées et improbables par cette chaleur, dans cet environnement si sec.

Le manzanita semblait jouir de sa propre source d'eau, stockée et secrète. Une douzaine de troncs courbés vers l'extérieur pour former une sorte de panier, repoussant l'espace et le créant à la fois. Galen imagina une racine pivot, quelque chose qui s'enfonçait bien plus loin que ne le sauraient jamais les autres plantes, mais il n'était pas certain que cela soit vrai. Elle s'étalait peut-être tout juste sous la surface.

Il voulait honorer le manzanita mais il ignorait comment. Tout ce temps et il n'avait jamais su qu'il était là. Il s'accroupit et rampa près de la plante, mais ne parvint pas à atteindre le centre du buisson. Une sorte de cage pour l'empêcher d'entrer.

Galen s'éloigna du manzanita, il appréciait de se déplacer à quatre pattes, appréciait de voir le sol, l'herbe haute et sèche se dressant au-dessus de lui. Bien mieux que d'avoir cet air pesant au-dessus de sa tête. La façon dont son corps se mouvait en rampant, comme un félin, et sa conscience en fut accrue. Le son et la vue emmêlés, et l'impression que d'autres êtres l'observaient. Il voulait se trouver nez à nez avec un crotale, voulait sentir son cœur bondir dans sa poitrine.

Il imaginait sa mère tout près du sol, étendue sur le flanc, s'économisant. Cachée dans l'ombre du hangar, près des séchoirs à noix, cherchant la fraîcheur de la terre. Il imaginait sa peau s'affinant comme du papier, comme l'écorce du manzanita, se desséchant.

Les chardons tout près, comme une forteresse s'élevant en strates plus larges à la base. Vert cireux et épais, veines d'un blanc laiteux, et la fleur violette loin au sommet, faite d'une houppe de soie. Les chardons et le manzanita conservaient leurs couleurs tandis que les autres plantes séchaient, jaunissaient et brunissaient, mais les chardons étaient plus luxuriants, ce blanc laiteux comme surgi de nulle part.

Galen rampa vers les racines d'un chêne vert, l'ombre plus imposante, les épines gravant de fines égratignures sur son dos. Des feuilles mortes lui coupant les mains et les genoux. Des fourmis partout, rouges et noires, vivant dans les arbres morts. Galen s'allongea parmi elles et attendit.

Resta allongé là, sa mère allongée là-bas, partageant le même sol.

Voici la vérité, dit Galen. Ma mère est peut-être morte. Ou elle agonise. Et je ne l'aide pas. Je ne lui ai pas apporté d'eau et je ne suis pas en train de l'aider. Je suis allongé dans l'herbe sèche parmi les chênes verts et j'attends qu'elle meure. C'est ce que je suis vraiment en train de faire.

Les fourmis partout sur son corps, petits visiteurs effectuant leur trajet improbable. Un aller-retour jusqu'à la lune ne posait aucun problème à une fourmi. Chaque fois qu'elle rentrait, elle ressortait aussitôt. Car une fourmi n'avait jamais besoin de réfléchir à ses actions. Aucune fourmi n'essayait de comprendre sa mère.

Je ne comprends pas grand-chose, dit Galen. J'y travaille mais je ne comprends toujours pas grand-chose. J'ai quelques pistes. Je sais qu'elle essayait d'envoyer son père en prison. Je sais qu'elle nous a confondus, lui et moi. Je pense que c'est ça. Et parce qu'elle haïssait son père, je pense qu'elle m'a peut-être toujours haï. Je pense que ç'a été la guerre dès le début, et qu'il fallait qu'elle meure, ou que je meure.

De sa main valide, il caressa les feuilles mortes du chêne vert, toutes ces petites épines. La terre sèche en dessous. Il déblaya une parcelle et aperçut des fissures.

Il pensa à la grimace de baise sur son visage, à sa mère qui l'avait vue, qui l'avait entendu gémir lorsqu'il avait joui sur Jennifer. La honte qu'il avait ressentie. C'était le problème, avec les mères. Toujours à observer, et ce que l'on devenait n'était pas quelque chose que l'on souhaitait montrer. Peut-être que nos mères devaient toutes mourir. L'idée que l'on voulait coucher avec nos mères et tuer nos pères était ridicule. Nos pères restaient à jamais introuvables.

La guerre dès le début. Nos mères devaient nous tuer, elles aussi. Sa grand-mère ne guérirait jamais tant qu'Helen serait en vie. Elle ne serait jamais en mesure de se considérer comme une bonne personne. Sa vie entière devrait sans cesse être oubliée. Et Helen ne serait jamais en mesure d'effacer son enfance tant qu'elle n'effacerait pas Jennifer. Jennifer, un rappel fâcheux.

Helen se battait pour Jennifer, essayait de la sauver du favoritisme, des mensonges, de l'argent et de tout le reste, mais personne n'avait essayé de sauver Helen quand elle était jeune et, habitée d'une telle rage, il était possible qu'elle maltraite Jennifer. Sa cousine avait dit que c'était leur façon de manifester leur amour. Helen était donc une sorte de tragédie, détruisant sa fille tout en essayant de la sauver, chaque pas dans sa vie effectué à l'aveugle, tous ses efforts annulant ses autres efforts. Et la propre mère de Galen encore plus aveugle, gardant auprès d'elle un fils en guise d'époux afin de punir un père.

Cette terre n'était pas faite pour que l'on y vive. Il ne pouvait y avoir aucune appartenance. Sa famille était arrivée d'Allemagne et d'Islande, s'était installée au beau milieu du désert. Ils avaient planté une haie, avaient laissé les promoteurs immobiliers construire la clôture, s'étaient isolés des autres. Ils avaient trouvé le seul pays au monde où il était possible de vivre sans aucun contact avec autrui. Le seul pays où une famille pouvait n'être qu'une famille, esseulée, et son grand-père avait créé cette famille à son image. Forgée dans la violence et dans la honte, prise dans un élan impossible à stopper. Helen avait une fille et se voyait à travers cette fille qu'elle punissait. La mère de Galen avait un fils et voyait son propre père à travers ce fils qu'elle punissait. Helen et la mère de Galen faisaient essentiellement la même chose, toutes deux incontrôlables.

Galen ne savait pas comment trouver une autre voie. Il attendrait que sa mère meure mais il ne savait pas ce qui se produirait ensuite. Il essaierait peut-être de ramener sa grand-mère à la maison. Cela semblait bien. Mais au-delà, il ne voyait pas la moindre chose.

Des fourmis rouges le piquaient, ce qui était énervant, aussi Galen s'éloigna-t-il en ramant de sous le chêne vert et se dressa-t-il dans l'herbe haute. Une mer d'un brun jaunâtre, et il se trouva submergé jusqu'aux épaules. Il pataugea plus loin dans le néant et ressentit une tristesse à travers tout son être. Une tristesse lasse et lourde. Des tiges sèches, pas de vent, le soleil pesant et la tristesse qui pendait à chacune de ses côtes. Ce n'était pas une méditation, rien qu'un fardeau. Sa famille, un fardeau. Il aurait mieux valu qu'aucun d'eux ne naisse jamais. Il marcha, brûlé, égratigné et percé par un nombre incalculable d'éléments tandis qu'il avançait, et il ne lui restait plus que cette errance, errer en cercle jusqu'à ce qu'il se trouve à nouveau en bordure de la pelouse, baissant les yeux vers l'herbe d'un vert artificiel, l'oasis.

Le tas sur la pelouse devrait être nettoyé. Et la chambre de sa mère aussi. Et les planches retirées autour du hangar, et les sillons. Le cadenas. Quelqu'un pourrait venir voir. Il fallait qu'il efface tous les indices.

En regardant son corps, la terre qui recouvrait ses pieds, ses jambes et son ventre, il savait qu'il lui fallait effacer cela avant tout. Si quelqu'un le voyait ainsi, il se poserait des questions.

Dans la maison, Galen monta à sa chambre et entra sous la douche. Tout d'abord froide, il frissonna aussitôt, le contraste incroyable avec la fournaise. Mais l'eau se réchauffa et Galen resta immobile à regarder les ruisselets de boue, les deltas se formant le long de ses jambes comme des veines, un patchwork de veines extérieures, le sang en dehors du corps, un cadeau de l'univers. La boue s'accrochant à lui, de grandes îles sombres, le noir humide et les rivières qui en grignotaient les berges, rivières rougeâtres par-dessus les brûlures de sa peau révélée.

Tout son corps piquant. Sa main pire que tout, mais toute sa peau brûlée, elle aussi. Il monta la température, voulait voir sa chair briller sous la chaleur, voulait voir les rivières se changer en braises. La boue tenace, collée et lourde, cuite à même sa peau. Presque effacée de ses bras, de ses épaules et de son torse, là où arrivait le jet d'eau, mais s'accrochant encore à ses cuisses et presque intacte sur ses tibias. Les rivières rouges s'élargissant lentement.

Galen ne savait pas ce que signifiait tout cela, mais il savait que la terre était son professeur. Chaque instant, sans crier gare, la terre lui montrait quelque chose. C'était mieux que d'aller à l'université. Il n'irait peut-être jamais, malgré tout cet argent. Il resterait peut-être là, dans cette vieille maison et ce verger, où il apprendrait tout.

Mais il était difficile de croire en un avenir, difficile de s'en préoccuper.

Il avait si mal qu'il finit par baisser la température. Son corps tout entier frémissant sous la brûlure. Il attrapa la bouteille de shampoing d'une main maladroite, essaya de se masser les cheveux, mais il y avait trop de terre. Une croûte au sommet de son crâne, il mit donc la tête sous le jet d'eau et y passa la main pendant longtemps. Cela semblait juste, de rester ainsi la tête penchée, la frottant d'une main, l'image même du désespoir. Il gémit un peu pour accompagner le geste et cela semblait juste. Attendant que sa mère meure. La transcendance semblait si lointaine. Le problème majeur, c'était qu'il était impossible de voir assez loin dans l'avenir. Comment pouvions-nous atteindre la transcendance si nous étions sans cesse pris en embuscade ?

De grandes traînées de boue sur ses cuisses tandis qu'il se frottait au savon. Le noir devenant marron clair, puis s'effaçant. De petits cailloux amassés autour de la bonde, et quelques débris de feuilles, d'herbe et d'épines.

Il se pencha vers ses tibias et ses mollets, frottant jusqu'à ce que les dernières traces de terre aient disparu, une forme de perte. Cela lui avait semblé juste d'être couvert de terre. Il était nu, à présent.

Il coupa l'eau. Sa main n'était pas belle à voir. Douloureuse, légèrement enflée et rouge sur les bords, infectée. Il se sécha prudemment à l'aide d'une serviette et chercha de la Biafine. La Biafine symbolisait une croyance en l'avenir. Il la trouva dans un placard et s'en appliqua généreusement, puis il banda sa main dans une gaze propre, marcha à pas feutrés jusqu'à sa chambre où il enfila un T-shirt propre, un short, des chaussettes propres et ses vieilles Converse montantes sales. Puis, il alla dans la chambre de sa mère.

Tout était éparpillé au sol. Le lit noir de terre. Il se sentait épuisé. Il n'avait pas envie de s'en occuper. Et le hangar était plus important, de toute façon. Il fallait qu'il détache les planches qu'il avait clouées tout autour en une sorte de ceinture. Cela risquait d'attirer l'attention.

À demi éveillé, dit Galen. Nous sommes à demi éveillés, on ne fait que répéter machinalement une routine. J'ai enfoncé ces clous et je dois à présent les retirer.

En bas de l'escalier et dans la cuisine, où il avala goulûment de l'eau, toujours assoiffé, et il mangea deux tranches de pain, puis but encore.

Dehors, c'était déjà la fin de l'après-midi. Le temps passait. C'était ce que voulait Galen. Il voulait que la journée se termine, mais le temps s'écoulait si lentement.

Des ombres suspendues à la façade est, s'étirant jusque dans les sillons. Il approcha son oreille contre le mur, écouta, essaya d'entendre le moindre son émanant de sa mère, même la plus faible des respirations, mais rien. Il ne savait pas combien de temps cela prenait pour mourir de soif. Il ne voulait pas entrer trop tôt et la trouver en vie. Car s'il la trouvait en vie, il appellerait une ambulance. Il serait impossible de faire autrement. Il fallait qu'il attende.

Il contourna le hangar jusqu'à la remise à outils, se sentant trop propre, trop déconnecté. Il ne faisait plus partie de ce lieu. Il chercha un marteau autour de lui et se rendit compte qu'il irait sans doute plus vite avec un pied-de-biche. Son grand-père en avait trois, appuyés au mur dans un coin. Du vieux métal, sans peinture, passé à l'huile mais rugueux aux abords. Galen attrapa le plus fin, le plus petit, et même celui-ci était lourd. Des manieurs d'outils. Il était possible d'avoir une image complètement différente des humains. Pas d'âme, pas de transcendance, pas de vie passée, rien que des animaux ayant appris des tours plus intelligents. Tout cela en vain.

À l'aide de ses pouces préhensiles, Galen attrapa le pied-de-biche et inséra son côté fin entre la planche et le mur. Il fit levier et décrocha l'extrémité de cette planche, s'y appuya jusqu'à ce qu'elle tombe à terre, détachée. Il poursuivit sur une deuxième planche, mania les petites dents avides du pied-de-biche.

Le soleil sur sa nuque. Son corps, une enveloppe moite, son T-shirt collé. Il se sentait pris de vertige mais c'était une bonne chose. Il essaya de se perdre dans le travail sans réfléchir. Le sillon autour du mur très énervant, car il l'empêchait de s'approcher aussi près qu'il l'aurait voulu. Il était obligé de se pencher et son dos se raidissait.

Retirer les planches s'avéra bien plus rapide que de les clouer. Galen atteignit la deuxième paroi en un rien de temps, le long du mur à la porte coulissante, le dos tourné aux arbres. Le vieux cadenas toujours pendu là. Il ne savait pas ce qu'il en ferait. Il n'en avait toujours pas la clé et il semblait trop gros pour être brisé d'un coup de pied-de-biche.

Pour le moment, il se concentrerait sur l'arrachage des planches. Une tâche à la fois. Elles tombaient comme des croûtes rugueuses et inégales, du bois abandonné dans la terre, les clous pointés vers le haut. Galen eut l'idée de démonter le hangar tout entier. Il pouvait retirer une planche après l'autre et les traîner jusque dans le verger. Le hangar dispersé, des planches posées dans chaque sillon. Le tracteur et les séchoirs à noix empilés seraient exposés au soleil et à la lune. L'idée lui plaisait. Tout défaire et attendre dans le verger jusqu'à ce que le bois pourrisse et retourne à la terre, et il n'y aurait plus aucun indice de l'existence du hangar. Galen serait vieux, alors, et son projet final serait de détruire la maison. Il la démonterait planche par planche, tout comme il l'avait fait pour le hangar, et à la fin seul demeurerait le piano, et peut-être le plancher frais, exposé au soleil.

Si seulement Galen pouvait vivre assez longtemps pour regarder ces planches tomber en poussière. Rester dans le verger à regarder s'effondrer la haute clôture et les maisons du lotissement, observer la terre redevenir un désert sans eau, sans le moindre signe de civilisation, puis observer la pluie tomber, la végétation pousser, le vent, les tempêtes et l'eau gagner en puissance jusqu'à ce qu'il soit debout au milieu d'une jungle faite de palmiers, de fougères et de plantes grimpantes, et l'air empli d'eau. C'était ce que Galen voulait. Il ne voulait plus jouer un rôle dans la société humaine. Il voulait se joindre au temps géologique. Mais il lui fallait d'abord tenir la journée, et même cela lui semblait aussi long que la transformation du désert en jungle.

Galen délaissa le pied-de-biche, empoigna une planche de sa main valide et la tira jusqu'au tas près de la haie. Laissant une mince traînée dans la terre, le seul indice qui resterait et qu'il pourrait ratisser. Le tas presque réduit à néant, quelques chutes de bois, mais il allait grandir à nouveau. Galen prit son temps pour revenir chercher la planche suivante. Il doutait vraiment que quelqu'un passe leur rendre visite. D'ici un an, Jennifer aurait besoin de son premier chèque pour l'université. Mais avant cela, personne. Retirer les planches était une autre façon de répéter machinalement les routines, un autre spectacle sans le moindre public.

Il en ramassa une autre, la traîna et écouta le son creux qui parcourait le bois. Quelque chose de discret ajouté au bruit du raclement, un bruit transmis à travers la longueur de la planche, toujours davantage à entendre, à voir. Nous ne parvenions jamais à être assez éveillés. Il jeta mollement la planche sur le tas puis se pencha, les mains sur les genoux et se sentit perdu, l'intérieur de son être comme un grand vide. Il fallait qu'il respire, qu'il se concentre simplement sur sa respiration, puis il se redressa et retourna chercher une autre planche.

Il traîna les planches une à une, et le soleil se couchait. Sa course était très lente mais il descendait quand même. Galen ramassa une fois encore le pied-de-biche et fit levier contre la façade est, à l'ombre. Dissimulé au soleil. Dissimulé de tout, sauf peut-être de sa mère. Il se demanda si elle pouvait encore le voir et l'entendre, sa silhouette se détachant à travers les planches contre le ciel. Plus facile le long du mur ouest, où il laissait une ombre derrière lui, mais plus difficile à repérer le long de ce mur-ci. Une façon paisible de s'en aller, de manquer d'eau. Un étourdissement et un calme qui finissaient par se fondre dans le néant, une méditation sur la lumière, le son et l'air.

GALEN œuvra sur le sillon dans l'obscurité sans lune. Se guida à tâtons le long des murs avec la pelle. L'air creux, un temps de reflux. Le son amplifié.

Il utilisait la pelle plate, écrasait sa tête carrée le long des planches dans la terre meuble qu'il avait entassée, puis la tirait vers lui. La terre lourde, invisible et bruyante. Le raclement de la pelle tandis qu'il traînait chaque chargement de quelques centimètres, étalant le terreau. Préparant un parterre pour un nouveau jardin, plantant ses empreintes de pas.

Il lui semblait de temps à autre que sa mère n'était pas vraiment là. Ou qu'elle pourrait disparaître toute seule. Il lui semblait qu'il n'y avait personne d'autre au monde. Et chaque fois qu'il éprouvait cette sensation, il essayait de s'y accrocher car il aimait être la dernière personne sur cette planète. Il trouvait l'idée extrêmement réconfortante.

Galen aimait le labeur. Il aimait écarter la terre de ce mur, nettoyer et aplanir, et il souhaitait qu'une fois sa tâche terminée il puisse recommencer de zéro, trouver la terre fraîchement amoncelée à l'endroit où il avait commencé. Ce qui était difficile, toujours, c'était la transition, passer à la tâche suivante et s'y habituer. Il aimait la répétition. C'était de cela qu'était faite la religion. Répéter les mêmes paroles, encore et encore, ou les prostrations, ou s'asseoir et se concentrer sur chacune de ses respirations. Nous étions terrifiés par le néant, par l'ignorance de ce que nous réservait l'avenir, de ce que nous devions faire, de ce que nous devions être. La répétition était un point de concentration, un refuge.

Galen attendait dans l'obscurité que la lune se lève. Il abattait la pelle, la tirait et reculait en étalant la terre, mais pendant tout ce temps il attendait. Et lorsqu'elle apparut enfin, son visage était incroyablement immense, déformé de se trouver trop près de la planète. Une leçon dans tout cela, la distorsion par la proximité. La lune ne connaîtrait pas sa véritable forme tant qu'elle ne se trouverait pas seule dans le ciel.

À présent gorgée de lumière, grosse à l'horizon, lourde. Le petit homme agenouillé en prière, tellement agrandi que Galen parvenait à voir et à sentir l'espace au-dessus de la tête de l'homme, le vide flottant entre l'homme et la bouche ouverte du serpent. Galen laissa tomber la pelle et tendit les bras, scrutant la lune, honorant sa rondeur, sachant qu'elle rapetissait à chaque minute, se refroidissant et durcissant, plus distante, blanchissant comme un os, sa couleur lessivée. Sœur lune, dit-il. Chacun de nous, seul sur notre chemin.

Galen baissa les bras et regarda le verger transformé, les arbres émergeant dans ce deuxième jour, le jour de la lune. Les noyers responsables. Dressés là pendant tant d'années, ils avaient exercé une influence sur la forme des choses. Ils ne pouvaient pas le nier.

Galen ramassa la pelle et retourna à son ouvrage. Finir le mur face au verger, le mur sud. Le hangar parfaitement disposé par rapport aux quatre points cardinaux, et cela ne pouvait pas être le fruit du hasard, mais Galen ne savait pas quel sens y donner. Leur maison au nord, le figuier et le thé de l'après-midi au nord, et la pelouse, le grand chêne et sa balancelle. Toute la civilisation. Alors cela avait peut-être un sens. La route à l'ouest. Le verger qui attendait au sud, s'étendant vers l'est, et Galen se rendit compte seulement maintenant qu'il n'avait jamais marché jusqu'à l'extrémité est, jusqu'à la source. Cela avait peut-être un sens mais cela pouvait tout aussi bien ne rien vouloir dire. Des systèmes de pensée, les maillons de l'esprit. Facile de se perdre. Il fallait qu'il se concentre sur ses pelletées.

Le bon raclement de la terre. Il pouvait compter là-dessus. Au clair de lune, il pouvait observer la terre s'écarter de chaque côté de la pelle. Il pouvait en sculpter les contours. Des motifs que l'on pourrait interpréter.

Le labeur était une bonne chose, il était bon d'avoir une distraction. Il termina ce mur et avança jusqu'au mur est où le sillon était resté inachevé, où Galen avait atteint la terre non labourée et s'était interrompu.

Sa mère n'avait jamais essayé de creuser pour s'enfuir. Un sillon inutile, et inutile désormais de le reboucher. Qui se préoccuperait de voir un peu de terre entassée le long d'un mur de hangar ? Mais ce qu'il essayait véritablement de faire, il le savait, c'était de passer le temps. Aussi positionna-t-il la pelle contre le mur, puis il glissa sa main valide sur le manche et tira lentement en reculant, étalant la terre. Il regarda les bords, pareils à un sillage dans l'eau, passa la pelle délicatement de chaque côté pour les aplanir. Il ne voulait pas voir sa mère, ne voulait pas la trouver. Il voulait retarder cet instant au maximum.

Mais le sillon prit fin. Très rapidement, il n'y eut plus de sillon à reboucher et il faisait encore nuit, la lune déjà plus haute, petite, distante, glissant au loin. Bien, dit Galen. Il n'y avait plus rien à faire avec le hangar, à part retirer le cadenas, et il s'en chargerait plus tard. Il s'approcha donc du tas sur la pelouse.

Il avait prévu de le brûler mais cela attirerait trop l'attention. Il ressortirait les tiroirs l'un après l'autre, les remplirait de ces conneries et les remettrait en place. Personne ne verrait jamais la différence.

C'est donc ce qu'il fit. Le labeur. Sortir avec un tiroir, s'agenouiller dans l'herbe, ramasser des tas de trombones, d'élastiques, de vieilles poignées de porte et de boutons, la famille, des morceaux de famille et de temps, et les laisser tomber dans le tiroir. Redisposés à présent, mélangés et déplacés, les objets rangés dans des endroits différents, le dérangement des motifs, mais y avait-il jamais eu des motifs ? Le dérangement ou le destin. Ce n'était jamais clair. Nous faisions ce que nous faisions et nous nous posions des questions, rien d'autre. Des mouvements aveugles dans le néant.

Les photos chiffonnées n'entraient pas dans les tiroirs. Et elles ne pouvaient pas retrouver leur place dans les albums, de toute évidence. Il ne savait pas trop quoi faire. Il s'agenouilla dans l'herbe et les observa au clair de lune. Elles lui appartenaient désormais, elles n'étaient plus à sa mère, et il fallait qu'il les conserve. Il essaya de les aplatir mais une fois qu'une photo était cornée, elle était cornée, ses plis blanchis. Schatze, une forme plus sombre, une sorte de balle sur les photos, un intrus disparu avant la naissance de Galen.

Il rassembla les photos, fleurs noires et blanches, et les blottit dans ses bras, monta l'escalier jusqu'à sa chambre où il les laissa tomber dans sa penderie. Puis il ferma la porte et elles avaient disparu. Aussi simple que cela.

Il ne restait plus que la chambre de sa mère. Des vêtements jonchant le sol. Des cintres défaits, et il rependit ses robes, ses manteaux, ses chemisiers. Les disposa en ordre précis, du plus long au plus court. Caressa les tissus, lisses et frais au toucher. Les couleurs éclatantes. Turquoise et rose. Cette chambre devenue une sorte de musée, et il y viendrait pour se souvenir d'elle, aussi était-il important de tout ranger avec soin.

Une vie pouvait être contenue dans un si petit endroit. Quarante-six ans dans une seule pièce. Une pièce sacrée. Quand le sol fut rangé et tous les vêtements suspendus, Galen roula la couverture et les draps en boule, marcha jusqu'à la pelouse et les secoua dans le clair de lune pour en enlever la terre, se sentant comme un criminel. Pendant que tout le monde dormait, il était dehors à secouer des draps pour en retirer tout indice des événements récents. Mais ce n'était pas comme s'il avait le choix. Le problème, avec un chemin, c'était qu'il menait invariablement quelque part, et on ne pouvait jamais faire de pause, sur aucun chemin. Il fallait toujours avancer.

Galen porta les draps et la couverture dans le garde-manger, à la machine à laver. Il la regarda se remplir d'eau, y versa la lessive et referma le couvercle.

C'était le milieu de la nuit, mais Galen décida de préparer une citronnade avec des citrons frais, comme sa mère la faisait. Il sortit jusqu'aux petits citronniers bordant la haie. Le figuier géant rapetissant tout, projetant des ombres tandis que la lune redescendait, ses feuilles immenses comme des empreintes d'animal contre la paroi du hangar, comme une créature mythologique passant en silence.

Galen se sentait traqué, à découvert, en danger. Il attrapa une poignée de citrons et rentra à la hâte dans la maison, se concentra sur sa tâche et essaya de ne penser à rien d'autre. Il coupa les citrons en deux et les pressa dans le presse-agrumes, le vidant chaque fois qu'il était plein. Il ajouta de l'eau, il ajouta du sucre, mélangea à l'aide du grand touilleur et de sa boule en verre.

Il se servit un verre et s'assit à la table. Un éventuel visiteur qui essaierait de regarder à l'intérieur depuis le jardin pourrait l'apercevoir, et le bruit de son approche serait couvert par celui de la machine à laver. Il essaya de savourer la citronnade mais il éteignit bientôt la lumière. Il ne pouvait pas retourner à la table. Il tint le verre dans sa main et recula dans un coin sombre d'où il pouvait observer. Rien ne pourrait le surprendre par-derrière.

Le halètement bruyant et obscène de la machine. Succion et clapotis. Galen resta dans l'obscurité, à observer et à attendre.

La maison incroyablement grande. Nulle part où se cacher. Trop de fenêtres et de portes. Une centaine de choses pouvaient l'y traquer et Galen n'en saurait jamais rien. Trop risqué, même, d'essayer d'atteindre l'escalier. Galen voulait revoir la lumière du jour. L'obscurité reliait tous les endroits ensemble, amplifiait le vide dans ses oreilles et les battements sourds de son cœur.

La maison ne semblait pas inanimée. Elle avait joué un rôle dans tout ce qui s'était produit en ces lieux. Galen aurait aimé voir l'avenir. S'il ramenait sa grand-mère, cela apaiserait peut-être la maison. Le bois redeviendrait peut-être simple bois.

Sans un bruit, Galen posa son verre sur le sol et rasa lentement le mur jusqu'à l'escalier. La machine, complètement folle, ruant et grondant, attirant bien trop l'attention sur cet endroit, se démarquant de tous les endroits plus silencieux à l'extérieur.

Galen courut. Il courut au coin de la pièce et dans l'escalier jusqu'à la chambre de sa mère, ferma la porte, la verrouilla et paniqua à l'idée qu'il puisse y avoir quelque chose là, avec lui. Il frappa le mur en quête de l'interrupteur mais ne le trouva pas, sentit quelque chose derrière lui, pouvant à peine respirer, puis il appuya sur l'interrupteur, fit volte-face, se baissa et ne vit rien.

La chambre lumineuse, le matelas nu, le lit découvert et tout le reste soigneusement rangé dans la penderie et sur les étagères. Sa chambre comme elle l'avait toujours été, et il ne comprenait pas comment il avait pu être aussi nerveux.

La peur du noir était l'antithèse même de la transcendance. L'exacte antithèse. La pire direction envisageable. Les hommes des cavernes recroquevillés près du feu, regardant par-dessus leur épaule, à l'affût d'un craquement de brindille. La peur du noir trahissait une croyance aveugle en l'univers, l'asservissement total, et elle empêchait toute progression. Pour une raison inconnue, tout ce que Galen avait appris ne s'additionnait pas. Au lieu d'approcher du but, Galen apparaissait par intermittence, disparaissant aussitôt, sans aucun contrôle sur l'endroit où il risquait d'apparaître à nouveau.

Galen ralentit sa respiration et marcha jusqu'au lit de sa mère où il s'étendit. Il garderait la lumière allumée, il le savait. Tellement impuissant face à lui-même, tellement dominé par le néant.

Le matin venu, Galen se tenait devant le cadenas. Il y inséra le pied-de-biche et comprit qu'il démonterait le hangar tout entier et creuserait un trou dans le sol avant de parvenir à briser ce cadenas. Et un cadenas n'était pas une mauvaise chose, à dire vrai, pour maintenir les gens à l'extérieur.

Le matin identique à n'importe quel autre, tout à fait identique, l'air se réchauffant, les ombres s'entrelaçant vers le zénith. Son dernier jour de supplice, mais le monde extérieur était indifférent. Il allait terminer avant que la nuit ne tombe à nouveau, même si l'univers s'en fichait.

Galen avança jusqu'à la remise à outils. Il y trouverait peut-être un moyen d'entrer. S'il perçait le mur de séparation, il pourrait encore verrouiller la remise et il n'y aurait aucun signe extérieur.

Il écarta donc les derniers outils, empoigna une hache et frappa le bois, frappa haut sur le mur, de guingois, afin de transpercer une planche, la lame s'enfonça profondément et resta bloquée. Il tira sur le manche et il parvint à lui donner un léger mouvement de scie d'avant en arrière, mais la hache refusait de sortir, et elle était trop haute sur le mur pour qu'il arrive à l'en extraire. Putain, dit-il.

Il chercha une autre hache autour de lui. Tous ces outils jetés dans la terre, et pas de deuxième hache. Il y en avait un assortiment complet à la cabane, mais rien qu'une ici.

C'est alors qu'il vit la pioche. Une pioche de mineur, une relique de la ruée vers l'or.

Galen se tint devant le mur, jambes écartées, la main droite bien bas sur le manche afin de soutenir la lourde extrémité de l'outil, puis il l'abattit de toutes ses forces contre le mur. Aah, cria-t-il, et la pointe étroite de la pioche transperça le mur, enfoncée instantanément jusqu'à la garde, et Galen s'égratigna les articulations des deux mains contre le bois.

Il hurla de douleur, sa main gauche en feu. Il tituba entre les sillons, agitant la main bandée de gaze et aspirant l'air, une nouvelle danse dans le verger, une marionnette au bout d'un fil. Il n'avait aucune compétence dans ce monde.

Les arbres ne firent aucun commentaire. Engourdis par le soleil, rapetissant et durcissant.

Il dansa jusqu'à ce que la fulgurance de la douleur se soit suffisamment estompée pour qu'il puisse retrouver ses esprits et son souffle, puis il retourna au hangar, au mur. Deux longs manches, à présent, la hache plantée à l'oblique et la pioche à la verticale.

Super, dit-il. L'autre bout de la pioche, celui qui dépassait, était une lame d'environ dix centimètres de large. Il s'était donc servi du mauvais côté.

Il regarda les autres outils autour de lui, pelles et râteaux. Quelques scies de tailles et de genres différents, de petites scies arboricoles épaisses, des lames plus grandes pour couper les bûches de la cheminée, toutes inutiles car l'interstice entre les planches était trop étroit pour pouvoir y glisser une scie à l'horizontale.

Mais il y avait une masse. Un lourd poing de métal au bout d'un bâton et cela semblait convenir. Cela correspondait parfaitement à son état d'esprit. Il allait défoncer cette paroi et peut-être continuerait-il sur sa lancée.

Sa main gauche refusait d'empoigner le manche, mais il parvint à l'y accrocher et il brandit le métal aussi haut et aussi puissamment qu'un Viking enragé, et il entendit le bois craquer, et la hache fut délogée, sa lame tournoyant vers lui, et il se jeta sur le côté avant de la regarder tomber au sol. Puis il abattit la masse une fois encore, transperça l'une des planches, l'antique hangar cédant sous la pression, la masse se coinça et Galen dut s'approcher pour la soulever et la libérer.

Il respirait fort. La masse lourde, et l'air qui se réchauffait. La planche brisée, et il frappa la suivante, sentit la course de l'acier à travers l'espace, sentit sa force irrésistible tandis que la masse faisait éclater le bois. L'élan. La masse était un indice. C'était le destin et l'échec. Exactement comme l'élan de nos existences. Impossible d'interrompre la trajectoire d'une masse, une fois lancée. Tout ce que l'on pouvait faire, c'était s'accrocher et subir l'impact.

Le haut de deux planches brisé, et il frappait en dessous à présent, afin de les pulvériser à la base. Un maillet de croquet. Sur la pelouse à l'arrière de la maison, dans son enfance, ils y avaient joué les dimanches après-midi, les boules bleues et rouges vif, les maillets, et ses grands-parents assis à la table blanche en fonte sous le figuier. Un souvenir qui ne lui était pas revenu depuis longtemps. Sa mère dans son chapeau d'été noué sous le menton. Un chapeau étrange, d'un autre âge, comme si l'enfance de Galen s'était déroulée cinquante ans plus tôt, ou même cent ans.

Mais les souvenirs n'étaient qu'une distraction. Il lui fallait éliminer les souvenirs de son esprit, il lui fallait se concentrer sur l'arc de cercle du métal dans les airs et contre le bois. Le craquement du bois, la planche qui vibrait, fixée seulement en son milieu, où elle était clouée à la poutre transversale. Galen s'attaqua à sa voisine, frappa et frappa encore jusqu'à ce que les deux planches tremblent, la pioche encore plantée là-haut.

Le problème, avec la mémoire, c'était qu'elle nous disait simplement ce que nous voulions entendre. Elle n'avait aucune forme indépendante.

Galen laissa tomber la masse, un bruit sourd et un nuage de poussière dans l'air immobile. Il ne savait pas pourquoi il n'y avait pas de vent cet été. Il y avait eu du vent, les étés précédents, mais cette année, ils étaient obligés d'inspirer l'air qu'ils venaient d'expirer, une perte graduelle d'oxygène et de pensée. Rien d'autre à faire, cet été, que de perdre la tête.

Il me faut une scie, dit Galen. Il pourrait scier la poutre transversale à travers les interstices étroits et détacher les deux planches déjà presque libérées. Mais la masse lui manquait déjà, il aimait la sensation de puissance qu'elle octroyait, aussi la ramassa-t-il bien qu'il n'eût aucune chance de casser la poutre derrière les planches.

Galen frappa fort et l'impact lui explosa les mains, trop dur et impitoyable. Il lâcha la masse et dut respirer à toute vitesse en attendant que la douleur aiguë dans sa main blessée se réduise de nouveau à une simple pulsation. La poussière dans ses narines.

Il sortit de la remise et regarda tous les outils étalés sur le sol. Comme si la planète les lui offrait directement, poussés hors de terre. Les outils d'une couleur identique à la terre, le bois marron usé, le fer terni.

Il choisit une scie arboricole aux dents acérées. Une petite poignée épaisse comme celle d'un pistolet ancien, Galen en conquistador, remontant le temps de presque cinq cents ans. Il était censé utiliser une scie normale, il le savait, de celles qui coupaient les bûches, mais il aimait l'allure et le contact de celle-ci. Elle buterait et calerait, et cela lui semblait être une bonne chose. Il voulait que son entrée dans le hangar soit une épreuve difficile.

Il glissa la lame entre deux planches et l'abaissa contre la poutre, la tira vers lui pour imprimer la première entaille.

La repoussa, et la lame se coinça, refusant de bouger d'un pouce. Il la souleva et la repositionna, tira à nouveau pour imprimer une entaille plus profonde, la sciure jaune pâle, il la repoussa et la lame se coinça de nouveau. Encore un indice. Comme la gravité, comme l'échec de la progression. Le recul était toujours facile mais l'avancée se trouvait sans cesse entravée.

L'énergie que Galen mettait dans la bataille commençait à faiblir. Il laissa tomber la scie arboricole et sortit chercher une scie normale à large lame et à petites dents, la scie qu'il aurait dû choisir dès le départ. Et celle-ci fonctionna bien mieux. Pousser et tirer, doucement d'abord, puis plus profond dans le bois, la sciure si fine qu'il la respirait.

Il vint à bout de cette poutre en un rien de temps et elle s'effondra contre la lame de la scie, la structure solide du hangar s'affaissant en partie, et il fut obligé de tirer fort sur la scie pour l'extraire.

Passant à l'interstice suivant, de l'autre côté des deux planches branlantes, il progressa vite, déchirant le bois, et il fut soudain au bout et les deux planches tombèrent loin de lui, à l'intérieur du hangar où elles heurtèrent le tracteur.

Il se rendit alors compte de ce qu'il avait fait. Le mur était tombé. Le hangar n'était plus une cage.

Maman ?

Plus sombre dans le hangar, la majeure partie plongée dans l'obscurité, et les yeux de Galen en panique, scrutant partout, mais rien ne bougeait. Il voulait voir un mouvement. Il voulait que sa mère soit en vie.

Le tracteur vert, les piles de séchoirs à noix, le sol en terre battue. Mais aucun mouvement, aucun son à l'exception du battement de son propre sang dans ses oreilles. Maman ?

Il voulait qu'elle soit en vie. Il ne s'était pas attendu à cela. Il ne s'y était pas attendu du tout. Il avait peur de s'engager dans l'ouverture du mur.

Galen avait l'impression de se tenir au bout du monde, avait l'impression qu'un pas de plus le ferait tomber dans le précipice. Il oscillait sur place, étourdi par le vertige, et il voulait reculer loin du bord et s'accroupir près de la terre.

Mais il fit un pas en avant, entra dans le hangar, et le sol ne s'ouvrit pas sous lui. Il tint bon, solide sous les pieds de Galen. Il était désormais à l'intérieur avec sa mère et ne savait pas où elle se trouvait. Maman ?

Il avait peur de regarder autour de lui. Ses yeux se posaient sur le sol, sur les murs, cherchant sa mère, puis remontaient vers le plafond, trop rapides pour pouvoir enregistrer quoi que ce soit. Galen ne voulait pas voir.

L'intérieur du hangar plus grand que dans son souvenir, et il semblait même grandir encore, les murs reculer.

Il contourna l'avant du tracteur, la main gauche posée sur le capot pour garder l'équilibre. Il risquait d'être aspiré dans le néant d'un moment à l'autre.

La terreur. Une présence palpable. Il retardait l'instant où il la découvrirait. Baissant les yeux, détournant le regard, des ombres partout, chacune d'elles incarnant sa mère l'espace d'un instant, puis plus rien.

Il resta près du tracteur, refusant de s'aventurer plus en avant dans le hangar. Les séchoirs cassés derrière le tracteur, certains déposés là des décennies plus tôt, jamais déplacés depuis. Il en souleva un, le bois poussiéreux et la vieille grille métallique déchirée au centre, et il le porta jusqu'à une parcelle vide devant le tracteur. Puis il en souleva un autre qu'il porta au même endroit, commença une nouvelle pile.

Le chemin entre l'ancienne pile et la nouvelle, reliées par le tracteur. Galen se concentra sur les séchoirs, le bois qu'il s'était attendu à trouver frais sous sa paume était tiède. Le hangar n'était pas un véritable refuge. L'air y semblait aussi brûlant qu'à l'extérieur. Il ignorait comment c'était possible. Un endroit ombragé, mais peut-être que le toit et les murs cuisaient et devenaient pareils à un four, réchauffant l'air piégé à l'intérieur.

L'odeur de noix, de vieilles coquilles. Acide et puissante, une odeur noire et verte, et l'odeur de poussière. Le bruit de l'air chaud, du toit qui s'étirait.

Galen porta les séchoirs, plusieurs douzaines, jusqu'à ce que l'espace derrière le tracteur ne soit plus qu'une terre nue, une vieille terre dissimulée depuis l'enfance de sa mère. L'odeur de la terre ancienne ressemblait plus à celle de la roche. Il creuserait là.

Il ressortit par la remise à outils pour prendre la pelle, émergea dans la lumière aveuglante, les yeux plissés. Trouva une pelle avec une bonne tête métallique et retourna à l'intérieur.

Galen plaça la pelle et poussa de toutes ses forces avec son pied, et la pelle s'enfonça à mi-chemin. Mais quand il la ressortit, il n'y avait pas grand-chose au bout. Cela risquait d'être très long.

Il alla chercher la pioche, la libéra de la planche s'appuyant au tracteur. Il abattit l'extrémité plus large dans la terre et l'impact fut trop puissant, rencontra trop de résistance, il essaya avec l'autre extrémité, une longue pointe incurvée, celle qui avait perforé la planche, et elle s'enfonça profondément avec une grande facilité, sans lui blesser les mains. Il s'appuya au manche et fit un pas en avant pour que la pointe déchire la terre, détache des mottes.

On n'échappait jamais à la terre. On retournait toujours à la terre. Galen asséna coup après coup, perçant la surface d'un ovale d'environ deux mètres de long sur soixante centimètres de large. Inutile de le faire trop profond. Il reposerait les séchoirs en bois par-dessus.

Broyer la terre, soulever l'acier, un labeur sans âge. Il n'importait plus à Galen de savoir qui il était. Une question d'une époque révolue. Un fossoyeur. Le fossoyeur de sa mère.

Chaque heurt de la pioche libérait une odeur de terre enfouie, l'odeur des décennies passées, d'un hangar plus jeune, de sa mère jouant là, enfant. L'œuvre de son grand-père et des autres avant lui.

Galen sculpta un ovale aussi beau qu'un vitrail. Un ovale de ruptures. Puis il laissa tomber la pioche et souleva la pelle. Il l'enfonça prudemment, récupéra les mottes éparses et les particules, et les déposa sur le côté de la tombe en un tas soigné.

Pelletée après pelletée. Leur bruit. Des gouttes de sueur s'y mêlant. Toutes nos tâches étaient toujours plus longues que prévu. Un petit ovale, une petite fenêtre, et pourtant c'était bien davantage qu'il n'y paraissait, et le tas de terre était déjà plus grand qu'il ne l'avait prévu, même pour cette fosse si peu profonde, ce commencement dépouillé.

L'EXCAVATION, sa propre éternité, un lieu où s'effondrait le temps. La terre savait à quoi elle cédait sa place.

Raclant à l'aide de la pelle, rassemblant les dernières mottes qu'il avait remuées, puis soulevant la pioche à nouveau, entendant son heurt contre les pierres, le sol truffé de pierres. Un sol impropre à la plantation.

Cédant sous lui. La plus profonde des grottes, creuser la tombe de sa propre mère. C'était la raison pour laquelle le monde s'écartait de tous côtés. Sans la mère, les contours du monde ne tenaient plus.

Ses pensées en panique, aucun point d'ancrage nulle part. Tournoyant comme la terre et l'air. Il voulait regarder derrière lui, voulait la trouver, avait besoin de voir si elle était encore vivante, mais il était incapable de bouger de cet endroit précis, luttant pour rester debout sur la terre ferme.

L'énorme pioche, le manche pareil à un os, étiré, son intérieur creux, difficile à manier. Le terreau désormais plus sombre, un terreau plus vieux. Il plongeait au-delà de l'époque de sa famille, traversait vers un temps plus ancien.

C'était peut-être la signification de la terre. La pelle emportant le temps. Les siècles nécessaires pour transformer la pierre en terre. L'eau et l'air qui avaient dû œuvrer pendant des millions, peut-être même des milliards d'années afin de la libérer, puis son voyage, sa stabilisation, son attente, strate après strate. La vie de Galen, un éclair si bref. Tout attachement était absurde. C'était ce qu'enseignait la terre. S'il pouvait se focaliser sur une échelle de temps géologique, le temps humain ne l'atteindrait jamais.

La pelle volontaire, toujours volontaire. Et la terre elle-même. Attendant depuis si longtemps, n'opposant aucune résistance à être déplacée. Toute notion d'ordre bouleversée, l'arrangement des particules, mais aucune résistance et par conséquent aucune souffrance.

Le tas d'un côté de la tombe se répandant jusqu'au bord. La terre comme agrandie, une fois déplacée. Une chaîne de montagnes sombres en pleine formation. Une autre strate grattée et nettoyée, et Galen se demanda si sa mère pouvait entendre ce bruit. Il détestait ne pas savoir si elle pouvait l'entendre. Il jetait sans cesse des coups d'œil derrière lui, s'attendait sans cesse à la voir debout, marchant vers lui.

Il travaillait aussi vite que possible. Il ne voulait pas continuer une fois la nuit tombée.

Le sol devint plus dur, plus rocailleux, amalgamé. Une grosse pierre vibra entre ses mains lorsque la pioche la heurta et il fut contraint de creuser autour, de dégager quelques centimètres, sa surface grise et la cicatrice blanche à l'endroit de l'impact avec la pioche, puis il se mit à quatre pattes dans la tombe et tira dessus, la griffant à travers ses gants, essayant de trouver une prise jusqu'à ce qu'il réussisse à la hisser sur ses cuisses et à l'étreindre. Une pierre lourde, il pourrait s'en servir pour marquer la tombe. Il la laisserait à un bout avec la trace de la pioche, sa trace à lui, et personne d'autre ne le saurait mais elle ferait office de pierre tombale.

Galen se traîna à genoux, la pierre toujours sur ses cuisses, rampa jusqu'à la tête de la tombe et fit rouler la pierre sur le sol au-dessus de lui. Une pierre lisse, une surface lisse, une vieille pierre de rivière arrivée là on ne sait comment, cet endroit si loin de l'eau.

Galen se tint dans la tombe, enfoncé jusqu'aux genoux. De cet endroit, il continua à creuser à la pioche. Inutile de la faire trop profonde, se dit-il, mais il imagina la tombe trop peu profonde, et lui, obligé de se baisser pour la sortir de la fosse, obligé de la soulever dans ses bras.

Il continua donc à manier la pioche, s'enfonça profondément dans une nouvelle strate, et la journée était un enfer mais le sol était plus frais, une fois plus bas, dégageant son propre souffle. Perçant les strates successives, ce labeur comparable à celui qui perçait l'illusion du soi pour découvrir enfin qu'il n'y avait pas de centre, rien que ces couches successives.

Plus rocailleux, la pioche tremblant et déviant de sa trajectoire. Des étincelles. Un mineur.

Il se positionna à l'autre bout, la terre meuble et tendre à présent, ses pieds s'y enlisant, et il frappa à l'endroit où il s'était tenu auparavant. Il effectuerait ainsi des allers-retours, les deux côtés d'un miroir, s'enfonçant lentement.

La terre presque moite. Plus sombre et plus lourde, pas tout à fait humide mais presque. Il avait retiré son T-shirt et il était couvert de terre, régénéré. Soulevant pelletée après pelletée, le tas si énorme qu'il dut commencer à déposer la terre de l'autre côté.

Et il aurait pu continuer ainsi à l'infini, peut-être, creusant toujours plus loin, car c'était préférable à affronter ce qu'il devait faire ensuite, mais il dut bien finir par admettre que la tombe était assez profonde. Plus profonde que sa taille, et il n'avait pas besoin de plus. L'après-midi s'écoulait et Galen n'avait pas envie de se trouver là après la tombée de la nuit.

Il se hissa donc hors de la fosse, fit quelques pas à l'intérieur du hangar et s'arrêta. Un sol peu fiable. Il fit quelques pas supplémentaires jusqu'à une rangée de séchoirs et il sut qu'en marchant vers le mur est, il la trouverait. C'était là qu'il avait récupéré le chéquier et ce serait là qu'elle se serait étendue. Il en avait la certitude. Ses yeux désormais parfaitement accoutumés après tout ce temps passé à creuser, aussi ne serait-il sauvé par aucune ombre trompeuse.

Trois rangées de séchoirs qu'il devait contourner, et elle pouvait se trouver n'importe où.

Derrière la première rangée, rien d'autre que la terre. Tout semblait s'éloigner de lui de plus en plus vite, un néant sans indice, l'esprit de Galen vidé.

Et derrière la deuxième rangée, toujours rien. Il se sentait sur le point de vaciller. La terreur désormais écrasante, un entonnoir le menant irrémédiablement vers le destin, plus qu'une seule rangée et aucun choix possible, jamais.

Il dépassa la dernière rangée de séchoirs. Sa mère, étendue au sol, face contre terre. Presque paisible, la tête posée sur son bras tendu, la main relâchée. Elle portait un tablier par-dessus sa jupe et son chemisier. Il avait oublié. Le jour où elle était entrée dans le hangar semblait si lointain, une éternité, une époque où ils étaient deux personnes différentes, désormais révolue. Un tablier à fleurs, un tablier présent jusque dans ses plus vieux souvenirs.

Galen avait conscience qu'il était censé ressentir quelque chose. Il resta debout, les bras ballants, maladroits. Il se sentait osciller sur place. Impossible de croire qu'il s'agissait de sa mère, étendue là. Et il n'était même pas sûr qu'elle soit morte. Simplement, il ne décelait aucun mouvement.

Il fallait qu'il la porte jusqu'à la tombe. Il fallait qu'il sorte de là aussi vite que possible. Mais il ne parvint qu'à s'agenouiller. Il ne pouvait pas s'approcher suffisamment pour la soulever. Il ne voulait pas la sentir contre son épaule ni contre son torse.

Maman ?

Galen n'avait pas envisagé cet instant. Il avait réussi sans trop savoir comment à se persuader que cet instant n'arriverait jamais.

À quatre pattes, il avança jusqu'à elle, s'attendant sans cesse à la voir bouger. Il appellerait une ambulance si elle bougeait. Cela ne tenait qu'à elle. Maman ?

Elle paraissait plus petite que dans son souvenir.

Il était pris de vertiges, même à quatre pattes, et il s'allongea, rien qu'un moment, s'allongea sur le flanc face à elle. La respiration courte, mais il essaya de se calmer. Tout ira bien, dit-il.

Il ferma les yeux. Il tournoyait, pieds par-dessus tête dans sa propre poitrine, tombait vers un point lointain. Une inspiration lorsqu'une de ses extrémités passait devant l'autre à toute vitesse. Il tombait mais ne voulait pas aller où sa chute l'entraînait. Une grotte obscure, des murs de pression, sa propre cage thoracique se contractant à mesure qu'elle grossissait. Des murs de sang et d'os gonflés, son corps qui enflait, et Galen qui tombait vers le centre, rapetissait.

Mais il ne pouvait pas rester étendu là. Si jamais quelqu'un venait et le trouvait ainsi, la tombe creusée, et lui étendu auprès de sa mère morte.

Galen ouvrit les yeux et se rassit. Il hocha la tête. Secoue-toi, dit-il. Allez, secoue-toi.

Il l'empoigna par les chevilles, essaya de ne pas concevoir ce corps comme celui de sa mère, se contenta de tirer et de traîner, et sa jupe remonta, sa culotte dévoilée, et ce n'était pas du tout ce qu'il avait envie de voir, il reposa ses jambes, avança jusqu'à sa tête et l'attrapa par les bras, les tira jusqu'à la tenir par les poignets, des poignets fins, son corps plus flasque qu'il n'aurait dû l'être, aucune rigidité cadavérique, la chair tiède, et il fut pris de panique. Elle était peut-être encore en vie.

Il lui lâcha les bras, resta debout, le souffle court, à l'affût d'un mouvement. Mais il n'y eut aucun mouvement. Il faisait juste chaud dans le hangar. C'était pour cela qu'elle n'était pas froide. Et c'était pour cela qu'elle n'était pas raide. Rien que la chaleur du hangar.

Il fallait qu'il vérifie si elle respirait encore, mais il ne voulait pas s'agenouiller et porter l'oreille devant sa bouche. Il la reprit donc par les poignets et tira son corps flasque vers la fosse. Il la traîna aussi vite qu'il put. Elle était lourde.

Il la tira en regardant le sol derrière lui. Il refusait de la regarder, elle. Passant devant la rangée de séchoirs.

Ses mains sur ses poignets, et il imaginait sans cesse sentir son pouls, essayait de se concentrer davantage sur le sol. Ce poids, comme une excroissance du propre corps de Galen, un énorme ventre distendu se traînant sur la terre. Une créature condamnée à marcher à tout jamais à reculons, des jambes faibles et trébuchantes, une étroite colonne vertébrale sous tension, des poumons trop petits. Un être qui jamais ne se reposerait. Se traînant à demi mort dans la terre et plus loin encore, peut-être, jusque dans les sillons et le verger, l'herbe sèche, la roche noire, volcanique. Traînant ce fardeau encore et encore, tandis que la croûte terrestre s'ouvrait, se remplissait et grossissait. Exactement comme dans mes rêves, dit-il.

Mais il continua à tirer, et quand il atteignit la fosse, il la traîna sur le côté du trou où se trouvait le plus petit tas de terre, et elle bascula sur ce petit mont sombre et meuble et roula et elle tomba au fond sans que Galen le veuille, et il fut obligé de lâcher prise. Putain, dit-il.

Galen ne savait pas comment il avait prévu de la positionner dans la tombe, mais certainement pas ainsi, lui échappant pour rouler au fond de la fosse et s'y lover, face contre terre.

Il fallait qu'il la redresse et l'installe face au ciel, mais il ne voulait pas descendre avec elle dans la tombe.

La pelle, ce fut la seule chose qui lui traversa l'esprit. Il se tint dans la terre meuble au bord de la fosse, se pencha et essaya de la tirer par les jambes avec la pelle, mais il n'avait aucune prise. La pelle glissait sur ses cuisses.

Il avait besoin d'autre chose pour l'agripper. Quelque chose pour atteindre les hautes branches des arbres et récolter les noix, un cueille-fruit. Il sortit dans le soleil de fin d'après-midi encore étincelant, se protégea les yeux et scruta la terre en quête d'un outil long muni d'un crochet. Il imaginait un levier, un filet ou un objet de la sorte, quelque chose pour agripper.

Mais un tel outil n'existait pas. Il plissait les yeux, cillait et trébuchait dans la terre, et il ne trouvait pas ce dont il avait besoin. C'est alors qu'il aperçut une binette, une lame solide, et une autre sorte de binette munie de quatre dents espacées. Comme une fourche mais dont les dents formaient un angle à quatre-vingt-dix degrés. Il pourrait agripper avec cela.

À son retour à l'intérieur, ses yeux n'étaient plus accoutumés à l'obscurité. La tombe était sombre, sa mère dissimulée dans le noir. Il s'agenouilla sur le tas de terre et utilisa la binette ou le sarcloir, ou quel que soit le nom de l'outil – un sarcloir, peut-être –, et tenta d'attraper un de ses genoux. S'il parvenait à lui attraper le genou, il pourrait redresser la jambe.

Mais il risquait à tout instant de tomber, en déséquilibre, et ce serait un cauchemar, alors il se remit debout et il enjamba la tombe, un pied de chaque côté. C'était mieux. Il était à une extrémité, l'extrémité des pieds, et il tendit le sarcloir pour attraper ses jambes.

Galen saisit un genou qu'il tendit avec prudence, s'interrogeant sur la rigueur cadavérique et pourquoi elle n'avait pas déjà pris effet, puis il attrapa le bord de l'autre cuisse et la tira vers le haut, mais cette jambe était bloquée. Elle s'était affalée les fesses en l'air, les bras sous son torse, et tout était un véritable désastre.

Galen avait les pieds enfoncés dans les tas de terre meuble, les particules s'étalant sur le dessus de ses baskets, et il fut pris de claustrophobie, tout se rapprochait de lui. Il descendit dans la tombe, s'agenouilla à califourchon sur ses jambes et le monde entier s'effondrait vers lui, les particules dévalant les parois de la tombe, et il lui fallait se dépêcher avant d'être enterré avec elle.

Il plongea les mains sous le corps, travaillant dans la terre fraîche, se pencha en avant, l'étreignit, et il tira pour la retourner aussi délicatement que possible.

Ses jambes et ses hanches désormais vers le ciel, et il avança dans la tombe, passa les bras complètement autour d'elle afin de pouvoir la faire pivoter sur le dos, et il la tint serrée contre lui. Il posa le visage contre ses seins. Il se reposerait là un instant. Maman, dit-il.

Le souffle court, il trembla et les sanglots lui secouèrent la poitrine. Il n'avait jamais souhaité que sa mère meure. Il n'avait personne d'autre qu'elle.

Maman, dit-il, et le chagrin fut plus intense que prévu. Il fallait qu'il garde en tête qu'elle n'était pas réelle, rien qu'une illusion incarnée pour lui enseigner des leçons. Son ultime attachement. Plus rien ne le retenait désormais à ce monde et c'était une bonne chose. C'était bien et nécessaire.

Elle était encore chaude, sa poitrine encore chaude. Je t'aime, dit-il. Merci d'être venue dans ma vie. Je te rends honneur. Mère. Il fit une pause cérémonieuse puis répéta : Mère.

Il la serra aussi fort qu'il put et imagina entendre un battement de cœur, mais il savait qu'il s'agissait de son propre sang, de son propre souffle.

Maman, dit-il, et il se laissa pleurer, se laissa sangloter et gémir, n'essaya plus de se contenir, se pressa contre elle et soudain, il crut vraiment entendre un battement de cœur et il se redressa brusquement.

Il resta assis et écouta, comme s'il risquait de l'entendre à nouveau dans l'air, puis il se leva et ressortit à la hâte de la tombe, empoigna la pelle et y jeta de la terre, mais une pelletée n'était pas suffisante. Il n'allait pas assez vite.

Galen plongea à quatre pattes sur le plus grand tas de terre. Une chaîne de montagne qu'il lui fallait soulever. Il cala ses pieds contre une roue du tracteur afin de pousser à l'aide de son torse et de ses bras, transformé en charrue pour reboucher la tombe. Le visage et le haut du corps de sa mère désormais disparu, la terre déjà profonde, et il se déplaça sur le côté, prit appui sur l'autre roue, abattit la montagne suivante. Il était un géant créant la planète, décidant de ce que serait le monde. Les origines. Se rapprocher des origines, encore un cadeau de la terre. Un cataclysme de terre haut de plusieurs siècles se déversant sur son ventre, ses hanches, ses jambes et ses pieds, et même après qu'elle eut disparu, Galen continua de pousser, inhala le bon souffle de la terre, la sentit collée dans ses yeux et dans sa bouche, le goût du temps, de l'accumulation du temps et de sa libération, et il sentit ses mains pareilles à des serres.

Remerciements

Je souhaite remercier la John Simon Guggenheim Memorial Foundation et l'université de San Francisco pour leur soutien généreux lors de l'écriture de ce roman, ainsi que Colm Tóibín, Janet Burroway et David Kirby pour leur recommandation.

Je remercie également tout le monde chez Harper, en particulier Gail Winston, Jonathan Burnham, Jane Beirn et Maya Ziv, et tout le monde chez Inkwell, en particulier Kim Witherspoon, David Forrer, Lyndsey Blessing, Patricia Burke et Alexis Hurley.

Et il me faut bien entendu remercier Galen Palmer, mon meilleur ami du lycée, dont j'ai emprunté ici le prénom. C'est lui qui, très tôt, m'a aidé à inverser le cours de mon existence.

CATALOGUE

Collection Nature Writing

Edward Abbey	*Désert solitaire* *Un fou ordinaire*
Rick Bass	*Le Livre de Yaak*
Ron Carlson	*Le Signal* *Cinq ciels*
Kathleen Dean Moore	*Petit traité de philosophie naturelle*
Gerald Durrell	*Ma famille et autres animaux*
Pete Fromm	*Indian Creek* *Avant la nuit* *Chinook*
John Gierach	*Traité du zen et de l'art de la pêche à la mouche* *Truites & Cie* *Mêmes les truites ont du vague à l'âme* *Là-bas, les truites…*
John Haines	*Vingt-cinq ans de solitude*
Robert Hunter	*Les Combattants de l'Arc-en-Ciel*
Bruce Machart	*Le Sillage de l'oubli*
Howard McCord	*L'Homme qui marchait sur la Lune*
John McPhee	*Rencontres avec l'Archidruide*
Kent Meyers	*Twisted Tree*
Doug Peacock	*Une guerre dans la tête*
Rob Schultheis	*L'Or des fous* *Sortilèges de l'Ouest*
Mark Spragg	*De flammes et d'argile*

Terry Tempest Williams	*Refuge*
Alan Tennant	*En vol*
David Vann	*Sukkwan Island* *Désolations* *Impurs*
John D. Voelker	*Itinéraire d'un pêcheur à la mouche* *Testament d'un pêcheur à la mouche*
Lance Weller	*Wilderness*

Collection Noire

Edward Abbey	*Le Gang de la Clef à Molette* *Le Retour du Gang de la Clef à Molette* *Le Feu sur la montagne*
Craig Johnson	*Little Bird* *Le Camp des Morts* *L'Indien blanc* *Enfants de poussière* *Dark Horse*
William G. Tapply	*Dérive sanglante* *Casco Bay* *Dark Tiger*
Jim Tenuto	*La Rivière de sang*
Trevanian	*La Sanction* *L'Expert* *Shibumi* *Incident à Twenty-Mile*
Benjamin Whitmer	*Pike*

Collection Americana

Viken Berberian	*Das Kapital*
Adam Langer	*Les Voleurs de Manhattan*
Greg Olear	*Totally Killer*
Tom Robbins	*Comme la grenouille sur son nénuphar* *Une bien étrange attraction* *Un parfum de jitterbug*
Terry Southern	*Texas Marijuana et autres saveurs*
Mark Sundeen	*Le Making Of de "Toro"*
Tony Vigorito	*Dans un jour ou deux*
William Wharton	*Birdy*
Stephen Wright	*Méditations en vert*

www.gallmeister.fr

*Cet ouvrage a été imprimé sur du papier
dont les fibres de bois proviennent
de forêts durablement gérées*

CET OUVRAGE A ÉTÉ COMPOSÉ PAR
ATLANT'COMMUNICATION
AU BERNARD (VENDÉE).

ACHEVÉ D'IMPRIMER
PAR L'IMPRIMERIE FLOCH À MAYENNE
EN JANVIER 2013
POUR LE COMPTE DES ÉDITIONS GALLMEISTER
14, RUE DU REGARD
PARIS 6e

DÉPÔT LÉGAL : FÉVRIER 2013
1re ÉDITION
N° D'IMPRESSION : 83974
IMPRIMÉ EN FRANCE